「參見九把刀」BLOG 1

亂寫文學

人生就是不停的戰鬥

九把刀 GIDDENS

徹底了解自己，才能站在快樂的起點

首先得先提提這兩本書的誕生。

這兩本書裡，幾乎每一篇文章都可以在我的網誌裡找到。

書名「人生就是不停的戰鬥」，是我在二〇〇四年年底媽媽重病時被迫領悟到的一句話，那時我常常自顧自反覆說著要戰鬥、要戰鬥……希望可以說久了，就真的擁有不斷戰鬥的勇氣。

可得到「人生就是不停的戰鬥」最大感觸的時候，卻是在二〇〇八年的二月。現在回想起來，當時面對那麼雞巴的事，卻能夠完全不扭曲自己地戰鬥下去，一半當然是我自己相信我自己，另有一半，真得感謝讀者網友結結實實信任我是一個什麼樣的人。

於是書名就很直覺地定了下來。

我很喜歡「人生就是不停的戰鬥」這句話，將這一句話乾脆題作書名，最大程度代表了我對這本書的重視，以及喜歡。

我在網路上寫了很多東西，有的完全是狗屁倒灶，有的絕對是無病呻吟，有的是生活小

趣事，有的是跟我家人朋友的相處，有我與心愛女孩的人生旅行。也有很多我想對這個世界說的話，有我的志氣。亂七八糟一大堆混雜在一起，於是構成了我這一個人。

網誌不屬於私密的日記，也絕對不是我人生的全貌。

卻是我人生腳步的重要痕跡。

——所以將網誌出版成書，最大的原因是我高興。

而一次打算出兩本，是因爲我的高興比較膚淺，有時候可以用乘法去算。

說說這兩本網誌書的閱讀方式。

體裁上，我將它視爲「隨身帶著走的九把刀部落格」。

基本上由原始發表時間決定文章的排序，而不是由「文章的類型題材」去框架，因爲如果影評都擠在一區，熱血文都擠在一區，閃光文幾十篇都塞成一團，連續看了很多篇性質相似的文章，肯定會很膩。

加上有時候連續事件有時間關係上的因果變化，用單純的時間軸線當作文章的次序，最清楚。效果上也最豐富。如果你想隨便翻開一頁就看，想必也是沒什麼問題的。

一開始寫網誌，沒想過會出成書，所以風格異常地隨興（簡直有點隨便了），用字遣詞

非常直白，文學價值低，但熱血也燒得很直接。收錄的時候自然有種很古怪的趣味。

至於選擇哪些文章收錄，哪些文章不收，基本上我是靠直覺，然後用「佛心」避開一些可能對別人不好的舊文不收，眞的是太有佛心來著，跟我的路線超不搭的啊。

後來編輯整理所有的網誌文章，發現一個恐怖的事實——這是一本超過二十四萬字的超級厚書！二十四萬個字實在是太厚了啦，我一直在避免單本書價變貴，所以決定拆成兩本書出版，以後這個「非小說」系列會一直持續下去，幫助我的網誌寫得更有精神。

不得不說，我寫網誌的風格跟著我人生的變化而有所不同，直截了當地說，就是越前面就寫的越普通，越後面就寫得越好看。一開頭的幾篇影評，現在看起來尤其彆扭，不過都是我自我成長的軌跡，留著，也好。

按照這個越後面越好看的基本道理，第二本《不是盡力，是一定要做到》絕對比《人生就是不停的戰鬥》還要好看。科科科。

目的上，我將它當作「絕對不想被歸類爲勵志書的戰鬥文學」。

硬是將兩本厚厚的網誌出版，除了我自己高興自己爽之外，同時我認眞希望，藉著這兩本書告訴每一個人，這個世界上雖然有很多不開心的事，但只要我們下定決心要當一個快樂的人，無論如何都會有辦法的——即使你的人生跟那些暢銷的心理勵志書完全背道而馳，那

又怎樣?只要你誠懇面對自己，絕對能夠戰鬥出一張燦爛的笑臉。

好了，以上只是一般人類都會寫的序。

以下寫點別的。

前一陣子接受了《天下雜誌》的訪問。

與記者一見面，我才知道這次的訪談是個多重主題的企劃，每個受訪的名人都被分配到一個主題，而我，被分配到「專注力」這個項目。

我很好奇也很納悶。

我的專注力很差啊，怎會想到要訪問我這個題目呢?

尤其我在寫小說的時候，電話照接，也會時不時跳開文件檔去看網路，電視也常常一邊開著聽新聞、看電影、或只是單純想有點聲音陪我，寫一寫還會跳開去看雜誌、翻報紙。除了不能與人交談外，完全沒有禁忌。

可以說我的專注力很強(周圍的事一直在發生也影響不了我)，也可以說我的專注力爛到不行。

「因爲你一直寫小說啊，連續八年出版了四十幾本書，專注力一定很驚人，我們想採訪你爲什麼可以辦得到，如何持續這種專注力?跟大家分享。」

記者微笑，將錄音筆放在我面前。

由於記者是個很有氣質的女孩，我不忍心虎爛她我很有專注力，讓她寫出一篇雖然勵志、但實際上通篇是受訪者自吹自擂的鬼扯。

事實上，我不過是很喜歡寫小說罷了。

寫小說很快樂，所以我就花了很多時間在蒐集資料，花了很多時間在構思故事，花了很多時間在寫小說，花了很多時間在網路上發表東西。既然所有跟創作有關的過程都花了很多的時間，最後寫出很多本小說其實是再正常不過的事。

在與記者的交談中，我一定是說了太多次「啊其實事情的眞相就是我很沒效率，啊我就很快樂啊！」之類的話，於是訪談到一半，記者終於放棄了將「專注力」套在我身上，主題改成「九把刀啊，你怎麼可以那麼快樂？」

呵呵，快樂就是我的強項了。

不過我接受過這麼多採訪，就是沒回答過這樣的「超級基本題」。

並非「如何快樂」這問題不好、或白爛，而是它太直覺了，根植在我從來就沒刻意去思考的性格區域，記者提問，我卻一下子不曉得怎麼去解釋我是怎麼快樂的。

「我大概是一個很膚淺的人吧，很多人都會強調什麼心靈的快樂，呵呵，其實我超容易被金錢可以買到的東西給滿足耶，比如說，如果有人要送我一台iphone 3G，就夠我爽好幾

天啦！」我沾沾自喜地拿出剛買不久的新筆記型電腦macbook air，眉飛色舞地說：「你看！自從我最近買了它，嘩……每天用這麼性感的電腦寫小說，我就快樂得不得了啊！哪跟你講什麼心靈上的快樂呢？」

我接著說到重點：「你們《天下雜誌》一定採訪過很多大企業老闆，他們一定會跟妳說他們很注重心靈上的快樂，然後說他們追求的幸福都是心靈上的幸福。對，我相信他們說的都是眞的，但我更相信，如果把我的存摺跟他的存摺對換，我敢打賭他一定不會整天在那邊靠腰什麼心靈上的快樂。說眞的，像我們這種賤民，光是每個月多賺幾千塊就很開心了，可是我覺得這種開心，一點也不比有錢人追求的那種心靈上的開心，還要來得遜色啦！開心就是開心，因爲多賺了一點錢得到的那種開心，就是很爽啊，沒什麼不好承認。」

接著我滔滔不絕說了我做什麼事情會快樂，做什麼事情會不快樂，都是很具體的例子，但就是無法給一個很清楚的答案。

我只能結論一個我早就發現的事：「我覺得，會一直在想思索自己今天過得快不快樂的人，肯定過得不快樂。因爲快樂的人哪管你這麼多。」

記者還是不斷不斷追問，想要追出一個比較高明的法則之類，比較好下標題。

好吧。

閉上眼睛，我仔細想了想，終於知道了箇中關鍵。

我說：「也許你們覺得我要講的快樂訣竅很白爛，不過事實上接近眞理的東西，常常聽起來就是那麼白痴——**想要快樂，就多做一點可以讓自己快樂的事，少做一點讓自己不快樂的事**。這樣就會快樂了。」

對面我的廢話，記者有點無言，不過還是禮貌地點點頭。

不想被當將訪談敷衍了事的受訪者，於是我仔細解釋了我說的話。

「多做可以讓自己快樂的事，少做讓自己不快樂的事。」聽起來簡單。

但爲什麼這個世界上快樂的人永遠是少數？

爲什麼書架上的人生勵志書永遠賣得爆好？好像你一定得看書學快樂？

爲什麼總是有那麼多人願意花十幾萬去上心靈成長課程，去叫一個明顯在歛財的禿頭做大師？還起課程還給你分好幾期，又逼你去拉朋友進去學快樂？

我很討厭——要由別人來教你如何快樂，這樣的事。很蠢。

你唯一應該請教的人，就是你自己。

關鍵是，你怎麼知道做什麼事會高興？又，做什麼你自己不會開心？

有時候你做了某件事，以爲自己會很爽，結果卻很空虛。常常你覺得去幹某件事一定很酷，可做了之後你剩下的只有炫耀，心底卻沒有眞正的痛快。

會有這種誤差，起因在你根本不曉得自己是一個什麼樣子的人。

唯有徹底地了解自己。

那麼，如何徹底地了解自己呢？

不就是眞誠地與自己對話嗎？不斷透過各種經歷過的事件，不斷回憶，不斷紀錄，不斷用各種行動去實驗自己的個性反應，最後，認眞思考過去的自己跟現在的自己之間的關係。

絕對不要從什麼狗屁成長、是否成熟這種思維去看待自己……喂，有時候我們的快樂一點都無法帶給我們成長，也一點都不成熟好嗎！

放棄虛僞空泛的、來自別人的期待，我們自己才有辦法爽朗地快樂。

我是幸運的。從小，我就是個自言自語的高手，甚至可以跟牆壁講話好幾個禮拜（請見小說：《那些年，我們一起追的女孩》）。

無可奈何地，我很了解我自己。

所以我努力逃開了很多不喜歡的場合。

比如我知道我不習慣也不喜歡跟陌生人哈拉，可是常常我去學校演講時，只要早一點到，就會被老師興沖沖帶到校長室跟校長泡茶，或乾脆帶我到各處室巡迴握手拍照，導致我在演講前就提前進入「累」的狀態。

人之常情，我不會覺得接待我的老師對我不好，我當然知道老師很禮遇我、校長想特別招待我、長輩們泡的茶也都很好喝啊！但我就是很想在演講前一個人放空耶。

那，怎麼辦？

於是我就開始控制時間，晚一點到學校（只提早二十分鐘到），避開到各處室拜會、與校長泡茶的可能性。一到學校，就立刻到講台上把筆記型電腦接上投影機，然後去上廁所尿尿擤鼻涕。

要是我開車提早到了，我也會將車子停在學校旁邊，我躺在後座睡覺也好。如果我是搭捷運或公車，我會在附近挑一間咖啡店寫東西，寫到時間快到。我放棄了帶給師長更好印象的契機，可我一點也不覺得可惜。反而我可以用最好的心情、最好的狀態去演講，盡量享受全部的過程。

又比如，爲了展現戲劇公司上下一致的團結，以前我偶爾會被經紀公司逼去參加一些新戲劇開拍的記者會。

現場五光十色，明星擠來擠去，但我完全沒有感動，對我來說那是格格不入的場合（……除了可以近距離看正妹這一點，是眞的不錯啦）。

所以我乾脆去坐媒體記者的桌子，在桌上打開筆記型電腦當場寫起小說，反正那一整桌記者全都用筆電在即時寫稿，我混在裡面反而很自然。有時開鏡記者會結束了，我甚至爆量

寫了兩千多個字，不過我也有幫忙鼓掌就是了呵呵。

又比如，我比一般人有更多機會跟一些藝人或明星私下相處，但除非情況絕對異常的特殊，不然我不會為了想跟別人炫耀：「喂！我跟某某某合唱過他的招牌歌耶！」就跟著一大堆不熟的明星去唱歌、去夜店玩。

別人肯定很羨慕的經歷，只要我不感興趣，那就一點都不吸引我。

為了別人不知情的讚嘆去做某些事，但過程很悶，那場合你誰都只認識一點點，互相說著莫名其妙恭維的話，內心深處能多快樂我就不相信。

我了解我自己，於是我盡量逃避讓我不高興的事，然後多做我喜歡的事。

比如寫小說、寫小說、寫小說、約會、看電影、看漫畫、跟狗玩、打麻將。

一點也不難，難在你有多了解自己。

慘了，這個「序」越寫越長，簡直有點不正常，我決定來給他分上下集。

把「序」分成上下集這麼扯的事，我以前在《獵命師傳奇》裡幹過一次，現在要來個不知廉恥的累犯。

未說完的話就放在下一本網誌書《不是盡力，是一定要做到》。

我們來聊聊：「就算徹底了解自己，你夠帶種地快樂嗎？」

目錄

2008年

2005年

2005.05.11

稀人，焦灼躁鬱的恐懼境地

合理票價：一〇〇

我一直注意著國際奇幻電影大展的獲獎電影是哪些作品。

印象深刻的有fantasporto奇幻影展的最佳影片「異次元殺陣」（*The cube*），講的是六個職業互異、不同階層的陌生人一覺醒來，發現被關在由數萬個房間組成的巨大立方體裡，想要逃出致命的空間，就得合力解開數學的邏輯問題，找出正確的逃生途徑，否則就會喪生於眾多房間奪命的機關。

贏得國際奇幻電影最佳影片暨最佳劇本的「賭命法則」（*Intacto*），說的是有一群人迷信「運氣」的存在，並展開各種光怪陸離的「賭運氣」遊戲，例如矇眼在樹林裡奔跑，看誰沒有撞樹昏死；例如在暗室中淋上香油，看看昆蟲最後停在誰的頭上。贏者取得對方所有的運氣，敗者則可能喪命。

這兩部榮獲奇幻大獎的電影，告訴低迷不振的台灣電影製作環境，只要具備一個簡單的

新奇概念，就能推演出一部有趣的電影。在低成本的限制下，創意的原型不得不更加裸露，更加注重創意本身，而非陳舊驚悚公式的套用。

如是，電影「稀人」以詭譎的創意剖面，榮獲二〇〇五年布魯賽爾影展「最佳恐怖片金獎」。

「什麼是恐怖？」

刺探這個問句的人，也就等同扣問人性在什麼樣的情境下，會瓦解崩潰。用感官式影像去解釋這個問題，得到的答案往往也是感官式的戰慄回饋，迅速而確實。於是我們的周遭充滿惡意的鬼怪，手機傳來預告死亡的鬼來電，租宅鬼影幢幢，貞子更索性從影像的「大基地」電視機爬出，眼睛吊白，張牙舞爪。

但這些沒品鬼怪與我們之間的距離，至少有電影院座位到螢幕之間約莫二十公尺之遠。不會再縮短。走出電影院，我們手機照打，房子照住，電視照看。

榮獲二〇〇五年布魯賽爾影展「最佳恐怖片金獎」的電影「稀人」，則以一句「那些已經被定義為靈異的東西，跟恐怖一點也扯不上邊」，將永遠也不可能遇到的沒品鬼怪一腳踢出觀眾與電影之間僵化的距離。導演清水崇將影像沉澱為更深沉的迷惑，帶領觀眾陷入焦灼躁鬱的恐怖境地。

「厄夜叢林」開啓了以紀錄片作爲恐怖片形態的初始，從此「顆粒化的畫面」的定義從「有沒有搞錯啊的粗糙」轉化爲「迷人的眞實」。借用同樣的概念，導演清水崇藉由男主角手中第一人稱視角晃動的ＤＶ鏡頭，緊扣「人不是因爲看到什麼而恐懼，而是因爲恐懼而看到了什麼」來說故事。

男人是個表情「木然」與「茫然」交錯的業餘攝影師，平時習慣在街上亂拍，蒐集可疑的靈異景象。男人在偶然拍攝到地下鐵中年男子刺眼自殺的事件後，開始認眞思索：「那男人究竟是看見了什麼，才讓他寧可自殺也不願意面對莫名的恐怖？」

人生已了無趣味的他，只想在死前一睹恐懼的眞正形貌。於是帶著攝影機進入自殺事件的地鐵，打開某個幾乎無法封印任何神祕的脆弱入口，穿進繁華眞實的東京地底，進入二次世界大戰留下的複雜地道。

隨著地道的不斷深入，迴盪在甬道裡的沉悶空氣聲呼呼，觀眾跟著坐立難安，最後在無法區辨虛構與眞實的地底世界裡，與帶著攝影機的男人一同將眼神空洞的吸血怪少女打包，帶回再也不眞實的地面世界。

（從表情木然的男人進入東京地底世界那刻起，佐以幽靈口中似眞似幻的克蘇魯神話，我想起了日本恐怖漫畫大師伊藤潤二作品中，那種骯髒細緻的奇幻筆觸所帶來的超現實荒涼感。）

男人將吸血怪少女關在房間當作寵物豢養，男人開始以自身鮮血餵食少女，並開始獵殺他人，儲存少女維生的血漿。獵殺的影像極其荒謬，卻奇異地矗立在擁擠又疏離的城市。中間穿插清水崇擅長的、棲息在陰暗角落的幽影鏡頭，不時提醒觀眾又是該寒毛直豎的時候了。

恐怖片的類型一向很多。日本推理小說界有許多流派，本格派著重犯罪機關的布置，與破案的線索推理。社會派則不以精緻化犯罪技巧本身爲出發，而是藉由案件去探討犯罪背後的社會病徵。

借用這樣的分類法則，導演清水崇用「咒怨」一片展現多種刺激中樞神經的驚嚇伎倆：浴血女鬼的樓梯爬行術、欠揍藍臉小孩的啞啞貓叫、浴室洗頭髮時頭皮上赫然多出的蒼白鬼手、突然噗通出現在棉被裡的鬼臉……如影隨形的喀喀喀關節斷咬聲，在觀眾心中留下恐怖的鬼屋印記。這些伎倆沒有、或者不需要任何合理性，畢竟鬼魅的存在本身就是超越科學法則的突兀，所以嚇人的伎倆只問有沒有讓觀眾的心揪了一下，絕對的結果論。

這次導演清水崇跳脫純粹的嚇人伎倆，藉著對「恐怖的元素」的探討，引導觀眾思考人之所以生存卻竭力想自身粉碎的矛盾無力感。

無法適應社會的靈魂失焦感，一直伴隨著觀影的過程。男主角幾乎毫無感情的臉，並不存在嘗試努力適應社會的痕跡，而是過度的放棄。越是木訥的嘴臉越是教人隱隱驚懼，在獵

殺「血源」的過程，男主角幾乎是一台生冷的切割機器，而女主角長久失語的蒼白、無法獨自生存的困頓，竟成了男人唯一的寄託，也是男人盼望得見世上最深沉恐懼的最後答案。希冀得到的恐懼成了逃避社會的出口？扭曲得可怕。隨著故事底牌的揭露，看似眞相大白的同時，越多的謎團隨之產生。

「我要去的地方，不需要語言。」男主角在割掉舌頭後，做了這樣的註解。

奪魂鋸

2005.05.11

合理票價：二〇〇

當港台的恐怖電影還停留在「善有善報、惡有惡報」時，日本與好萊塢已領悟「無端啓動的邪惡」最教人驚懼。因爲影片中迷人的犯罪哲學，從「奪魂鋸」一開場的骯髒密室起，任何想要在結局前猜出「底牌」的觀眾，都沉浸在不斷失敗的迴圈裡，卻又興致勃勃地瞎猜下去。同時滿足兩種愛看驚悚電影的族群，動腦的，不愛動腦的。

□

最粗糙地區分，恐怖電影分成「有鬼的」、「沒鬼的」兩種，各有驚嚇觀眾的方式。沒鬼的恐怖電影裡，近年來印象不錯的有「德州電鋸殺人狂」、「戰慄」、「鬼地方」，其中「德州電鋸殺人狂」與「戰慄」極爲類似，同樣是荒野農莊、陳舊骯髒的色調、顱頂噁心的

屠夫（在這裡可不能稱其為殺人犯、凶手這類的名號），兩部影片都不斷強塞給觀眾「失血焦慮」，令人感到極不舒服，好像怕觀眾無法設身處地體會被害者身體的痛苦似地，導演不厭其煩將鏡頭停滯在濃稠血液汩汩流出巨大創口的畫面，被害人蒼白的臉孔，抽搐發冷的身體……「不舒服」取代了「恐懼」，不再存在「閃避屠夫」的慌亂，而是「快點結束這一切吧！」

「奪魂鋸」裡沒鬼，跟小成本大驚奇的「鬼地方」有異曲同工之妙，都採用了髒兮兮的密室，用各自的方式闡述背後的邪惡。而「鬼地方」裡的邪惡埋在人性的相互擠壓，「奪魂鋸」的邪惡則是無法窺破的、純粹的壞，所以如果有個學生被迫要交篇影評報告給教授當期末作業，我會建議去看看「鬼地方」，但如果是想享受超屌的一小時半，那就嚐嚐「奪魂鋸」吧！

驚悚片有個線性敘事的傳統，少有分鏡跳來跳去的狀況，有三個原因。第一，太複雜的劇情會緩減畫面的戰慄。第二，凶手大都不夠聰明，不過就是戴上個面具。第三，編劇無法讓凶手那麼聰明。

但「奪魂鋸」裡的凶手極其聰明與自信，如果把觀眾當成笨蛋實在是太可惜了，於是「奪魂鋸」裡的分鏡、回憶、推理，不斷從藍色冷調的密室中分岔出去，為直線到底的劇情多了許多意外的變化。表面上，這樣的分鏡是幫助困鎖在密室裡兩位被迫自相殘殺的可憐蟲

增加對抗凶手的籌碼，實則是引誘觀眾做出種種猜測，就算是最不想動腦筋的觀眾，也難免對結局長什麼樣子好奇起來，畢竟凶手表現出的自信與埋下的種種機巧，讓人產生「不可對抗」的無力感。

「失血的焦慮」同樣在「奪魂鋸」裡出現，並精準傳達導演希冀的暈眩效應，「過去你不會爲了活著而感激，以後你不會這樣了。」凶手對倖存者近乎宗教箴言的教誨，在觀眾用指縫擋住視線的時候，好像還眞有那麼點被救贖的體會。

2005.06.13

九把刀砍電影　噬血地鐵站：恪守怪物法則的好萊塢變態

合理票價：一五〇

進入二十一世紀後，殺人魔公會通過了一項「殺人是因爲純粹的惡意」決議案後，從此所有在大螢幕上追殺、虐待、肢解被害人的殺人魔們，通通不需要交代理由。純粹的惡意成了王道，畢竟約會的善男信女們付錢進電影院，要看的是眼花撩亂的殺人方式（吼！這種殺法看膩啦！），而不是殺人魔心酸的內心糾葛（認眞點！看看你剛剛做了什麼好事！）。

「噬血地鐵站」的殺人魔咕魯先生，便是這項決議案的受惠者。而且，我肯定咕魯有收到「如何當個變態」的好萊塢函授課程，並且認眞研讀，因爲咕魯實在是個盡職的好萊塢變態，包括跑得比被害人快十倍，神出鬼沒的黑暗優雅，能長得醜就絕不要帥，能夠蘑菇肢解絕不俐落殺人，壞蛋血統純正。

「喂，爲什麼她剛剛不殺掉他？」友人不解，用手肘推我。

「吼，那是因爲她沒有看《放輕鬆，你也可以三十秒幹掉殺人魔》啦！」我不耐。

是的，不僅不須解釋殺人魔是如何變壞壞的（省省吧，誰想教出這種怪物？），更重要的是，被害人也不需要知道怎麼正確解決掉殺人魔（從《放輕鬆，你也可以三十秒幹掉殺人魔》一書的滯銷就可以看出端倪），只需牢牢記得能逃的話就不要抵抗，能大意的話就絕不小心，能跌倒的話就絕不好好跑步。

不須解釋太多是恐怖片的一大特色（在細分下的殭屍片類型中猶可見），影片長一點便勉爲其難解釋某個實驗室的特殊配方外洩、或基因改造實驗失敗，然後造成萬頭殭屍在曼哈頓街頭閒晃的慘劇，例如「28天毀滅倒數」、「惡靈古堡」；影片短一點的，便直接拋出一句：「因爲地獄鬼滿爲患，惡鬼只好跑到地上」，然後鏡頭一切，滿坑滿谷的殭屍就在街上以蹣跚的步伐獸性獵食，例如「活人生吃」。

類型片就是這個好處，每一個觀眾在走進電影院之前，就已經知道接下來的九十分鐘會看到什麼東西，鮮少有預期落空的情況（好不好看又是另一回事了），如果被害人一開始就瘋狂抵抗，觀眾反而會無法理解。

恐怖片是生產「風格怪物」的影像基地，如果闡述太多怪物之所以爲怪物的心路歷程，我們也不會給予同情。儘管所有的恐怖片經典都漂亮地闡述了變態哲學，而不只是流於變態的一百種方法，例如「沉默的羔羊」系列。

如果無法生產出迷人的變態哲理，至少也要爲片中變態製造出區辨性的特色，才能使這

位變態鮮明地與其他舊變態劃清界線，然後養出續集！（恐怖片肯定是世界上續集電影最多的類型，程度上凸顯出變態創意的匱乏。編劇應該多看看社會新聞。）在這一點來說，咕魯在變態行爲表現的創意有待商榷，過於恪守變態法則的好學生並不會成爲風格怪物的經典。

「噬血地鐵站」盡職地構畫了一個適合殺戮的空間系統：「禁閉的地下鐵」，唯一可供暢通逃竄的路線又是黑影幢幢，又是細菌蔓生，結合了「追逐/遭遇」與「失血焦慮」的兩大傳統，成功營造出保守的不安氛圍，讓我在回家時搭乘公寓裡的電梯，有那麼個小心驚一下。最後，本片是「魔戒」的外傳，我一直在等咕魯找到戒指喜極而泣的那一幕啊。

九把刀砍電影　Crash衝擊效應：坐立難安的吸獎效應

2005.08.26

合理票價：二〇〇

「我不知道怎麼了，我一天到晚都在生氣。」珊卓在影片中無力地宣洩。我想這是此片最好的註解。

一聽到這部片是「珊卓·布拉克從影以來演技的最佳突破」後，我的頭就很大，所謂的突破通常意味兩件事：「有脫」或「很悶」。但珊卓沒脫……這是不是在告訴我這部片爆悶的話也是很合乎邏輯的？吃食大眾電影長大的我，抱持著電影院至少有冷氣吹的呵欠想法進去，結果卻驚喜地收成了今年來最好看的一部電影。

「種族」與「階層」是*Crash*外顯的兩個主題，這兩個主題一向是「自衝突中尋求包容」的模範題材，尤其是前者。如果想在奧斯卡得獎，精準地詮釋黑白黃褐種族間在布爾喬亞階級間的隱性矛盾、與追求和諧的人性燭火，投票委員很難不將手中的票貢獻出去——「畏懼此種影片若不得獎，就會跑出種族歧視的指控」。而這樣的假性包容，也正是「衝擊

效應」裡成功探討的對象。

儘管有這兩大吸獎效應的主題，但「人之所以為人」的掙扎才是這部片的內在核心，透過這個核心我們無差別地體會美國社會的內部矛盾，並且不須透過「黑人/白人」與「本省人/外省人」的對比，進行刻意的、在地社會意識的轉化，就能夠透過「人」的感同身受，坐立難安。

是的，就是坐立難安。

當白人警察假藉著臨檢名義，當著黑人丈夫的面不斷猥褻其妻子的時候，黑人丈夫選擇了忍氣吞聲，免得引起更大的麻煩——但我卻感到一股氣血直爆腦門。

白人議員為了選票，即使甫被黑人搶匪擄走座車，卻必須趁機表揚黑人優秀市民的荒謬，將幫助弱勢種族的正義當作是政治經營的手段（熟悉這樣的場景吧？）。

當社會地位頗高的黑人導播，被迫必須親自矮化黑人演員的角色詮釋方式時（黑人就得說話沒教養），「階層」並無法突破「種族」的歧視疆界的怒氣，也在我與周遭觀眾的身上發酵。

當遭洗劫一空的雜貨店中東裔老闆，憤怒地持槍威嚇白人鎖匠時，一觸即發的悲劇預感讓我的心懸在手裡。

現代社會的主流價值不斷規避的、或總是以「原諒、寬容」的烏托邦心理，作為化解

種族歧視與偏見的解決之道（台灣也不例外）。*Crash*最可貴的就是毫不迴避令人難以忍受的眞實困境，並激烈地迎向它，讓坐立難安的情緒一直挑戰著每個觀影人的忍受極限（可以說，漂亮地讓憤怒的情緒一一到位），海很多個摩門特，大家都要爆了。

但是當觀影人對某些惡棍角色也開始產生「無可救藥的偏見」時，這些惡棍角色卻逐漸展露出「人之所以爲人」的人性深度。此時整部片頓時膨脹開來，將尖銳的憤怒魔角，鈍化成一場讓人焦慮的嘆息。觀眾無法將憤怒投注到特定的惡棍角色上，因爲「惡意」不是來自單一具有偏見的個體，而是附著在無法去勢的「整個社會」。

你可以忽視，或反抗，或自我貶抑——但是離不開它。

值得一提的是，許多好萊塢的一線明星都參與了此片的演出，肯定是被優異的劇本所吸引。通常一部電影裡除了主角外都是幫助劇情推展的扁平人物，但以編劇的角度來看，*Crash*裡的每個角色都是「圓形人物」，角色具有飽滿、但殘缺困頓的性格，在各自面對結構性糟糕的人生時，各有不同的無奈。難得一見的精準劇本，賦予了眾多角色寬廣的掙扎空間，讓整部片活了起來。

對於一部有深度、有情緒，又他媽的有一桶大卡司的電影全餐，你還能要求什麼？

2005.09.30

九把刀砍電影　愛狗的男人請來電

合理票價：五〇〇〇

我完全不知道我在看什麼，我只知道我身邊的女孩好可愛，本來不是該看「鬼紅鞋」的嗎？管他的通通踢到外太空去！

所以說，我對這部電影的感想就是，

飲料很好喝，爆米花好吃，旁邊的女孩好香。

腦子全是等一下放煙火會不會讓她很高興，還是只有我會開心？

剛剛吃飯她覺得還可以嗎？我手機裡放著她的照片，她會覺得我怪怪的嗎？

以後她還會跟我出來約會嗎？眞的會跟我一起打棒球嗎？

她現在雖然穿著外套但會冷嗎？我該把背包裡偷藏的外套拿出來給她穿嗎？

偷偷看著她的側臉，覺得自己簡直像個沒談過戀愛的臭小鬼。

眞的是，非常快樂啊:D

阿財與小郭襄牽手跟大家問好

2005.10.26

煙火在天空爆開。

眞是無懈可擊的第一次約會啊。我呆呆看著天空。

我想起還有很屌的煙火放在車上，車子距離公園放煙火的地方不過十秒的衝刺，

於是我叫她待在原地，我跑回去拿就好。

拿起煙火，蓋下車屁股。我轉身看見氣喘吁吁的她就站在旁邊。

原來她還是傻傻地跟著，嚇了我一大跳。

「妳阿呆喔？不是叫妳待在原地就好了嗎？」我笑罵。

「一個人待在那裡，我也不知道要做什迷呀。」她嘻嘻。

我喜歡她。

實在無法想像，如果無法繼續喜歡她，會是什麼樣的慘絕人寰的生活。

人生沒有意外，每件事都有它的意義。

喜歡上了就喜歡上了，這種事，除了愉快認栽，沒有第二條路可走。

我二十七，她十八。

他媽的我大她九歲。

許多人說，年齡不是問題。

是啊，對一個立志要成爲當今之世，故事之王的男人來說，九歲算得了三小（三小，出來領便當了）？

也許對一個思想成熟，行爲幼稚的我，這個差距正好是一種甜蜜的契合。

七十歲的老男人跟六十一歲的皺女人在一起，沒有什麼。

六十歲的皺男人跟五十一歲的歐巴桑在一起，沒有什麼。

二十七歲的我，遇見十八歲的她，我的天還眞是不錯。

但年紀越是往下推算，就越是恐怖。

當我剛剛上大學，她才剛領到國小三年級的課本。

當我笑嘻嘻在國小三年級課本上塗鴉，她才學會叫第一聲媽。

眞恐怖。

這究竟是怎麼一回事？

她知道趙傳嗎？了王傑嗎？喜歡過張雨生嗎？

我們之間到底有多大的信仰差距？

「妳喜歡5566嗎？」我在MSN前合掌祈禱。

「不喜歡，喬傑立的我都不喜歡。你喜歡喔？」她敲下。

我鬆了口氣。

「沒，只是省下我去練5566的歌的時間。」我開玩笑。

其實，她根本不必喜歡屬於她的、九年前的一切。

我想太多。

然而，當她的眼淚滴在我的胸口上，我說：

嘿！我覺得差距九歲眞是浪漫到不行。

九歲耶，超屌！

十八歲的我，要是站在九歲的妳面前，是無論如何都不會相信，

風很大，小內很正

在未來某一天，要跟這樣一個小蘿莉談戀愛的。

而且，竟還會被煞到快得心臟病。

眞的是有夠浪漫。

楊過在十八歲時，也曾經抱過剛剛出生的小郭襄喔。

我啊，最喜歡小郭襄了。

最最最喜歡小郭襄了。

她的眼淚一直掉個不停。

「下輩子，再給我一次機會。然後啊……」

我更想哭。

「讓我早一點遇到妳。」

許多部分就不表了。

阿財我被委婉拒絕了兩次，在糗影村抓狂暴走了兩次後，

我們終究還是在一起了。

我終於可以待在我追求的，非常厲害的心跳旁邊，航行我的故事之王夢想。

而我，也期許自己可以讓她幸福，覺得生命裡每個呼吸都値得期待。

在一起了。

終於在一起了。

年齡的差距不再是負擔，反之，我覺得很甜蜜。

昨晚我押著她唸經濟學，她陪我評審奇幻文學獎的文學獎稿。

她不專心，我也不是很專心，彼此的進度都很鳥。

但終究會越來越好的，不是嗎？

阿財跟小郭襄在一起了，阿財很高興。

九把刀，則繼續豪邁地奪取天下。

看過這麼溫馨的3P嗎？

我們一起練習在迷路的時候笑，練習在悶悶的時候接受對方的擁抱。

練習在唸對方名字的時候，臉上不自禁地浮出幸福的笑容。

我們會很好。

有了妳，人生才值得，不停不停地戰鬥。

有了我，希望妳永遠都很快樂。

p.s.：小內＝小郭襄，阿財＝九把刀。

你們家老大，就要去當兵啦！

2005.11.02

今天晚上，我去政大預錄蓓爾跟鮮鮮的廣播節目前（下週三播出，有線上收聽的話，請大家幫忙錄音，我想給小郭襄），接到我爸的電話。

複檢通知下來，兵役課說我的體位判定是乙等，但還可以去成大醫院複檢一次。

簡單說，就是要去當兵了。

在政大校門口一聽到這個消息時，我當然傻眼，第一個念頭閃過腦子，是「我就要失去小郭襄了。」久久無法言語。

記得前幾天才跟小郭襄提過這個可能，我當時說，如果我要當兵，我會跟她分手，讓需要陪伴的她自由、寬心，別被剛剛認識不久的我給羈絆。今天下午載小炘回台北，我還在車上說，如果我不必當兵確定，我一定要開個雜交派對，有說有笑的。

而現在，我超難過的。

原本，依照我的個性，根本不會因為要當兵而「難過」的不是嗎？應該只是很幹而已，然後就會露出「嘻嘻，那樣也沒辦法了」的表情，不是嗎？我他媽的竟然非常難受。

兩個主持人笑嘻嘻走向我，領我走到位於半山腰的電台。我這個人其實沒什麼內心話，不久就跟兩個特地綁馬尾的主持人說了這個情況，直言我根本就正在陷入泥沙漩渦裡，幾乎爬不上去。

「有這麼嚴重嗎？不過就是去當兵，一下子就回來了啊。」鮮鮮說。

「有。小郭襄是很需要人陪伴的女孩，我知道。我完蛋了。」我很洩氣，只是努力在苦笑。

重要的東西，要拿出像樣的時間來對待，我很清楚。

這次，我又要失去心愛的人了嗎？

「這次要跟妳說對不起了。」我傳簡訊，關機，錄節目。

錄音中間空檔的時候，我跟蓓爾與鮮鮮討論起我的想法。
說眞的，我沒有那個臉，跟那種狗膽，要一個剛剛在一起不久的女孩，等我當兵。
或者，陪我度過當兵的荒涼歲月。
我很喜歡小郭襄，眞的超喜歡，一整個控制不住的那種頂級被煞到翻的喜歡。
我希望她過得開心。
——好吧，上面那個句型有誤。
我希望小郭襄過得開心，並因爲有我，過得更開心。
如果我沒辦法陪她了，或許放手是對她好的，一種讓她開心的方式？
我很難過。其實我很不想。
我不想失去小郭襄，無論如何都不想。
但我不知道，小郭襄是怎麼想的。
她可能很怕我留她？
她可能想分手卻不知道該怎麼開口？
「我常常說，人生就是不停的戰鬥——戰鬥個屁。」我的下巴杵著桌面。
好慘。
「不要跟女孩子說『拖累』兩個字。」蓓爾提醒我：「那會使女孩子覺得她是你的負

擔。女孩子也可以很堅強的。」

我虎軀一震。

瞬間，我想起小郭襄鑽進我的胸口，那可愛的嘻嘻模樣。

瞬間，我很想在軍隊的會客室裡，看見小郭襄提著仙草蜜來看我的樣子。

瞬間，我聽見小郭襄那句，重複又重複的「開心」。

開心。

我也想要。

「妳說得沒錯，人是可以被期待的。」我精神都來了。

我想起了一件事。

在我知道我即將去當兵的那時到現在，我都沒有去想我接下來的小說該怎麼連載，兩個電影劇本該怎麼完成，答應好了的演講會不會有失約的狀況——

沒有，都沒有。

我整個腦子都是小郭襄。

我徹底，變成另一個需要小郭襄，才會眞正開心的人。

「我不想要放棄。我想努力。」我對著麥克風說：「我想跟小郭襄在一起。」

小郭襄可以被期待，因爲我很想期待。

我需要她。

我想要小郭襄跟我之間，有羈絆。

因爲這羈絆會很珍貴。

我值得。

我們一起的未來，更值得。

下了節目，我打電話給擔心到快要生氣了的小郭襄。

我輕鬆地告訴她這個爛消息，戰戰兢兢等待她的答案。

提心吊膽。

「我不想放棄啊，我想跟你在一起。」小郭襄幽幽說道。

「眞的嗎？我可是，非常非常，非常非常想要跟妳在一起啊。我無法想像，沒有辦法跟妳在一起會有多慘。」我很感動：「我想努力。」

反覆確認，後來又聊了很多。

一路走到動物園捷運站。

我真的很開心。

突然，極可能去當兵這件事，變成了很讓人快樂的一個東西。

「我喜歡你，我會越來越好的，真的真的。」她彷彿在嘟嘴。

「在講什麼啊？現在是妳虧大了耶！」我哈哈。

「我一定會越來越好的，真的！」小郭襄不知道在搞什麼。

「知道我有一個願意陪我當兵的女朋友，讓我超開心的。」我很高興。

「你好誇張喔！太誇張了！」她嘖嘖。

哪會。

我好想抱抱妳。

捏捏妳。

「我要把妳的照片貼在櫃子上，然後啊，會客的時候大家都會看到我有個超正超正的女朋友，一定超羨慕的啦！班長一定會逼我把妳借給他牽個手，不然就要虐待我。」我笑得亂七八糟。

「那怎麼辦？」小郭襄嘻嘻。

「揍死他。牽一次揍一次。」我嘻嘻。

「眞的嗎？」

「眞的啊！」

好開心喔。

過一陣子，我就要去撿肥皀了。

糗影村的大家啊，要珍惜初代糗影還在的時候喔！

演講，電影，書約，我都不會再接了。

你們能理解的，我知道。

履行完該履行的戰鬥，我要做的，就是寫完《HERE》連載，存三本《獵命師》。

最重要的，是將我跟小郭襄之間的約會撲滿，狠狠存滿。

存到，即使當了兵也花不完的，很多很多的喜歡。

希望聽見小郭襄說我愛你的那一刻，能快快到來。

我也是。

你們家老大要當兵啦！

吼！要幫小郭襄一起想我啦！

會客的時候，要拎著小郭襄來看你們家老大啊！

小田和正演唱會

背景一：

小郭襄決定好好對付期中考，所以不能跟我去聽小田和正演唱會。

我很高興，因爲小郭襄最欠的就是用功唸書的毅力。

但演唱會一張票三〇〇〇，我不可能不去看。

背景二：

我跟小郭襄在一起後，Miss三個月跟我就成了朋友。

手機對話：

「對不起喔，不能跟你一起去聽演唱會了。」小郭襄求饒。

「沒關係，我很高興妳有決心好好唸書。」我躺在床上，好可惜其實。

「那你決定要找誰去了嗎？」小郭襄小心翼翼。

「我想想——第一順位當然是三個月啊。」我不加思索。

2005.11.05

「三個月?眞的喔?」小郭襄頓了頓。

「眞的啊，就好朋友啊。」我看著手指。

「喔——那第二順位呢?」

「第二順位的話，應該是小炘吧。」

「第三順位呢?」

「小a吧，小a也在台北。」

「第四順位呢?」

「我會將票送給我哥跟我大嫂吧。總之我死都不會約男生去看的，這是我的男子漢原則，不可以逼我。」我強調。

電話那頭，小郭襄深呼吸，似乎下定決心。

「我決定了，我跟你去看!」

「啊?爲什麼?」我霍然翻身。

「因爲你的第一順位是三個月。」小郭襄介意的樣子，非常好想像。

「吼，妳眞的很無聊耶，好啦我去約小炘啦，妳就放心唸妳的書。」我哈哈。

「不要，我要跟你去。」小郭襄賭氣。

「別這樣，那我可以約小a啊!」

「不要，我要跟你去。」小郭襄說得斬釘截鐵。

「幹嘛這樣啊，太可愛了吧？」我哈哈大笑。

「因爲你的第一順位是三個月！」小郭襄沒有開玩笑。

我笑死了。

這時我才想起來，我的女朋友是個小女孩。

「說眞的啦妳好好唸書，我不約三個月去就是了。」我打呵欠。

「不行。」小郭襄用力。

「不行？」我失笑。

「因爲你想約三個月。」

「吼！妳幹嘛啦！」我還在笑。

此時小郭襄又在搞深呼吸，似乎又在下定決心。

「好，我好好唸書，你去約三個月看演唱會，沒關係。」小郭襄說得很慢，每個字都很困難似地。

我很感動。

「不用這樣，我約小炘去看。妳想好好唸書，我很感動，眞的。」

「不要，你約三個月去看。」

「我說了不用這樣，妳用功，我約別人，就是這樣。」

「不要，你約三個月，我才要好好唸書。」

現在是怎樣！

「天啊妳在亂講什麼啊？妳眞的那麼介意的話，我眞的可以把票送給我哥！」

「不要，你約三個月看演唱會，我才要好好唸書。」

越說越奇怪了。

「──妳幹嘛？在跟我生氣喔？」

「不是，我想變好。」小郭襄用力。

「變好？」

「我不想要介意這種事，我想要變好，所以你要約三個月去看演唱會。」

好好喔，這種拚命想貼心的女朋友──

「好啦，說眞的啦我被妳感動了，所以我決定約別人去看演唱會，好不好？然後妳專心唸書，不要想太多，不要亂擔心。」

「不要，你約三個月，我才要好好唸書。」

「靠，妳眞的很幼稚耶！比我還幼稚！」

「我、想、變、好。」

「好好好！妳的心意我心領了，但到此爲止，我很高興妳信任我啊，可是我不想要讓妳擔心，所以我就、約、別、人！」

「不要，你約三個月。」小郭襄突然苦苦哀求：「拜託，眞的，我很想知道我會不會就這樣變好了。如果我這次可以讓你約三個月，我以後就不會吃這種醋了，我就會無敵了！」

「無敵？」我失笑。

「就學你的啊——那樣我就無敵了。」小郭襄又深呼吸。

「——妳會不會太可愛了？」

「拜託！約三個月！」小郭襄有點小激動。

「眞的假的啦！」我好糊塗。

「快點答應我，我很怕我等一下就會反悔了，快點！」小郭襄好用力好用力。

「好啦好啦，我約三個月。」我摔倒在床上，滿肚子都想抱抱。

抱抱我最喜歡的，小小郭襄。

要用功喔。

抱抱。抱抱。

2006年

神奇的蜘蛛

2006.06.11

今天跟小郭襄吃完飯後，在餐館外研究在小樹之間的蜘蛛結網。

比鄰的樹很多，蜘蛛網也很多，有的結構非常完整，很大，我一時無聊，對著一隻蜘蛛吹了一口氣，結果那隻大蜘蛛受到驚嚇掉到一朵花上，離開了牠辛辛苦苦織好的大蜘蛛網。

此時有一隻蜘蛛飛到那張蜘蛛網上。

小郭襄跟我本以爲牠會就此接收別人的成果，沒想到牠卻開始破壞！

眞的就是破壞！等我離開時，半張蜘蛛網已經萎縮，不成結構！

我不禁開始想，是不是不同的蜘蛛無法利用，甚至也會被別的蜘蛛弄好的網給纏住，所以在無奈下便破壞起別人的蜘蛛網了。

後來我隨意抓死了兩隻蚊子，丟在某張蜘蛛網上，但蜘蛛沒有反應，於是我又輕輕捏壞

一隻蚊子，把牠弄成半殘，再丟到網子上，蚊子一掙扎，結果就被趕過去的蜘蛛給吃了，想必是掙扎牽動了蜘蛛網，給了生物反應。

不過很大隻的蚊子似乎可以衝破蜘蛛網？

嗯，這變成我跟小郭裏，長期的大自然作業！

螞蟻很強

今天很倒楣，車子在高速公路上爆胎

2006.06.13

今天在二高轉一高的系統連絡道上，突然聽到車後一股奇怪的噪音，我關掉音響，車子開到一高，那噪音並不因爲我減速而消失，我感覺到底盤有些下傾，直覺就是爆胎了，於是慢慢開到外側道戰戰兢兢放慢速度，幸好只剩下四公里多，下了交流道我沒有直接開往花壇的福斯車廠，而是開回秀傳我家附近的停車場放著，一下車，果然右後方車胎爆掉。

很幹，覺得很不順的感覺，所以我決定回家睡覺再說，一醒來，想說叫拖吊太麻煩了，所以就開了十五分鐘的蝸牛車到ＶＷ車廠，爲了防厄運，我將《那些年，我們一起追的女孩》ＣＤ放著聽，途中先接到曉茹姊的電話，跟我討論應該怎麼在四間電影公司裡挑一間賣改拍版權，聽起來很歡樂不過我心情還是陰沉，就說我今天不想做任何決定，因爲每個決定都會是錯的。我很迷信。

再來就接到方文山的電話，他說早就有在看我的小說，害我有點高興，然後請我幫他推

薦一本詩集，靠，那麼屌，當然是請他將稿子寄到我信箱啊。

到了車廠，技師們討論了半天，由於我一路開過來所以輪胎破損得更嚴重了，無法查出原始的損壞原因，但我幾天前才剛剛在車廠定期保養過，沒道理爆掉，於是他們免費換了一個給我，並忽視我想藉此用Polo換Golf的合理要求，希望等一下去剪頭髮後厄運可以去死去死……

ＰＳ：爆胎人車平安，其實我覺得還挺有福氣的。

2006.07.06

小說就是這麼寫滴！九把刀行動藝術

2006/07/06，誠品信義店13:00-17:00，除魅化的寫作表演，九把刀

史蒂芬．金在《史蒂芬．金談寫作》一書中說道：「首先從這裡開始：把你的書桌置於角落，當你每次坐在那兒開始寫作時，提醒自己爲什麼這桌子不放在房間的中央。生活不是用來支援藝術的；相反的，藝術只是生活上的點綴。」

大眾小說家史蒂芬．金用這番話點出了寫作在他生命中的位置，而正在寫這段活動說明的我，恰巧在捷運裡敲著筆記型電腦，敲敲敲敲，絲毫不在意車廂裡投以好奇注視的眼神，有時我還會抬起頭回以微笑，繼續打開另一個檔案寫起小說來。

現場寫小說真的很酷

我就是這樣，捷運路線只要超過四個站，我就會打開電腦投身未完待續的世界。火車上，飛機上，捷運上，馬桶上，階梯上，永遠都可以將小說帶著寫，是我的拿手好戲。你可以解釋成表演慾，但我知道這是頑固的本能。

這是寫作在我生命中的位置。

每個作家都有自己不同的寫作方式，蹲在暗暗無光的密室裡寫，窩在咖啡店舒服的大沙發上寫，躺在午後陽台旁的吊椅上寫，然而不管文字是如何被書寫出來，到了讀者手中就是一本結結實實的書，創作的過程被封印在獨屬作家的記憶裡，成了神祕主義才能解釋的種種傳說。作家們孜孜不倦告訴你某天他如何在稿紙上看見精靈，告訴你某個偉大的夕陽落日啓發了他洗滌人心的小說——即使那是他在深夜裡匆匆趕稿完成的急就章。

最後，那些傳說甚至被寫成了歌頌靈感的詩。

那些詩是很美，但寫作有那麼神祕嗎？文字是創造出來親近人群的，不是建立冷硬的堡壘，不是以拉開你我之間的距離爲樂。

人與文字之間的距離可以很親密，可以很孤獨，可以很熱鬧，可以很單純。

你的選擇很多，因爲語言的本質就是自由。

記得在某期《讀者文摘》上看到一個作家，每天都搬了張小板凳、笨重的打字機，到附近的公園坐著，等著購買故事的客人上門。當好奇的客人在瓦罐裡丟進零錢後，不到二十分鐘，作家敲敲打打，便能以客人的名字即席創作一篇獨一無二的簡單故事，讓客人驚喜不已。這大概是我所知道最酷的寫作行動藝術了！

現在，我的筆記型電腦裡沒有魔法。

除了報章雜誌書本，我也用google便捷資料的蒐集。

今天我要用開朗愉快的書寫行動藝術，向那位不知名的公園作家致敬。

現場寫小說的狀況百出

（回答作業）非常不愉快的剛剛

2006.09.05

我現在非常地不爽，所以我就快刀快斬了。

一個小時前我收到一封信，內容是一個精誠母校的學弟請求我接受他的個人作業訪談。我起初簡單回絕，後來他又寫了一封大概是將他的個人作業提升到班刊層級的訪談要求，於是我很認眞地寫了不少字，一字不漏如下：

不好意思，其實並非全無時間，但我除了寫作跟約會之外的時間也有自己的想法，所以我目前只接受校刊以上的訪問，不然實際上我每週會接到三到四個寒暑假作業的個人訪問，都接受的話我會變成一個很鳥的作家啊:)

後來他鐵定是火大了（我不想一字不漏公布內容，免得雞雞歪歪有法律上的問題），拐了彎說他其實只看過我一本書。

然後重點來了：

因爲名氣而去決定的價值，
因爲名氣而喪失自我，
這似乎不是那麼地快活，
而什麼叫作鳥作家呢？
曾經我有好友送我一句話：「渾厚龐大的自我，把陽光都擋住了。」

Well，這次我就不回了，我下次回精誠演講直接開幹他。

我的個性一向讓我逆來順受，隨著被更多人認識，我也在適應「有時候不能太懶」的情況，因爲許多要求都是可愛的、帶著希望的、非常誠懇的，所以我沒有拒絕過任何學校校刊的訪問（有苦主要出面反證嗎？）。

學校演講，文壇各式演講邀約，學校文學獎我也幾乎沒有拒絕過（我剛剛還印出八十三頁的文學獎稿來看），我經紀人爲此還感頭大。

只是我自己很清楚我是個強者（不跟大家玩謙虛了），強者不能學偶像整天忙著搞受歡迎的把戲，強者需要眞正的時間在敲鐵！

不敲鐵的時間，我也想約會跟看看書啊！（我的大書櫃，閱讀率始終不高，緩慢進行著。）

……

不過是幾個月前，我曾爲了一個高中校刊社訪問當天來回台北彰化，後來我覺得那樣的時間節奏非常妨害我寫小說、跟「陪各式各樣我想陪的人」，所以我暗暗下定決心，除非是正好湊巧會待在某個彰化或台中以外的城市，不然只好請對方來彰化與我城下一聚了。

回想起來，最嚇的一次，莫過於有個就讀高中的女孩央求我表弟，看看能否讓我接受她的寒假作業採訪。其實我本該拒絕的（她都看她可以的時間，不看我的），但我不清楚我表弟是不是要追那個女孩，於是就硬是答應了。

結果她因爲沒辦法來彰化，弄得我最後竟得爲一個個人作業跑去桃園受訪！

這樣我就感到很委屈了。

我是什麼東西？怎麼會被人認爲可以被如此要求、如此隨意使喚？

是否我直截了當拒絕，對方反而可以驚覺自己的無禮？

還是我會被打成「自我膨脹」？

不管是哪一者，我都爲自己竟要思考這種問題感到非常地喪氣。

我放的屁，已經變成雲了

我常常說我很自大，但往往我很在意自己是否讓大家失望。

我說了這麼多，是在說我是一個很受歡迎的小說家、對大家的要求接應不暇嗎？

遠了，遠遠地遠了。

我反而覺得自己很沒立場。

……我並不覺得因爲個人的作業開口邀請我受訪有什麼無禮，因爲我知道那是因爲對方喜歡讀我的故事，那樣的出發點我怎麼可以否定它？畢竟我可以大大方方並微笑拒絕，沒有什麼，反而我會因拒絕了別人而有點該死的內疚（我幫助過的個人論文訪談、校園電台、寒暑假作業訪談又可曾少了？只要我時間可以，你又願意到彰化或台中，碩博士論文或校刊想要敲我我都戰鬥啊！）

但收到這種無禮的信，眞的讓我非常賭爛

FUCK YOU！

不過那個吼，我差點給他忘記說。

吼，我吼，有在蒐集各校的女生制服啦哈哈哈！不過蒐集的方式比較特別，就是有邀請我的校刊訪問、或是文學獎評審、到過演講的高中學校，演講的單位還請惠賜制服一件，讓我的受訪之旅有點特殊意義上的收穫啦>///<

（目前的收藏還不多，常常忘記要，哎，上次接受台中女中的校刊社訪問，竟然連台中女中的小綠我都忘記伸手討，慘:~）

今天去弄牙齒

2006.10.12

我是個超怕痛的人，尤其懼怕牙醫，那種嗡嗡增增的聲音在我嘴巴裡出現的話我會崩潰，所以左邊下方的臼齒出了點毛病，很久了，拖到今天才去看。

醫生人很好，所以我公布他的診所，在員林客運旁邊有間叫「名家牙科」，就是了。不斷跟我保證不會痛後，醫生就開始拿恐怖的東西在我的臼齒上磨鑽，（我的手指現在在發抖）果然一點都不會痛。

原本設定的大毛病原來只是小小的故障而已，好險。

後來醫生想順手幫我洗個牙，我大吃一驚，差點想翻下床閃人，不過醫生認識我爸所以只好算了。

我用幾乎是哀求的能量說服醫生幫我打麻醉，醫生拿我沒皮條，只好答應我了：

「你喔，可是我這半年來第一個洗牙打麻醉的。」

然後又說：「不過你怕痛，卻又可以接受打麻醉的痛，那就有辦法可想啦，就打啊！」

我的腳，謝謝

哈哈哈哈！結果我洗出滿多結石的，好可怕啊，人體眞的很奇妙噎！

今天其實是我這輩子第一次洗牙說！

2006.10.23

今天的一週年約會

（注意！電影劇情，有雷！）

一年前的今天，是《殺手二》的簽書會。

我們在一起了。

所以為了不被嫌，今天只好慶祝相愛一週年紀念……

（忘掉的話，就可以交新女友了噎！）

今天傍晚跟小郭襄去看電影，她很寵我地選了「頂尖對決」來看。

（幸好她要看的「終情之吻」新光沒有，好險！）

靠，超他媽的好看，應該是近一年來看過最好看的電影了，這部電影講的是兩個魔術師互相想盡辦法抄襲對方的魔術，結果通通不得好死，非常有教育與警世意義的電影（哈哈開個玩笑啦，各位別吵了）。

看完電影後亂逛了一下新光三越，然後就衝去放煙火了。

結果我們還是冒險跑去一年多前第一次約會時放煙火的地方，那是在新光後面的一個超級大公園，有個超級無敵大草地，有十幾個人專程跑去那邊遛狗，一個小鬼在那邊騎腳踏車。

顧慮到低調才不會被抓（這時候遇到道德魔人遛狗，堅持將我們擒住報警就慘了），我們今天放的煙火，都沒有對著天空放的大絕招煙火，都是諸如像大型蝴蝶炮（效果很棒！強烈建議放在同學的書包裡放！），或是火焰式的仙女棒（很像「絕地任務」裡泥可拉私凱及最後跪在地上放的那種），從地上狂噴的煙火舞炮（老師上課上到一半，你在抽屜裡放這種炮，超屌的啦！）

不過由於女朋友已經到手並徹底寵愛了，所以放煙火的規格從去年一八〇〇驟降到今年的七三〇，小郭襄竟然毫無察覺地還是覺得很浪漫，很甜蜜這樣，所以宅男們！切記！

追女生約會絕對不能省！

煙火！給他開下去！

電影票！開下去！

追到了！就可以比較省喔！

（從左邊飛來小郭襄飛踢……不，是用席丹頭錘攻擊我……）

哈哈哈哈哈哈結果放到一半警車果然來了，我們趕緊坐在石椅上假裝聊天，等警車慢慢

繞半圈後才又開始放（其實感覺那些遛狗人士都想我們放下去）。

那個騎腳踏車的小鬼非常好奇，一直跟他的黑狗在附近看我們放煙火，每次放完一組，那些哈士奇就給我狂吠，地上也都是煙（很怪，也很壯觀），都讓我小緊張，最後收拾好地上的煙火後就回來了，那時我還是很注意警察，一旦被逮到，我就會被開單處罰我今年虧待女友，罰精2000c.c.，我可射不起。

對了……煙火上都寫著這是合法的煙火，那，哪裡是合法放煙火的地方啊？我家樓頂嗎？

總之今天很開心，雖然電影還滿沉重的，看完之後突然很尊敬起魔術師來（從以前就覺得他們一定是跟魔鬼訂了契約！），希望明年相愛兩週年的時候，能換一個更漂亮的女友（痛！）。

喔，不，是希望小郭襄能越來越漂亮喔哈哈哈哈哈哈哈>///^

來，親一下:D

（小郭襄：你都迷有寫好愛我耶……要寫要寫要寫！）

（小九：靠，那樣很噁耶！）

全聯版本，最便宜之A片

一個是全聯版的A片，一個是SOD版的A片。大作比較。

畫面一，異常簡陋的一張床，床頭上有一盒加油站送的衛生紙。

台詞：「我們沒有劇情。」

畫面二，一個超肥的男優毫無技巧地脫下內褲（而且還未起秋），伸出手掌吐口水。

台詞：「我們沒有前戲。」

畫面三，該超肥男優面無表情，瞪著手中那條營養不良的黃瓜。

台詞：「我們沒有華麗的按摩棒。」

2006.10.27

畫面四，一個醜女張開刺青的兩腿，一邊毫不在意地抽著菸。
台詞：「我們沒有美女。」
廣告結語：「我們省下所有華而不實的包裝，給你最單純的抽插。」

我養的

2006.11.05

胡寶雲老師很強

我來說個關於我母校精誠中學發生的很酷的事，替精誠加點分吧。

當時我應該是國二，有幾個外校的混混拿西瓜刀翻牆進學校，跑去高中部某教室砍人，混混鎖定目標後就走過去要砍，所有該班級男生都嚇得龜縮後退，女生一直尖叫。

當時上課的女老師叫胡寶雲，她竟然不顧生命危險衝上前，空手奪白刃，將混混手中的刀給搶了下來，大家都傻眼，連混混也不知道沒刀的自己接下來要衝蝦小。事情於是結束。

事後胡老師很生氣，她怒道爲什麼在關鍵時刻班上這麼多男生，竟都不團結。

如果每個人都拿起一張椅子，就可以保護被嗆聲的同學（還是被砍了一刀的樣子）跟女生，但爲什麼大家就是一個呆掉……

這邊的重點是，我覺得胡老師很酷。

九把刀砍電影　鬼迷藏

2006.11.10

合理票價離奇

對於我最熱衷的鬼片、恐怖片、髒片，我幾乎都是立刻跑電影開映的第一天看，導演清水崇依舊秉持日本版「咒怨」的方式，用片段說故事方式連結起整片，比起西洋版「咒怨」的方式要更完整，更不破碎，簡單講就是更好。

比起你不去德州，就不會遇到德州電鋸殺人狂。

不去水晶湖，就不會碰到大砍刀傑克。

不去鬼屋？對了，不去鬼屋，幹，你照樣遇得見伽椰子。

就是恐怖到了頂點，那場校長室的戲，幹，我到現在想起來還是想撞腦袋忘記。

若評價起鬼怪的強大等級，我給這一隻五顆星，並遠遠將其他鬼拋在車尾燈後的凶狂。

合理票價？

對於恐怖片迷來說，合理票價二〇〇，而且絕對不能錯過這隻厲鬼。

對於非恐怖片迷來說，我建議就不要看了……你承受不起的。

2006.11.29

對於寫小說維生這檔事

回想記者曾問過我，當初我是打算靠常常出書去維持我的生活所得，好讓我的工作得以完全是寫自己喜歡的小說，而非一邊工作一邊閒暇寫作，但記者接著也問我有沒有想過，是理想，可大多數的作家都沒有辦法很快地寫東西、出版啊。

我愣了一下，因爲其實……這不關我的事啊?!

我的方式是我的方式，同樣地，我也不打算用其他人的方式存活，每個人終究還是得爲自己如何生存做點打算，沒有人，應該爲你——無法用你喜歡的生存方式而生存，去負什麼責任（除非你是稀有的傳統技藝繼承人，國家或許應該出錢保障你的所得）。

況且，藝術家不是常常講，他們最重視精神食糧遠遠勝過其他，那麼我想他們應該也不需抱怨太多吧……（這種結論眞是……）

認眞來說，這個世界上，能夠靠自己興趣維生的人，可曾多了!?

多少以教書爲最大樂趣、或職志的人，沒辦法當老師就是沒辦法。

多少想靠研究A片，當A片達人、精準預測炮擊時間維生的大師，還是得另找謀生？可以去當男優或汁男的A片達人，很少很少吧。

多少其實只是會寫程式，卻覺得寫程式很無聊的人整天在科學園區寫程式。

多少想穿西裝上班的人，他卻在家裡顧店面？

興趣，不見得要拿來當職業吧？

爲什麼作家的興趣一定要拿來當職業，A片達人的興趣就沒職業正當性？

你可以上班賺錢，下班再經營自己的興趣啊？

因爲這就是眞實人生。

你可以不接受，但別想栽贓到別人頭上。

我的人生導師，古谷實說過，如果每個人的夢想都能實現，那不就天下大亂了？如果每個螃蟹卵都能孵化，不就整個海洋都是螃蟹?!說到底，還是你對這份夢想的重視程度，跟你的力量。

簽書會畫的七索跟紅中

裴燦爛

鄧小平說，實踐，是檢驗眞理的唯一標準。

那麼，實踐，差不多也是一個人珍惜夢想，唯一的標準吧！

如果這麼想把興趣用力成職業，那麼就讓我們看看你像樣的努力吧。

1.只能慢，那就挑戰一本書暢銷一年的運氣，這份運氣不會容易，因爲內容要好，行銷要跟上，讀者要識貨，書局要肯鋪。老天，要幫。

如果只能慢，又沒有一本書暢銷一整年的好運氣，那也可以縮衣節食彌補。

2.寫很快。

祝你寫得快也寫得好，不然出版不了，其實對興趣職業化也沒有用。

其實，如果寫作是你的熱烈興趣，寫作是不是

工作，眞的有那麼重要嗎？

以前我一邊念研究所寫論文，一邊寫小說，總會想，哎，如果我可以把全部的時間拿來寫小說就好了，那樣不就超級快？

但現在看起來，其實寫作再怎麼是我的興趣，我還是會把時間拿去做很多大家都會做的事，寫作的眞正時間，大抵是不會變的，唯一改變的，就是自由多了。

我知道我想寫小說，幾乎都能隨時寫，不會被上學或寫論文這種事給打擾，但，人世間可以打擾寫小說的事哪裡少過，在這裡就不舉例了。

最後，在我的心中，哪裡有「寫得慢就是金玉良言，寫得快就是放屁」這種道理？香港電影一部片平均十四至二十一天就可以拍完，而且還是我最佩服的杜琪峰，杜琪峰粗製濫造了嗎？我說他是，讓人驚異的高高手。

舉這個例子不是在比喻我，畢竟我是那種狀態好就寫得快，寫得慢，一定寫不好的人。

我不知道大家有沒有辦法想像，或體會——

如果我想日益進步，絕對不是調整寫作快慢，如此膚淺的東西。

而是認眞地生活，多看好讀物，看好電影，看好漫畫，然後提升自我要求。

如果寫得慢就可以變強……強，是不是太廉價了？

依賴戀愛成癮症

【ELLE專欄】2006.12.22

專欄往往從有個朋友開始說起。

我有個朋友，她非常依賴戀愛。

之所以不說她喜歡戀愛，而用了「依賴」的字眼，是因爲她對愛情的「需求量」很大，大到即使明知道對方並不是什麼合適的對象，只要有一點情愫，只要她身邊沒人，便很快跳過曖昧、欲拒還迎、嘴巴說不要身體卻很誠實等雞肋階段，直接在一起了。

曾看過一個心理學家解析戀愛的階段：

第一階段，共存。也就是熱戀，此時情人無時無刻都想膩在一起。

第二階段，反依賴。至少有一方會想擁有自己的時間。

第三階段，獨立。至少有一方會要求更多的自主空間。

第四階段，共生。顧名思義就是兩個人都學會獨立，和平地牽絆，相互成長。

愛情理論老是喜歡拆解步驟顯得本身的高明，通常我都給予唾棄。不過這個戀愛階段論有趣的地方在於，只有第一個步驟是認同情人用強力膠把彼此黏在一起——這說法尤其符合

大部分男人在愛情裡扮演的角色。

說穿了，就是男人即使心態上可以停在熱戀，但身體太容易就回過神來，想重拾談戀愛前的生活節奏。很不公平，不過愛情不談公平。

我那位朋友，喜歡跟每個男友時時刻刻都膩在一起，不見面的時候猛打電話，見面的時候就無論如何不想分開。悲哀的是，不見得男友就願意這樣時時刻刻跟她黏成一塊……事實上，一個也沒有。

她曾很自豪說：「我很喜歡陪他，不管他做什麼，我都可以靜靜坐在旁邊不打擾他。」一副溫柔貼心的可人樣。

「例如呢？」

「他很喜歡打ＰＳ２，一打就是兩、三個小時，我可以坐在旁邊都不說話。」

「……有沒有想過，妳男朋友可能比較喜歡一個人自己打ＰＳ２？」

「我又沒有吵他，我都在旁邊很安靜看他玩遊戲啊。」

「也許我偶爾會喜歡寫小說的時候有人陪，但更多時候我只想一個人。」我在電話這頭發呆：「老是讓我喜歡的女生陪在旁邊看我做自己想做的事，我會覺得很自私，也很內疚。如果妳男朋友是個體貼的人，他應該覺得對妳很不好意思吧？」

「那是你，又不是他。」

不需要用到領通告費過日子的愛情專家，路邊賣菜大嬸就可以斬釘截鐵告訴妳：「要甩掉一個男人，最快的方式不是拒絕他，而是黏給他死。」

不到半年，他們就分手了。

只一眨眼，她又交了一個新男友。

又一次，她強烈要求進駐新男友全部的生活，並熱切分享她擁有的一切——最多的是時間，所以她分享的也正是時間。她以此表達她對這段新感情的重視，並希望新男友張開歡欣鼓舞的雙手擁抱她的付出。

我老覺得她沒有自己的生活或眞正的興趣，才會乾脆以迎合男友的生活作爲自己生存的座標。如果是爛男人也就罷了，但若對方是個不錯的人，用這樣生活淪陷的方式逼走人家，就得不償失了。

很快，她的新男人又倉皇而逃。

她很傷心，也很氣憤。唯一的優點也是缺點，那就是她隨時準備好全神投入下一次的戀愛，傷心也不至於太久。

由於是認識十多年的好朋友，我挺擔心她這種依賴會侵蝕新的戀情。

「我說啊……愛情不見得要拿來當生命的全部，人不談戀愛，還是可以活得很好。」我少見的苦口婆心：「要不要試著，先好好過自己的生活，再找個人來愛自己？」

「說是這樣說，你怎麼懂我的感覺？」她很不爽。

我是不懂。但如果繼續討論下去，她就會發飆。

事實上，她是個非常聰明的女孩，她也的確了解愛情裡的依存關係會讓她落居下風，而這種落居下風的方式，男人都不會給予同情，反而覺得自己才是受害者。對她來說，愛情是眞正的毒品，每個毒癮者都知道吸毒百害無利，卻還是忍不住往火裡跳。

我也好不到哪裡去。

上一個女友交往了七、八年，早就習慣生活裡有她的存在，用該死的戀愛四階段論來看，差不多也到了最高境界。兩年前女友提出了分手，我渾渾噩噩了好一段時間，記憶力宇宙強的我，回想起剛分手的那段日子，幾乎什麼都沒印象。

只記得，那時我很喜歡將汽車導航的語音調到女聲，然後跟機器

沒有GPS我不會開車

說話。

「請注意，您已偏離航線。」

「眞的嗎？哈哈！我故意的啦！」

「路線重新規劃中，請稍候。」

「快點啦我沒什麼耐心！」

「……語音導航開始，請小心駕駛。」

「好啊，那有什麼問題。」

寂寞得無助。巴望著自己的生活可以被誰侵入一下。

有時候，我們對別人的勸解只是過度冷靜的風涼話。

殊不知，自己也是重度的愛情成癮者，只是過去比較幸運罷了。

2007年

葛藍抄襲事件暫時塵埃落定

2007.01.16

（大概會有流水帳的嫌疑，但流水帳有時間概念，還是適合的文體）

託網友無意間看到的福，得知以下的抄襲事件。

太陽氏出版社出版的《一分鐘搞懂男人心》這本書，作者葛藍，裡面有大量的句子或整段文章，嚴重抄襲自我寫的《哈棒傳奇》，與「三少四壯專欄」、《那些年，我們一起追的女孩》等，比對文等到對方寄給我電子檔後會貼出。

我知道後非常憤怒，加上幾個沒看過抄襲文的網友在板上用機機歪歪的理論放屁（又是一堆聲稱所有靈感都來自大宇宙無線電波、又是小叮噹文，靠腰到底是有沒有眞的看過葛藍的抄襲文啊），於是我關掉板上討論，省下無謂的戰鬥，通知經紀公司我決定對作者葛藍提告的打算。

由於作品老是被抄，經紀公司也很支持我提告的動作。我打算等我《獵命師11》寫完後，就著手寫存證信函。期間從博客來買了這本抄襲書為證，確定裡面至少有七個章節是抄襲自我的作品，然後我就暫時撇下不理。

這個階段，我是盛怒的。

結果，在二〇〇七年一月五日時，葛藍寄了一封信向我致歉，聲稱初次執筆，不了解著作權法，才會犯下大錯，並非故意抄襲。葛藍提出銷毀出版社庫存作為最基本的負責，我不予接受，因為葛藍用了筆名道歉，我一點都不知道是誰做的，況且在我的懷疑論裡面，我無法判定葛藍此人是否眞實存在世界上。

一個虛無飄渺的人向我道歉，我只有更生氣的份。

此外，葛藍已經出版了四本書，哪裡是初次執筆？

即便是初次執筆，對一個在作者簡介裡自稱國立大學外交系畢業的人來說，「對著作權法一無所知」這幾個字不過是幼稚的藉口。

於是我冷言回信，請葛藍帶出版社老闆到我經紀公司一趟，否則就只有法院相見到了，這個階段我的盛怒只剩下一半。不管葛藍是筆名還是怎樣他在道歉信裡，已大致承認他的抄襲事實，讓我的怒氣消散不少，這是很關鍵的起步，這也是我願意請他到我經紀公司一談、

而非只有上法院一途的主因。

後來小郭襄與我到書局，實際將葛藍的其餘三本著作看一看，確認有無更多的抄襲，當時我感覺到，這四本書至少有三種行文風格在裡面，所以我推測葛藍可能不只抄了我的作品，或——葛藍並不是一個人，而是集體創作的代表。

再後來，葛藍與出版社老闆都寫信給我致歉，並說明了實際的內幕：葛藍果眞是集體創作，是出版社的編輯群合力製造出來的虛擬作家，抄襲我的編輯是個剛畢業的女學生，沒有領到版稅，而是辦公室薪水，每天上班的工作內容就是寫稿。

該女在信中寫道，她因爲不知道出版社是否願意讓葛藍的眞實狀態曝光，所以第一時間寫信給我時，不敢用眞名，只敢用筆名。信中強調她的反省與悔意，並附上眞實姓名（對我來說最重要的，是她沒有附加但書地承認抄襲——沒有政大女研究生那本活見鬼的靈感筆記本！）。

我勉強接受了這個說法，並與該女與太陽氏出版社老闆約了一月十日我的經紀公司見面。

到了這個階段，我差不多沒有特別的怒氣，只剩下對後續處理的冷靜思考，也終於把

《獵命師11》給寫完（這次特別艱難，因為我堅持把結尾斷在某個地方）。

時間拉到一月十日。

經紀公司方面認為，由於作品一再被抄，未來還有可能面對類似狀況，如果不走法庭戲路線，此事的處理一定要有警戒作用。

我與經紀公司的法務律師討論不到一個小時就定調處理的方式：

1.在四大報的藝文版刊登道歉啓事（大小不拘，別小到用放大鏡看就行）。

2.在我的經紀人面前，盤點，並銷毀庫存書（這很正常，本該如此）。

3.計算出版社銷售此書的獲益，作為賠償的金額。

沒有要對方大吐血的意思，這原本就是對方不該得到的不當獲益。

此賠償金額自然歸我，我的後續做法是捐出去，畢竟這是很爛的事情，我沒打算從很爛的事情裡面得到任何利益。

不過我很孬，約定的時間快到了，我有點坐立難安，畢竟對方是女生，我很怕女生哭，她萬一哭不停我其實會很難受。

但這三個處理原則必須執行完畢，對我，對公司，對潛在的抄襲者，都很重要。

不能因為對方哭我就棄守（重點是，這三個原則一點也不強人所難）。

我的經紀人曉茹姊於是建議我在別的房間等待，別出面，他們會把事情處理好。我同意了。只留下一個與抄襲者面對面的但書，就是——如果抄襲者到了現場，宣稱她只是過度引用，而非抄襲，那就請我走出房間，我要親自到她的面前說一句：「那我就提告吧，大家都省下廢話。」（幸好這個難堪的狀況並未發生）

後來抄襲者來了，帶著她的姊姊與兩位出版社老闆，四個人與我的經紀公司商量。

我在鄰近房間寫「三少四壯專欄」，一邊吃比薩。

……他們商量不到一個小時就結束了。

對方除了第一點外都同意（改成在四大報的任何一個地方刊登道歉啓事），而實體書的回收需要兩到三個禮拜的時間，屆時才能計算出不當利益確實的數字。

據經紀人說，開會期間一直哭不停的抄襲者，很希望能當面跟我致歉，但經紀人怕我尷尬（確實會），推說我在開會而作罷。

抄襲事件大致塵埃落定。

等到對方回收完畢，登報完畢，就風淡雲輕。

但對我來說，這件事的影響才剛剛開始。

離開公司的那夜，我想了很多，心情複雜矛盾。

我知道抄襲者絕對是我的忠實讀者，因爲她抄得實在很多，也很沒技巧……我滿相信是初犯的。

不論當初是否有意抄襲，她面對東窗事發的態度，是慌張認錯，而不是好整以暇地向我解釋她是善意地引用、結果竟過度雷同的世界奇妙物語。

這個態度，讓我在衝稿《獵命師11》時接近心無旁鶩，少生了很多氣，只是等待事情的處理。

某個程度上我很感謝她的道歉，她的態度讓我們都有和解的空間，畢竟跑法院是捍衛權利的方式，而不是個人興趣。

最後，她犯了錯，但鼓起勇氣來見我一面，我卻因爲怕尷尬不想多此一舉。

我覺得有愧。

坐在公車裡看著玻璃上的自己，想像著如果是小郭襄初入社會、犯了抄襲認錯，坐在眾人面前那淚流滿面的害怕模樣，我就很想哭、很難受，一點也沒有勝利的喜悅，或鬆了口氣的感覺。

人是互相影響的，人生也沒有意外。這兩點一直是我的信念。

公司層級有對公司層級的做法，原則有原則之所以存在的必要理由。

但人與人，終究還是人與人。

上次政大女研究生抄襲《恐懼炸彈》事件過後，我有時會想，如果當初我不是一鼓作氣在網路上公開抄襲比對文、與她的姓名、學籍，該抄襲者是否會用不同的態度致歉？與面對東窗事發後一身狼狽的自己，該抄襲者是否會捨棄她那荒謬不可置信、讓我更加惱火的「筆記本佳辭美句」，改採沒有但書的眞誠對不起？（她的後續說詞點燃了我繼續戰鬥的怒火，倒是顯而易見的事實）

我不知道。

也許她就是那樣的人。也許不是。

也許我的態度會影響她，也許不會。

但那都不重要了……

眼前就有一個願意走到我前面哭著認錯的女孩，我的人生跟她的人生都站在改變彼此的

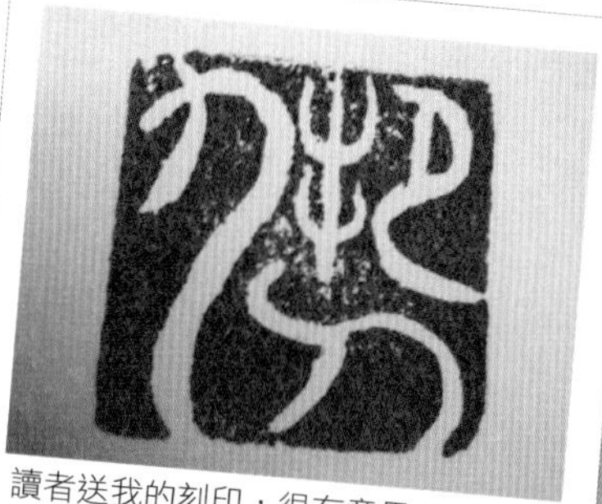
讀者送我的刻印，很有意思

點上。

下了公車，回到旅館，我希望自己能有一點能量，對那女孩良好的認錯態度給予回應。

於是我在旅館寫了一封很長的信給那女孩，表示不會公開她的眞實姓名與任何資料。

並做了一個很怪異的提議——由於是私信我就不表了。

總之，向她致歉我的缺席，她的內疚我收下，希望她以後加油。

隔天女孩回信給我，內容是私信，我也不表。總之我很感動。

事情就這樣了，希望這件事只是女孩的生命經驗，而不是包袱——這不是我想給的。

而這件事，也成爲我人生裡重要的一部分。

關於偶像劇《轉角遇到愛》裡的九把刀等等

2007.01.16

因爲留言板一堆人困惑，所以我就一併說明啦。

我沒有參與「轉角遇到愛」的編劇，但提供主要編劇柴智屏之我老闆不少「方向意義上的想法」，也幫「轉角」物色到合適的插畫家，以配合劇末或劇中的插畫圖案（不是恩佐），至於那些嵌在插畫裡的字，嗯，是我親自用手寫的，我覺得字寫得很怪，不過我也沒辦法。

在了解大致劇情的前提下，用看圖說話的方式，我寫了很多短句，未來會陸續襯圖出現。

而最終的成品，就是會有一本《轉角遇到愛》的繪本面市。裡面的句子是我寫的，出版社應該是皇冠。

另外，劇中有個角色叫九把刀，不是我的主意，不過我也ＯＫ啦！

畢竟大愛也演過同樣的角色，自己的經紀公司要拍戲，出借我的名譽肉體當然沒問題。

陳彥儒對女友很好喔！

原本柴姊問我想不想演自己，我想都沒想就拒絕了。

畢竟自己演自己只有演壞的份，給人的感覺還很噁心！若交給公司選角，靠，那還不來個180cm的帥哥來演我？

結果，哈哈，柴姊找了一個比我矮的演員演我，害我心悸了一下。

之後，有個「轉角遇到愛」的臨演是我的讀者，某天私下寫信問我平常會不會口吃，我說不會啊？怎麼了？

臨演讀者於是說，他在拍戲現場看到僞九把刀的角色設計，講話很結巴！

吼！我講話雖然有時會羞澀，但大部分時間都是衝鋒陷陣型的耶！

當下我傻了，有種秋風摔在我臉上的感覺:P

後來在轉角的收視率慶功宴上，遇見了飾演九把刀的演員陳彥儒，小我兩歲，跟他的女友一樣都是個開朗大方的人，以前是滿有名的童星。

希望他的演藝之路能重新打開囉！

今天，戰鬥又衰尾的一天

2007.01.18

深呼吸，先從一個幹字開始好了。

嗯，幹！

話說我昨天才知道ycn的告別式是在週四早上舉行，匆匆訂了往返台中花蓮的機票，今天晚上18:25的飛機，明天公祭完就飛回台中。

結果，今天下午我開車帶我爸去買他一直很想要的ＳＯＮＹ ＤＶ，然後再開車去機場。不料我沒有估計待在店裡的時間會那麼久，加上下班時間中清路塞到一個境界，又下雨，導致幾乎所有車子都龜速前進（紅綠燈非常的不幫忙）。

我傻眼，一整個驚，區區十二公里的路程我開了快一個小時，我拚命見縫插針，能踩油門就絕不踩煞車，在雨中狼狽前進。

中間還打電話請小郭襄幫我打電話給航空公司叫他們等我，結果航空公司說最遲只等到18:05，害我很想哭。

腦中盤算著，如果趕不上飛機，晚上有火車可以從台中亂殺到花蓮嗎？公祭的時間實在太早了，早到沒可能一早搭飛機去啊！很痛苦，於是我又祭出跟靈魂講話的招式，（這個招式在追小郭襄時使過多次，我都跟阿拓的靈魂在溝通）喃喃自語拜託超甯讓我順利登機。

18:10時，最後一個右轉，再沒有塞車，我心急如焚全速前進，一邊祈禱不要被拍到，靠近機場時我決定不要停停車場，免得拿票什麼的浪費時間。

決定後，我將車子開上路邊很怪的地方，摔上車門就往機場開跑，中間大約300M。我一邊跑一邊大叫，「超甯！幫老大啊！趕得上就超熱血的啦！我不要坐火車那種熱血啦！機票超貴的啊！」

（我承認跟超甯沒那麼熟，不過事出緊急，想必也是可以溝通一下的。）

衝到機場時，看時間是18:16，但華信航空的櫃台已經有兩個人塞著，我捧著快要爆炸的肺，喘道：「小姐不好意思，我的飛機快走了！」

旁邊的先生淡淡地看著我，說：「你是要去花蓮的嗎？」我說是。

他說：「啊飛機還沒開啦，我也是去花蓮的。」

櫃台小姐白了我們一眼說：「你們都是遲到。」

我才鬆了一口氣，大概是沒問題了吧⁇

一邊喘一邊翻著皮包，幹！沒帶身分證！

我很想死，幸好我用充滿自信的眼神拿出駕照，這樣也換到機票。喔YES‼

到了此刻，成功抵達的消息也該告訴一下替我著急的小郭襄了。

伸手往口袋一撈，這才發現：我的手機放在車子裡啦‼

幹幹幹幹幹幹幹幹幹！

這樣我到了花蓮要怎麼打電話給小黑約一起去公祭啊‼

這樣我晚上怎麼跟小郭襄聊天啊！我沒打算住有網路的旅館啊‼

正當絕望時，我發現……還沒開始登機⁇

「那個……有聽到的話，老大要去拿一下手機！」我握拳，衝出機場。

！！！！！

就這樣，我回到車子裡拿了手機，又衝回來，腿都軟了，趕上登機後我喘到不行，沒有練真的差很多，我今天靠著腎上腺跑成這樣已經很拚了，哎……

飛機上我暗暗慶幸，原以爲今晚我眞的是超幸運，沒想到……

下了飛機，等了二十分鐘坐上機場公車，（很怪，明明就只二十二元，計程車那麼貴，但我兩次到花蓮，兩次都只有我一個人坐公車）就開始跟司機聊我今晚可以住哪裡比較便

宜，畢竟我打算一放下包包，就去星巴克寫小說到23:00，回旅館時就只是睡覺，司機說可以去住國軍英雄館，但問清楚我是來參加公祭，便改口說，可以住在距離殯儀館非常近的金龍大旅社，才七百塊，既然那麼近，那當然好啊，我就決定要住金龍了。

結果金龍大旅社非常的老舊，是挺乾淨的，但眞的很舊很舊，如果換到台北西門町，這種地方大概只要五百五十就可以住到，所以七百其實並不便宜。

well，算了，人不能太計較，畢竟我已經趕上飛機了，又拿回手機了很扯了，可以了，別抱怨了。

但我本想洗個澡暢快一下，然而開了五分鐘的水都還是冰的……我想這種呼呼呼呼呼呼呼喔喔喔喔喔喔喔喔喔的暢快還是算了。我把貼身衣褲拿出背包，然後就出門吃飯寫小說去了，並跟小黑約好明天早上7:30集合。

ＯＫ，幹！

結果我寫完小說23:30回到金龍大旅社時，幹林老師它的門居然給我關、起、來！

我傻眼了，我在外面跑來跑去住過各式各樣的爛旅館，就是沒住過給我關門的!!

我敲門，沒人鳥我，我打電話，電話一直響，也沒人鳥我。

我在門口罰站了二十分鐘，最後痛苦地離開。

FUCK!!這七百塊就這樣把我鎖在外面!!

正在大使飯店

此刻我有三個選擇：

一，去酒吧很酷地寫小說到天亮，然後回金龍要回我的錢。

二，打電話給小黑，求住他家。

三，去找別的地方住。

現在的答案是，我選了三，因爲開始下雨，我不好意思叫小黑冒雨出來接我，而去酒吧寫小說，萬一我意外勾搭到寂寞難耐的熟女，那樣不是不太好嗎?!

so，我現在住在大使飯店裡，這裡很好，也是我上次來慈濟演講住的地方，花了一千塊，櫃台說一千塊的房間都滿了，幫我升等到一千三的房間，我想說，屁啦！都是你在說。

沒想到一進房間，靠，果然跟我上次住到的差很多，房間很大，熱水很強！

又有窗戶！←長期住旅館你就會知道，除了網路，一個好窗戶就是最重要的了。

唯獨我的睡衣褲都放在金龍大旅社，所以我今晚就

只能很硬派地裸睡了，一想到冬天還要這麼硬派，我就覺得自己超man的……幹。

現在我的計畫是，一起床，就去金龍討錢，然後跟小黑會合，參加超寗的公祭。

希望至少可以討回五百塊。幹。

大家晚安。

這一張簡直是常見讀者表

九把刀的關島之旅

2007.02.01

〔一〕

怎麼會跑去關島跨年的，得話說從頭。

大概是部落格挺有人氣，為了推動台灣旅客到關島旅遊的風氣，關島觀光局邀我攜伴免費遊關島，時間任選，並贊助我部分活動費用。

我說，既然時間任選，那當然是跑去熱得要命的地方跨年啊！

至於免費攜伴的部分，我先打電話問林志玲跟白歆惠，她們都沒空，所以只好拜託還在念大學的女友小內請假，陪我在寒冷的冬天裡跑去熱帶關島曬太陽。

只不過有個狀況，當時我正在對付一月底國際書展一定得出書的《獵命師傳奇》，每天都得寫上五千個字，雖然下了跨年旅遊的決定，但心中頗有不安，若因為旅行荒廢了衝稿，到時候書出不了，我就只有脫光衣服在國際書展會場任憑讀者人體彩繪了。

「真的怕寫不完，就把電腦帶去關島寫啊！」小內說。

我想也是，便拎了台電腦上路，四天三夜的行程就此展開。

把握時間寫東西

蠢

關島一年四季都是夏天，因此無所謂旅行計畫的特定時間，是關島極大的優勢。飛機從台灣出發的時間都是晚上十二點，總共要飛三個小時半，飛到關島後要加上時差兩個小時，所以抵達關島時才早上六、七點，距離飯店check in的時間還有好久好久。

一出關，就有台灣裔導遊拿著花圈等著，導遊叫阿凱，四十初歲，皮膚曬得黝黑，是個脾氣溫和又好商量的人。不管是自由行還是套餐行程，所有的台灣旅客都上了巴士，一起坐車逛市區景點打發住進飯店前的超大量時間。

關島的陽光真的很酷，才早上就刺得我眼睛快瞎掉。或許是許多景點都距離大海很近，而大海就像超級大鏡子一樣，將燦爛的陽光斜斜反射到大地上吧。我帶了剛剛買到手的單眼數位相機CANON 400D，興致勃勃地跟小內像死觀光客一樣猛拍照，測試相機的意味頗

濃。上午逛了超矮的自由女神像，把頭塞進砲台裡想事情，去教堂拍小內祈禱的可愛模樣，中午則拖著昏昏欲睡的身體到了Duty Free商城逛街。

Duty free裡面都是世界級的大名牌，LV、Dior、CHANEL、BURBERRY等，據說因爲免稅，比在台灣買的價格便宜許多，不過對我跟小內這種死老百姓來說，賤住在台灣時哪有工夫去翻那些大名牌的價格標籤，到了關島，還是不了那些奢侈品到底有多便宜。不過日本觀光客非常的多，店員也都用日語跟我們打招呼，可見日本人很敢買。Duty Free我們隨便繞了

標準觀光客

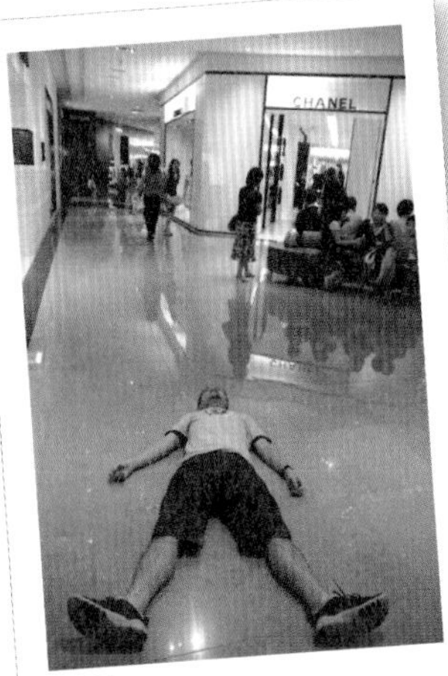

累了

兩圈就閃人，跑到附近比較平價的商城，呼吸比較平民的空氣。

在關島吃的第一餐，是全世界都有的麥當勞。餐點的品項跟在台灣看到的不大一樣，不過也沒什麼好提的（全餐大概七塊半美金起跳）。用餐的此刻，來到關島還不滿十二個小時，我就感受到關島這個號稱屬於美國領土的小島，人口組成的怪異性。

雖是美國領土，但西方面孔極少，服務業幾乎都是當地的原住民擔任，日本人超級多，服務業人員也都會說聽幾句日文，滿街的英文底下都有日文附註（偶爾可見中文或韓文），日本人多到足以改寫關島的定義……我想，稱呼關島為使用美金的日本海灘，一點也不為過。

吃完飯，下午回到旅館後，第一件事就是跟導遊阿凱商量未來三天的付費行程該怎麼安插，並委託阿凱幫我們訂氧氣筒潛水、浮潛、賞海豚、潛水艇參觀海底、魔術秀、脫衣秀的門票或船票，商量哪個行程插在哪一天哪個時段比較好。

說實話，我原本打算完全擺脫旅行社的掌控，百分之百靠自己的方式度過在關島的三

天，這樣比較酷。但很快我就發現，這樣的「超級自由行」想法或許可以用在遼闊大地的背包客戰鬥上，卻不適合用在只有兩個台北大小的關島。

怎麼說呢？關島旅行的娛樂重點可以輕易在google上找到太多資訊，在台灣就擬定好玩樂計畫，但那些資訊提供我們事先想好可以去玩什麼的意義比較大，眞正來到關島，需要計算進去的成本是「時間」。例如潛水，如果一天固定的班次時間都沒有跟上，那就潛個屁。或者在搞不清楚開船時間就冒失跑去船公司要去賞海豚，結果發現需要在那裡等上大半天，不就非常浪費旅行寶貴的時間！此外，關島的付費行程的價格大同小異，所以我建議不要去想委託給導遊代訂行程會不會被陰一筆這樣的問題。出國去玩就是出去散財的，有這種觀念旅行就舒服了。況且，如此可以省下一筆爲數可觀的計程車費用，因爲那些付費行程都有飯店接送的服務，或者導遊會親自開小巴把你接過來、又放過去，省下迷惘的時間拿去逛街或瞎混都很王道。

總之，與台灣裔導遊商訂行程，很省事，也多了眞正的自由。

〔二〕

由於飛機抵達的時間眞的很怪，睡了午覺補眠後才恢復精神（我懷疑這是所有台灣旅客

的規劃）。晚上再到Duty Free附近繼續逛街，陪小內去挑比基尼，小內刷了生平第一次卡，我還丟臉地拍照留念。晚餐挑了間看起來很普通的日本拉麵店吃飯，我點的味噌拉麵要價十二美金（我看整篇遊記都來報價讓大家參考好了，哈哈），糖醋雞塊要價七塊半美金，都很好吃，這明顯是舌頭很挑的日本遊客非常多所促成的好結果。

導遊推薦我們來關島至少看個秀，而第一天由於體力關係還無法進行潛水等計畫，到了晚上若淨是逛街也很無趣，所以吃完晚飯，我們的第一個付費行程，是到一個叫沙堡的地方看冰刀魔術秀。

此秀光是門票就八十美金，附一杯飲料。如果是晚餐時間過來看秀，點餐據說是五十美金起跳，但我們選擇餐後時間看秀，比較便宜，導遊也推薦。

看過Hugh Jackman跟Christian Bale飾演的電影，「頂尖對決」（*The Prestige*），知道了一些魔術的竅門，所以在看沙堡秀的魔術時格外有趣。沙堡秀的表演者都穿著冰刀滑來滑去，很流暢地以半戲劇的形式表演，女舞者的身材都很辣，笑容燦爛得很敬業。

生性喜歡熱鬧的小內很喜歡看秀，我從後面抱著她，看著她很開心地鼓掌，嘴巴一直嚷著：「好厲害喔！眞的好厲害喔！你看你看……」當下覺得非常幸福。有一半的時間我都在思索我怎麼這麼幸運，可以帶小內來關島渡假。

回到秀，與其說魔術很神奇（除了最後的脫逃術在「頂尖對決」裡揭露竅門我看得出來

外，唉，魔術到底還是很接近法力的一種東西啊！），不如說沙堡秀的重點在於流暢、不乏味的表演節奏，音樂很歡樂，觀眾很捧場地拍手，老少咸宜，座位舒敞，非常適合安排在玩要一天後的夜晚。

沙堡秀結束後已經很晚了，導遊載我們到K-mart廉價大賣場，然後載其他台灣旅客回飯店。K-mart是類似台灣家樂福的地方，不過是二十四小時營業。我跟小內原本是想見識一下美國大賣場的特色，但，K-mart眞是個異常無聊的地方，死氣沉沉的，我想像不到除了快速離開之外更適合逛K-mart的辦法。不過小內眞的很厲害，她還有辦法在裡頭逛東逛西的，一下子參觀巨大的胸罩區，一下子研究當地人巨大體型的內褲，死撐很久才在我求饒的眼神中恩准我的離去。

導遊早就閃人，於是我們搭計程車回飯店。如果在台灣，那肯定是一段不會跳到錶的距離，但我們共搭了十二塊美金，物價眞的不低——所以了，如果選擇跟導遊合作，省下的車錢眞的很可觀。

旅行時，每一餐都好吃

一直沒有提到下榻的旅館。

陽光很暖

海景很正

我們住的是全球連鎖的希爾頓飯店，是的，也就是派對淫娃芭莉絲．希爾頓的那個希爾頓，是關島最便宜的五星級飯店，打開窗戶就可看到大海，低首就看見飯店的游泳池跟tree bar。陽光就是最好的造景，我喜歡住在這裡。

不過缺點有三。

一，床很硬。二，浴缸外沒有排水孔，如果洗澡濺出水來，每次進廁所都得踩在水池裡。三，網路要另外付費——這點我難以接受，所以也沒有去用。前兩點可能是房間之間的差異，但要命的第三點，很多台灣的高級飯店也是如此（反而是便宜的商務旅館都提供免費的網路服務），虧我還帶了筆記型電腦過去，這可只剩下衝稿《獵命師傳奇11》，跟及時觀看每天拍照的成果吧。

〔三〕

第二天，將單眼相機鎖在保險箱，換了輕便的數位相機，一大早就來到ＡＢＣ（當地兩大玩水的俱樂部，另一個是ＰＩＣ）報到，搭船出海賞價值八十美金的海豚。喔喔喔喔，整艘船只有八個台灣人，其餘都是攜家帶眷的日本人，讓我更說服自己身在日本而非美國啦！

坐在甲板上，穿著短袖短褲配上隨便的海灘鞋，在閃閃發亮的大海上，看著藍到讓人想睡覺的天空，眞的有一種「台灣的冬天好像是假的一樣」的幻覺。賞豚船大概開了半個小時，我們就看到大約「一打」的海豚不斷躍出海面，小內立刻high了起來，開心直嚷著：「好像假的喔！哈哈哈哈好假喔好假喔！」船在原地慢慢尋找海豚群，海豚的表演慾望好像挺強的，一群一群浮出海面，據說每次出海都有九成以上的機率會找到海豚，比起花蓮賞鯨的命中率要高多了。

畢竟我志不在當海賊王，浪大顛簸久了，我開始有點暈船，不過保持心情愉快不只適用在殺手身上，用來對付暈船也行。我刻意遙想還在台灣過冬天的朋友們，幻想他們此刻正穿著羽毛衣咒罵什麼鬼天氣的模樣，心情立刻好了不少喔喔喔喔喔，暈船的攻擊效力也就緩和下來。

船停了，大家跳下海浮潛，其餘人在船上釣魚（事後證明，都是釣心酸的）。爲了聚集

大量的魚群，船老大撕起麵包毫不手軟，一下子就召來很多熱帶魚，大家都看得不亦樂乎。不過為了安全起見，浮潛的範圍很小，大家都擠在一起，心中不免浮出……啊，我們都是一群死觀光客的感覺。

回到ABC海灘，暈船不藥而癒，吃了很好吃的、無限量的自助餐（不過是咖哩飯加雞塊）後，我跟小內迫不及待跑到沙灘玩。ABC的海灘設備，只要是不需要汽油的東西都是免費的，例如排球、腳踏船、獨木舟、超大救生圈，如果你可以不靠汽艇、而用輕功水上漂快速在海面上奔跑的話，那麼拖曳傘也是免費的！沙子無限，你想吃沙子的話，也可以一直吃，吃到胃壞掉為止。

我跟小內在沙灘上，像兩個樂壞的小鬼，但面對只是撲打浪花過來的大海，我們根本不知道要怎麼玩、玩什麼，純粹就是開心。

如果我跟小內是還沒開始交往就好了，那樣我就可以假惺惺喜歡玩潑水，然後伺機抱住尖叫的她。可惜啊可惜，現在的戀愛進度已經不是那種曖昧不清的階段，我想了想，抓起濕答答的沙團丟小內，丟到小內生氣開罵，我只好朝空中亂丟，然後讓沙泥從空中墜落無差別攻擊……我也不知道這有什麼好玩。

後來海浪漂來一個爛掉的排球，我大叫：「Wilson！Wilson！」然後就跟小內玩起來。

小內體育課修排球，因為球技太爛了期末考要重考發球過網，於是叫我幫她撿球，讓她好好

練個夠，眞是夠茶包的啊！

認眞練了好幾球，一直撿球、扔球，我實在快發瘋了，於是將排球踢到外太空，跟小內搶了一台壞掉的腳踏船來玩。由於一邊的腳踏板壞掉，只能一個人踩踏板推動小船，另一個人就只是閒著，小內竟跳下水從後面撥水推船，而我在船上當小皇帝，負責指揮進攻的方向。小內眞的是很可愛啊。

竟然是雙人床！

腳踏船玩膩了，我們就上岸殺了兩個小鬼，從他們的身上搶來兩個救生圈，然後坐在上面隨浪漂流，什麼也不想，就是曬曬乾淨美好的陽光。

我們傻呼呼曬著曬著，竟然下起了毛毛細雨，岸上傳來警戒的哨聲，於是結束了玩海，上岸回飯店。

這段亂七八糟隨便玩的時光，帶給我跟小內的快樂遠超過所有的付費行程。旅行的意義在於玩伴，只有好的玩伴才能讓你在旅行的過程中無礙爛天氣、暈船、被騙、肚子痛、被搶、迷路等險惡，得到純粹的快樂。

回到飯店，洗了脫去疲憊的澡，我跟小內恪守作家與大學生的本分來到飯店的咖啡廳，我打開電腦寫《獵

哇！

心情好

命師傳奇》，小內則讀起英文。由於工作關係我經常往返彰化與台北，每次都很享受在流浪的某個點上寫小說的感覺，在關島當然也不能免除寫作的習慣。

到了晚上，導遊阿凱來接豪華套餐行程的旅客去吃飯，順便載我們到ＧＰＯ商場逛街，約好一個小時後，他再載我們去吃飯（你看，自由行的旅客也能享受到導遊的照顧）。

在車上，我們跟其他旅客交換不同行程的感想，我問：「搭潛水艇好玩嗎？」

一對老夫老妻微笑，說：「潛水艇不是不好玩，而是非常非常地不好玩。」

「啊！」小內慘叫。

「唉，可惜我們已經訂行程了。」我懊悔不已。

一個跟男友同行的女生插嘴：「你們有人要去高空雙人跳傘嗎？」

「沒耶，那個不是很貴嗎？」我想起來了。

「可是非常難得啊，我只聽過有高空彈跳，還沒聽過哪裡有在玩高空跳傘的。」那女生一臉躍躍欲試。

海底很正

沒看到海王類

嗯，那妳就跳吧！

兩百五十美金起跳（錢花的越多，妳往下跳的高度就越高，在空中停留的時間就越久）的高空雙人跳傘，這個我就沒有想過要嘗試了，因爲關島觀光局的旅遊補助不夠，哈哈，而且千金之子不死於盜賊之手，故事之王不喪於自由落體。

每一餐都不便宜

GPO是個挺好逛的地方，小內在這裡買了很多衣服送媽媽跟姊姊，我則持續找不到特別想買的東西。可惜GPO只開到晚上八點，非常怪異地反high，建議有心去關島玩的人可要早點到GPO走走。

離開淺嘗輒止的GPO，吃了要價四十五元美金之貴死人不償命的韓國烤肉當晚餐，就來到晚上的重頭戲，G-Spot的成人脫衣秀。

G-spot的門票只要三十元美金，還附一杯飲料，比起上天下海的八十元美金，花三十元就可以看到很多裸體美女簡直就是太划算。我跟小內一進場，就選了靠近表演欄杆最近的位置坐，我們坐的位子距離舞者非常近，近到如果舞者跌倒，鞋跟會直接掃到我們的臉。由於

當天是十二月三十一日，我們進G-spot的時間接近年末倒數時刻，選擇在脫衣舞酒吧度過夜晚的人很少，只有大約六、七個放假的美國大兵——這已經是我在關島看過最多西方面孔的地方了！

由於現場人少，小內跟我都有點不安，但也更加興奮。我們將一塊錢美金摺放在桌上當小費，等待脫衣女郎用各種方式將小費從我們面前拿走。第一個上場的脫衣舞女郎非常漂亮，據小內的形容，舞者的身材跟臉蛋美到就像芭比娃娃……脫光光的那種。

舞者會跳三首歌，第一首歌就只是跳。第二首歌會脫掉內衣。第三首歌就完全一絲不掛了。芭比娃娃非常受歡迎，舉手投足都引起大家拍手大叫，美國大兵還跟著酒吧裡的音樂合聲唱歌，氣氛非常歡樂，差不多每個人都把一元美金放在桌上，吸引舞者到面前擠乳。

各位宅男們除了硬碟裡的收藏，大概沒有看過完全光溜溜的女人吧。我必須承認，看到素昧平生的美女在面前笑吟吟露出三點，雖是集體意淫的色情表演，但衝擊力可是非常地大！

沸騰的節慶氣氛中，芭比娃娃跑到我跟小內面前，笑嘻嘻抓起我的手揉著她的豪乳，順勢抽走小費，我揉著揉著、露出彬彬有禮的淫蕩笑容，體面又大方。

「摸起來怎麼樣啊？」小內笑咪咪看著我，一隻手在桌底下捏我大腿。

「超大，不過很鬆啊！」我豎起大拇指，感覺大腿快爆炸了。

後來每個舞者上來，我們都會放小費吸引舞者過來互動，不過美國大兵就不見得捧場了，他們很色很現實，如果舞者胖了點或老了點，他們就開始喝悶酒，眞的很爛有夠爛，現場氣氛瞬間冷掉，小內跟我都很替拿不到小費的舞者緊張，畢竟都脫光光了，還沒有人要看，她們的心裡一定很想哭。所以，我們換了好大一捆一元美金，大部分都花在超沒人氣的舞者身上。

有個大概已經生過小孩的中年舞者，胸部非常地小，她一出場差點沒引起美國大兵的噓聲跟呵欠聲，爲了建立她的自尊心，我一直摺紙鈔給她，她大概很感動吧，把我的臉埋在她的奶子中間搖啊搖的，想讓我快樂……但坦白說我只感覺到我的頭撞到了一道有溫度的牆。由於我一直給小費，導致我撞了兩次牆。有個舞者牽著小內的手摸她的胸部，也伸手摸了小內的胸部，讓小內非常害羞，那舞者對小內的胸部讚賞有加，顯然是相當專業的看法。有個非常漂亮的拉丁裔舞者把鈔票插在我的褲子裡，然後彎腰舔走了它，讓我的大腿又多了不少瘀青。

舞者之外，我也很喜歡觀察場邊的人幹什麼。

有些外地來的亞洲觀光客坐得老遠，眞的很反high，有的即使坐在舞台前，依舊是一臉放不開的嚴肅表情，讓我覺得很困惑。有些人是全家六口一起過來看表演，我的天，這樣怎麼會好玩啊！

有一對台灣夫妻超好笑，老公是個年約四十幾歲的胖禿頭，老婆是個標準的歐巴，他們一直換座位，一下子換到舞者面前，一下子換到非常遠的地方，一下子又換到抬頭就看到舞者陰部的位置。那老公從頭到尾都用狂喜的表情看著台上的裸女，看得失魂落魄，而一旁的老婆則笑得非常詭異，如果用漫畫的格子看這一幕，那歐巴老婆的內心話一定是：「笑吧！笑吧！今天晚上我就剪掉它！」

我邊看邊想，在台灣的那群宅男朋友們一定也很想在現場勃然而起吧？如果大家都在的話，一定要玩一個遊戲：一直摺小費在賴彥翔面前，一直摺一直摺，讓舞者用各種色情招式不停地玩弄個性很悶的賴彥翔，玩到他手足無措非常尷尬，大家一定會笑到翻過來滾過去。

看脫衣舞看了一個半小時吧，其實後來也看膩了。粗略統計，漂亮火辣跟濫竽充數的舞者比例大約是一比一，還算公道，身上的一元美金已全數消失。

離開G-spot回到希爾頓，差不多快要跨年讀秒了。

小內跟我帶著單眼相機跑到人潮洶湧的飯店海灘上，等待關島政府施放的煙火秀。我們到的時候，tree bar已經擠滿了人，大家都很興奮，完全沉浸在彷彿只要新年到來，過去腐爛的一切就能否極泰來的重度幻覺裡……我也是。

如果眞能這樣就好了。

如果新年來到，我電腦裡缺少的最後一萬五千字的《獵命師》能自動補上，該有多好。如果新年來到，我的文化替代役可以在彰化當，該有多好。如果新年來到，那些白目可以停止叫我去寫純文學提升文化素養，該有多好。如果新年來到，我打麻將可以從此不放槍，該有多好。

FIVE……

FOUR……

THREE……

TWO……

ONE！

HAPPY NEW YEAR！

死觀光客們齊聲大吼，煙火絢天，成了小內跟我擁吻的最佳背景。

「希望新的一年裡，我們能少吵點架。」我祈禱。

「還要親……還要親……」小內嘛嘴。

哎，我有什麼辦法？只好繼續親。

親完了，就來拍點煙火吧。

雖然腳架很麻煩，不過想拍煙火，沒有腳架就準備手震到死吧！好不容易才靠勤能補拙

拍到幾張像樣的照片。拍煙火是很重要，但放下礙手的相機，舒舒服服看著滿天煙火才有溫馨踏實的感覺。

第一次在國外跨年，感覺很新鮮，迎著海風在沙灘上摟著小內看煙火，就算是殺人犯也會覺得好浪漫、好想改過自新。

讓眾人仰起脖子的煙火大約放了十分鐘，煙火結束後，新年讀秒的氣氛也在最後一道驚天火焰中達到極致……然後無影無蹤。

群聚眾人的海灘彷彿變成了，就只是群聚眾人的海灘，沒有魔法了。

我牽著小內離開，順手帶走了幸福。

爲了賺日本人的錢，飯店準備了數百碗「長壽麵」，一碗要價十二美金。我不懂日本人過年爲什麼要吃麵，雖然不餓，由於無聊還是要了一碗吃。老是覺得旅行時最好不要管太多，逮到機會就要讓自己湊合一下狀況就對了。

由於關島的時間比台灣快了兩個小時，當我們回到房間打開電視，切到台灣的中天電視台，正好趕上台灣遲來的跨年讀秒。當電視上一○一大樓引爆煙火的瞬間，靠，我才知道原來當台灣人眞的很酷，比起剛剛在海灘上看到的煙火秀，一○一大樓的煙火秀才是王道啊！

〔四〕

第三天，是關島旅行的重頭戲。

關島是個以海作爲觀光重點維生的地方，除了含著一根彎曲吸管就可以辦到的浮潛，潛水的方式還有至少兩種，一種是戴著像外太空人的帽子，抓著纜繩，安安穩穩走在海底，優點是可以正常呼吸。另一種就是揹氧氣筒，跟你腦海中瞬間浮出的景象一模一樣。

據說全世界不需要執照就可以揹氧氣筒深潛的地方屈指可數，關島就是其中之一，來到這裡若不揹起氧氣筒潛水一下，實在很可惜。

小內原本就會游泳，而我則在普吉島深潛過一次，所以各花了八十美金在這個活動上，並多花了三十美金在購買傻瓜潛水相機上，教練會幫我們在水底下拍照。我的建議是，潛水相機好像不是很貴，可以自己事先買好掛在手上，省下一筆費用，只是如此一來就得自己動手拍了。有利有弊。

教練共有三個，一個白人大胖子，是老闆，兩個是華裔健康型美女，所以教學都是用華語（這也是直接跟華裔導遊買行程的基本好處吧），每個教練都負責兩個學員，我想這個比例已經足以令人放心。

我們穿上很緊繃的潛水衣，揹著很重的氧氣筒，在淺水裡走了快十分鐘才走到可以深潛的地帶，累死了，會喘，後來才聽小內說，她走到很想放棄潛水的地步，眞是難爲她了。美

女教練很認眞很嚴肅地教我們每個該注意的地方，並要我們鑽進水裡跟著她操作一遍重要的環節，確定我們眞的都會。我覺得她的這種態度，讓我們也跟著放心不少。

快要戰鬥前，那白人大胖子教練說得很好，潛水最重要的，就是不要恐慌，而恐慌發生的原因，往往都是你自己暗示自己，應該恐慌的時間好像到了，所以就著急想爬出水面——但這麼做只會提早結束好玩的水底活動，非常可惜。

要下水了！

感覺很囧

「有困難，用手勢告訴我，所有的問題都可以在水底下解決，放心，你不會死的。」華裔美女教練說得這麼明白，所有人都點點頭。

我看著臉色蒼白的小內，說：「柯比不要緊張，就算妳漂走了我也會游過去把妳抓回來，就像淵仔在大海裡找到阿義一樣。」

小內瞪著我，沒好氣地說：「淵仔跟阿義最後不是一起被沖走了嗎！」

我愣了一下，說：「對喔。那我像師父一樣好了，總之就是不會讓妳死掉。」

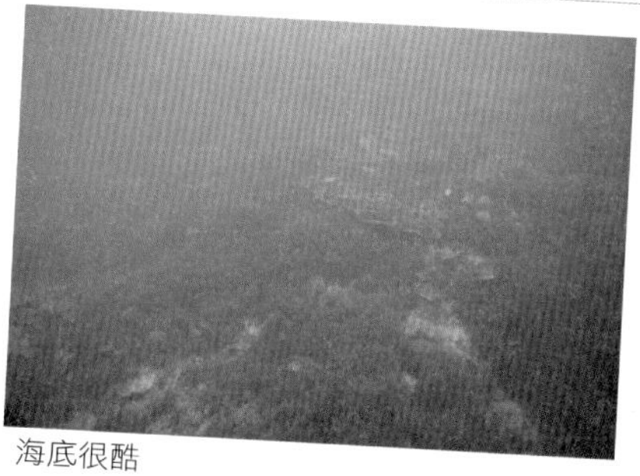
海底很酷

時候到了，我牽著小內的手，慢慢游到水底，可以感覺到小內很緊張，她不停看我、抓我，確認我有認真注意她的狀態。哎，眞是小笨蛋，我當然會關照著妳啊。

我們一手抓著珊瑚礁，免得稀里呼嚕漂走，另一手拿著熱狗吸引熱帶魚過來。大家都很快捏碎熱狗，用粉末的氣味召集小魚群，我則貪心地舉起熱狗，引誘大魚過來啄食。一開始眞的很興奮，我跟小內會指著奇形怪狀的大魚給對方看，生怕一浮出水面，就沒辦法將剛剛的感動完整表達。

一下子，一條可供全家人吃一個禮拜的黑色大魚游了過來，滿不在乎啄走了熱狗，差點沒有連我的手指一起打包帶走。我放過了牠，因爲我遵守海賊王的教誨——不吃的東西不殺！

除了我們這組，周遭還有不同組別的潛水者欣賞著熱帶魚群，很多人聚在一起的感覺還滿讓人安心的。也因爲如此，熱帶魚群非常可觀。大家都以珊瑚礁爲單位移動，魚群也跟著我們，喔不，是熱狗移動。

在海裡，聽到的都是用嘴巴緩緩呼吸的聲音，很像「星際大戰」裡黑武士呼吸的那種感覺。如果略感緊張，我就深深吸一大口氧氣，讓涼涼的感覺充實了整個肺部，很快就能平復下來。

大概在海裡玩了二十分鐘吧，我的膀胱快炸掉了，後面的五分鐘都在忍尿的屈辱感中度過。是的，雪碧說：「順從你的渴望。」在海裡尿尿肯定沒人會發現，我也嘗試了好幾次，但肌肉的緊繃感讓我無法順利鬆弛膀胱，反而有股壓力從外部一直揍我的下腹，一直揍一直揍，揍到我都快發瘋了。

就在我失去意識之際，教練宣布潛水結束，大家爬出水面。

「好想尿尿。」我苦笑。

「我也是，我好痛苦喔。」小內搖搖欲墜。

我拖著沉重的尿袋，牽著同樣快要尿崩的小內，涉水走向岸邊。期間，我總算運用內力，一邊走路，一邊將沉積已久的尿水釋放出來，頓時有種重獲新生的感覺。

走回小巴士，脫掉一身重得要命的裝備，所有人都一臉尿炸的表情。除了我。

「我快死掉了……我眞的快死掉了……我快尿出來了啦！」小內快要哭出來了。

「嗯，剛剛我在海裡尿了好幾次，但現在還是想上廁所。」有個五官清秀的女孩突然說。

我嚇了一跳，在海裡偷尿尿這種事從不認識的正妹口中說出來，衝擊性一百分。

我開始用手指戳小內，一直戳一直戳，戳到小內眞的快要飆淚了才停手。有人說：「最毒婦人心。」其實男人一旦啓動幼稚模式，也是很可怕的！

輪流到廁所解放後，回到旅館第一件事就是洗澡，好想大睡一場。

由於下午一點就要進行潛水艇行程，中午就在飯店的tree bar用餐，兩個人共花了四十五塊美金。由於剛剛從海底尿崩地獄走過一遭，小內跟我都有點過於沉默，吃飯吃到恍神。

休息片刻，我們搭上小巴士前往據說非常爛的潛水艇行程。

之所以當初會對潛水艇感到興趣，是因爲它號稱可以潛到海裡一百公尺深的地方，那種鬼地方爲什麼可以當作觀光號召？我很想看看賣點在哪裡。

到了現場，我突然變得很鬱悶。船上都是日本人也就算了，而且有八成都是日本老人。我有種被騙了的感覺，難道這個行程是老人等級的嗎！大家對日本人的印象是有禮貌，隨時用鞠躬當作握手的民族，可是我看到的，是一群爭先恐後的老人，他們可以面不改色用瞬間移動插隊到你前面，裝模作樣，又沒品。

潛水艇裡小小的，藍色的海水顏色從圓形窗戶滲透進來，很像大家一起拍鬼片，如果有

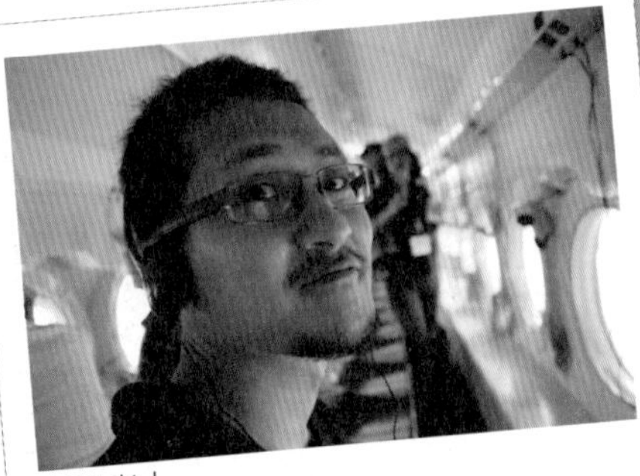

都是老人

很花錢的行程

幽閉恐懼症的人來到這裡應該會發瘋吧。

水很乾淨，沒有因爲當天氣候不佳顯得渾濁，依照我的觀察，大約在水面下十公尺的位置看到的熱帶魚最多，三十公尺以下的深度就只是欣賞海水正藍罷了。很幸運，有幾個正在玩潛水的觀光客在附近餵魚，所以魚群還挺捧場的，還看到一隻海王類在遠處休憩。不過比起稍早前的潛水，置身魚群與珊瑚中間的感覺才是王道。

後來艙內廣播大放熱血奔騰的交響樂，潛水艇一鼓作氣往「契約規定的負一○○M」前進，我不禁期待起那深深深海裡的世界是多麼荒蕪、死絕、淒涼，正當我將臉貼在玻璃上聚精會神一探究竟時，潛水艇就用恐慌艙體爆炸的速度往上衝，直衝到浮出水面爲止。

「……」我張大嘴巴。

「我覺得還滿好玩的耶。」小內讚道。

「……」我張大嘴巴。

「我覺得比早上的潛水還要好玩耶！」小內幽幽道。

「……」我張大嘴巴。

看到了吧？

光是這一段，就足以顯示出旅行推薦的荒謬性。

我覺得很酷的潛水，小內覺得很恐怖，我覺得很枯燥的潛水艇，小內卻覺得舒服又安

全。旅行的感受往往很個人化，不說有些經驗很難與人分享，就算是神鵰俠侶也有意見分歧的時候。

所以王道的解決辦法，就是妳陪我玩我的渴望，我陪妳玩妳的夢寐以求。妳陪我去吃我想吃的怪東西，我陪妳去逛妳想大敗家的小店鋪。沒有比相親相愛更重要的了。

傍晚回到飯店，我跟小內都很疲睏了，一進房間就呼呼大睡。

這一睡，睡得驚天動地，再醒來時已晚上八點，睡掉了大好時光。我們錯過原先預定去看的飯店晚餐秀，一人省下六十美金。爲此我們還小吵了一架。不過我哪有辦法，每次我一睜眼醒來都想辦法戳小內起床，不過她的起床氣超強，說繼續睡就是繼續睡。

「那要不要再去看一次脫衣舞，把一元美金都花光？」我打呵欠。

「神經，如果我們昨天去過今天又去，那些人一定覺得我們很怪！」小內悶悶不樂。

明天一大早6:30離開關島的飛機，導遊跟我們約好凌晨4:30在飯店大廳集合，算算時間，我們能夠親吻關島的時間變得很少很少，想要通宵達旦地玩，又很傷精神。

於是我們研究起飯店的按摩服務，下定決心一個人花一百二十美金去做精油按摩，兩個人興高采烈走到按摩部門準備花大錢裝貴族時，對方卻說我們沒有預約，當晚的按摩師父都沒空了。

為此，我們又吵了第二次架。

忘記是怎麼和好的，總之我們最後在飯店游泳池邊的tree bar吃飯，喝點小酒，莫名其妙恢復了甜蜜。幸好幸好。

用過餐已經十一點多，也沒有什麼地方好去，我們手牽手散步走出旅館，漫無目的在漆黑的馬路上走著，迎著新雨過後的晚風，找了幾個聖誕節燈飾拍照，講好聽一點，就是兩小無猜，說難聽話，簡直就是無聊至極。

回到房間，收拾好行李，簡單的三天旅程也簡單地結束。

多寫一點也好

隔天早上搭上返回台灣的飛機，向台灣討回失去的兩個小時時差，在飛機上看到我很想看的「申請入學」（Accepted），害我持續睡眠不足。回到台灣第一件事情竟然是接受《金石堂出版情報》的採訪，他們的時間抓得眞好，好像我是通緝犯一樣。

差不多該寫下最後一個句點了，現在回想起在關島度過的三天還是覺得很開心。雖然書賣得比以前好很多了，但我一直覺得自己只是最厲害的普通人，除了寫小說特強之外其實沒

什麼特別的。所以囉，很高興這次關島觀光局台灣分舵願意邀我一遊，讓我賺到很多很多的快樂，還有跟小內的愛。

我想，跟一個你好想好想帶給她幸福的女孩子一起旅行，不管是不是旅行手冊上再三強調的景點，不管吃什麼東西，不管做什麼無聊的事，只要你能在旅行中帶給她笑容，那一定是一趟美好的旅行。

妳好正。

文藻與李昆霖

2007.3.17

標題起成這樣，那就是亂取了。

去年十月份我接到了一封信，是李昆霖寫的，說他很少崇拜人，希望跟我交個朋友。我看了哈哈大笑，因爲李昆霖這三個字我很有印象。

認眞說起來，在我大學時期就已經是李昆霖網站「藍色蜘蛛網」（名字取得眞俗）的潛水讀者，那個網站寫了很多李昆霖的眞實經歷跟一堆很瘋的人生實踐——例如只穿一條內褲在圖書館唸書（肌肉練得很好），興致一來就在大庭廣眾下跳下水用嘴巴餵魚等等等等，說是豐功偉業太嚴重，但就是率性到接近瘋狂的程度。

那時我已覺得這個人超級酷（當時還沒有「屌」的用法），還跟幾個朋友討論過他是怎麼一回事。

後來開始寫小說，也沒忘了這個怪咖的存在，曾經在採訪時有記者私下跟我聊天，討論

我對有錢人家小孩子有什麼看法（記者會這麼問，大概是因爲我的論述經常是抵抗菁英主義的吧？）。

我回答，其實沒有特別的看法，但我滿羨慕他們因爲家裡銀兩充足，比較有機會接觸不同於平凡人家小孩的體驗，平凡人家的小孩也許得打工存錢很久才可以出國留學或乾脆借債旅行等等，但有錢人家小孩似乎不大有這些煩惱或顧忌，在資質一樣的條件下可以取得更多的客觀資源（例如學音樂，投資成本就差很多，我想應該有很多潛在的音樂天才並沒有受到好的音樂訓練），不過說到底其實大家都差不多，人不會因爲有錢個性就變差，也不會因爲你沒錢你就人格高尚。人生的起跑點總是會有差異，你會成爲什麼樣的人只要認眞管好你自己，別太牽拖。

蝦子好吃

說著說著，我就提到了李昆霖。

我說我對有錢人家的子弟會沒有偏見，很可能是因爲我看到這個人家裡顯然錢不少，而他的人生態度與生活風格既受益於家裡的好環境，卻沒有「因此」驕傲跩屌，他擁有更多的好機會，但他也珍惜並把握了那些好機會，讓自己成長，並擁有開闊的心胸。

例如他很努力用功拿了美國的化工博士，並在期間發表了九篇國際論文，並跟教授成立一間很冷門又很酷的公司賣他自己寫的程式；他的旅行很多，但用體力與野性去挑戰的部分遠遠大過於他買下機票的錢；他可以眞的穿著女生泳裝跑去參加聚會，讓只會整天嘴砲說要扮裝的同學傻眼；他所有好玩的地方都來自於他是一個怪咖，一個常常光屁股跑來跑去的怪咖（所以我都叫他露鳥俠或Mr.光嚕嚕）。

很多人會冷冷否定另一個人，往往只是出於羨慕或嫉妒，我想這眞的很無聊，而且否定久了，自己的自尊心反而會隱隱受創。

後來我好像也跟我的老闆柴智屏提過李昆霖，我說：「一個人有錢沒什麼了不起，或者受人討厭，但如果他怪得很厲害、很變態，又很努力，而這些東西都跟他家有沒有錢一點關係也沒有，妳就會忍不住佩服他。」

離題了。

總之李昆霖寫信給我希望大家認識一下的時候，我忘了我在幹嘛總之很忙，不過我一直想用採訪者的身分去寫他一篇東西，便約了十一月我去高雄。但後來我整個忙壞所以就恍惚掉這件事，每次小郭襄跟我提到我還沒去找李昆霖（小郭襄也很欣賞李昆霖），我就很內疚，有點怕李昆霖會賭爛覺得我沒信用，但其實我就是這樣，常常忘了或恍惚掉，然後就過去了，這是我個性的缺陷。

幸好李昆霖沒有很介意吧，所以前幾天我去文藻演講時，他開車到高鐵來接我。

我們一起走到停車場的途中，我有點無聊地在猜想他開什麼車，我想他大概不會開ＢＭＷ或Benz那些穿西裝的人在開的車，應該是開野性的LandRover。

後來看到他開Matrix，覺得這個人還滿有眞實感的。

李昆霖本人滿謙虛，跟我想像的很像，不過他有時謙虛到一個境界，這就嚇到我了。

例如我問他：「你小時候有沒有測過智商？我覺得你好像很聰明的樣子，不是都唸到博士了嗎？」

「……應該很低吧？（忘了他說什麼理由）」

後來我們討論到他唸的東西其實很冷門，他說超級天才都跑去唸物理跟化學了，他唸腐蝕原理之類的東西才有機可趁。

妙的是，其實我們根本就很不熟，不過因爲他會看我的書跟網誌，我也會看他的，所以見面反而還滿熟絡的，這點眞的很怪，網路眞是神奇的一種發明。

演講結束後，李昆霖請我吃蝦子（也沒在客套的，一坐下來就開始狂吃），跟請我看他的女朋友王小啦（這句話怪怪的），王小啦和照片上的感覺不大一樣，照片上屬於可愛型，但看到本人，就知道李昆霖應該被管得很家居果然有點道理。

王小啦很好心要我代送小郭裹她做的面膜，眞的是很謝謝啦！

後來我衝高鐵跑去台北，當晚住在好友該邊家，我將李昆霖的那本瘋狂旅遊書《全世界都擋不住李昆霖》借給該邊，說很好看。

該邊說：「我知道啊，那不就是我們小時候在看的那個？」

靠，最好是小時候啦！

不多提那本《全世界都擋不住李昆霖》的內容，不過簡單說，李昆霖的書好在三個地方。

一個是他很真實面對自己，比如曾經因爲太暢秋被同學討厭的過程，常常提到自己已經幾個月沒做愛了很想召妓（妙的是，你竟會被書中的他給說服，召妓是一件很普通的人生體驗）。

一個是他的旅遊方式，跟他闡述他之所以要如此旅行的意義，前者好笑好玩，後者則讓整本搞笑的書有了豐富的生命力。

最後一個是對父母的感謝，這點他寫得特別好，我總覺得一個人要活得如此痛快，眞的不能不懷抱對父母的愛。

說到那本書，非常好笑的一點是，當初李昆霖在出書時非常高興，所以在網路上宣稱，

只要e-mail給他住址，他就自掏腰包送一本書給對方。

「後來送了幾本？」

「四百多本吧。」

「蝦小，四百多本！」

「我記得那年過年根本沒有出去玩，都在家裡跟王小啦在信封上寫住址。」

王小啦插嘴：「不要再提那件事了，一想到我就很生氣！」

果然符合他的作風！

很高興認識了這個奇人，知道這個「小時候大家都在看的奇人」也喜歡看我的書，眞是有「逢低買進，長期持有獲利」的感覺啊:D

【ELLE專欄】2007.07.11

請讓我笑嘻嘻擤鼻涕吧

常常是這麼說的：把自己脆弱的那一面暴露出來，是一件很勇敢的事。

至於戀愛，把自己改之不去的缺陷在喜歡的人面前自然而然流露出來，肯定是必要的步驟。因爲，你可能得重複這個缺陷一百萬次。

由於上一場戀愛談了七、八年，很多我的缺陷便成了一種想之當然，前任女友容忍它們的存在，久了，我也覺得那是我再正常不過的不正常。

歷經慘痛的分手後，遇見了小內，開始了久違的「追」。但新的戀愛曉得怎麼踏出第一步，卻不曉得怎麼移動第二步，因爲我那忘記很久的缺陷重新逼迫我，騷擾我，考驗我什麼時候要表態。

話說我那無法修復的缺陷，不是「告訴妳，我這輩子絕對不向右轉」或「我每天早上都要在床上跳繩」或「由於四犬成器，所以我有一口氣養四隻狗的習慣」這類超炫的怪癖（狗急跳牆時，有些男生還會把這些怪癖誤判成優點，試圖吸引女孩啊！）。而是，我的鼻子很爛……我隨時隨地都擤得出鼻涕，除了剛洗完澡的半小時，鼻子幾乎都是半塞半開的狀態。

爛鼻子造成了我跟小內約會時的大障礙，因爲一直一直一直擤鼻涕，實在不是什麼好動作。看電影的時候就是小心翼翼地吞鼻涕；聊天聊到出現鼻音的話，也得趁小內分心時偷偷倒吸鼻涕吃下肚；吃飯吃到一半，倒流的鼻涕就是食物的添料勾芡。以上，一有機會進洗手間，我就會趴在洗手台狠狠擤個鼻涕，讓自己暢快一下。

以前看記者在「新聞挖挖哇」裡說過，有些明星跟富商老公結婚後，長年都保持晚睡早起的生活。因爲據說她們卸妝後跟河童沒兩樣，一定得等丈夫睡著才敢卸妝上床，然後趁丈夫還在昏睡時就爬起來化妝，所以結婚數年丈夫都看不見她們的素顏。

小內的表情很囧（在二水）

我想這些傳言百分之九十九都是ph值小於七的屁話，不過如果是百分之一的真實，那就太恐怖！

但，我發神經啊？這樣下去可不行，我可不想爲了保持形象就把自己的胃當垃圾桶。此時我有點困惑，到底是要用遵從命運還是以拖代戰的方式好？

遵從命運的話，就是：如果某天我竟可以大大方方在小內面前擤鼻涕，就表示這個女孩是我的真命天女。

以拖代戰的話，莫過於等到我非常喜歡小內，喜歡到我想跟她一輩子在一起的話，到時候再來想在她面前擤鼻涕的問題。如果只是偶爾約會的女孩，那我暫時吃個鼻涕也就算了。

但這兩種想法都是天殺的太幼稚。

眞正的關鍵是，小內到底喜不喜歡我啊？如果小內不喜歡我，我心甘情願倒吸一輩子的鼻涕也沒有用。

有時鼻子實在塞得太嚴重，被小內發現，就會出現這樣的對話。

「你感冒了嗎？」

「沒啊。」

「喔。」

「……我的鼻子很爛，複雜說就是我的支氣管不好，常常流鼻水。」

「喔。」

「楚留香的鼻子也很爛。」

「這樣喔。」

不知從何開始，也沒有什麼高明的小撇步，我終究還是習慣了在小內面前擤鼻涕這個招牌動作，而小內也沒有過什麼特殊的反應。好像我的擔心只是缺乏罣固酮的多餘。

不過我的缺陷還很多，現在我正想辦法讓小內習慣我的隨口亂講話。

這一點她可有得熬了。

「想吃嗎？」我拿著剛擤完鼻涕的衛生紙湯包。

「不想。」

「如果妳等一下很乖，我就餵妳吃這包鼻涕喔，喔喔喔喔喔喔……」

「髒死了髒死了，不要拿過來啦！不要～～～」

就是，這麼回事。

這叫親吻石，非親不可

第一次約會的第一站

【ELLE專欄】2007.07.16

還不熟的一男一女硬要約會很容易陷入尷尬，這個大家都有惡夢般的經驗。特別是第一次見面，最忌諱第一站就坐下來吃飯或是喝下午茶，乾瞪眼的成份居多……就算你是一個聊天的高手，還是很容易看到對方侷促不安地玩弄盤裡食物。

在需要「充分對話」才能進行下去的下午茶時光，男人很容易暢談自己的事業成就，並對當今政局提出針貶。但你他媽的白痴啊！女人沒有那麼容易屈服在男人口沫橫飛的吹噓底下，還會覺得你很自以為是。

為了抵抗尷尬，女人則很容易發出「好可愛喔！」、「哇啊，這是真的嗎？」之類意義不明的聲音……這個我就沒研究了，只知道如果對方是正妹，那她怎麼亂叫我都盡量站在欣賞的角度（無力）。

第一次約會的第一站，最好的方式，莫過於看場電影先。

我的理論是，這個年頭大概找不到人不喜歡看電影；而且，兩個人的視線不需要一直壓在對方身上，而是一起看著遠方的螢幕。

此時交頭接耳就很重要了，不論你平時怎麼喜歡靜靜地看電影，這時你一定不可能專心在螢幕上的劇情，而是思考這場約會等一下該怎麼進行下去——而對方，也一樣。此時小聲地、笑笑地湊句話到對方耳朵：「妳不覺得梅爾．吉伯遜的頭髮好醜？」或是「她剛剛直接把他殺掉，不就什麼事都沒了？」都比沉默無聲好。當然了，這可不是叫你在電影院裡演講，然後搞出一場架打（除非你的強項就是輪擺式移位啦！）。

看完電影再去吃個飯，此時就有很自然的話題了——剛剛那場電影！就算是聊剛剛電影裡殺人狂的分屍技術，也比你不顧一切猛聊當兵強！

養樂多好喝

男生很怪，再怎麼宅，跟一頭豬出去都放得很開、談笑風生，但一遇到眞正想追求的女孩，往往就大當機。我的好友阿和是個很有見解，自信又豐富的人，但一跟喜歡的女生單獨相處，便會進入黑暗模式……表情僵硬，支支吾吾，不停說錯話。

我覺得，當你很緊張該怎麼表現得好的時候，對方也同樣很焦慮，希望在你心中可以留下好印象。所以很多安排，最好考慮到對方其實不想把約會行程弄得太複雜，免得出糗或多了更多無所適從的靜默——不過，如

墾丁海邊，風很囂張的大

果對方對你一點意思也沒有的話，那她大概不會有什麼壓力，你也不必想太多。

以上這些我都明白。我這麼聰明怎麼會不明白？

但我寫小說有個習癖，總想在結局埋下數萬噸的熱血，這個癖性影響了我的約會。我在與小內的第一次約會裡，先看場電影，再吃個飯，最後卻摩拳擦掌安裝了一個「放煙火」的大型計畫！只因爲我難以克制要在第一次約會就讓她難以忘懷的慾望。

男人的表演慾，眞的很難節制。

【ELLE專欄】2007.07.23

追到了就不必請客的戀愛

談過戀愛的人都能感同深受我才對。一開始相處若訂下模式，就好像是規範領土的憲法，若有不滿也只能悶在肚子裡，除非來個元氣大傷的大吵一架，否則很難翻案。

我是個很依賴戀愛的人，情傷過後沒本事透過時間沉澱太久，自然是要好好談一場快樂的戀愛才能活過來。然而太久沒追女孩，有幾個必定經歷的相處環節再度困擾著我，比如男女之間在什麼情況該誰付錢、多久上一次像樣的餐廳、以及最嚴酷的問題——我們什麼時候才能沒有顧慮眞正一起逛街？我打算把這一連串困擾當專欄寫，但無法附上解答。

我大學時期過得很窮，跟前女友各付各的多，這是她的體貼，我一直都感激。但最新的情況是，我已經脫離學生身分，以寫作維生，不管我心靈狀態再怎麼幼稚都被迫歸類爲大人了；而小內小了我九歲，還在念大學一年級，經濟來源是媽媽給的零用錢。

第一次約會，爲了讓小內覺得我重視她，雖然我平常吃得很隨便，還是很刻意選了間可以瞬間掏空學生錢包的美式餐廳，然後很猛地點菜，無論如何都想把自己的臉打腫。現在回想起來，眞的對自己很沒信心。

「對不起，今天讓你花錢了。」小內在宿舍門口揮手。

「哪有，小意思。」我揮手：「下次一起打棒球吧！」

第二次約會，我們果眞一起去打擊場打棒球。玩揮棒練習時需要戴專用的手套免得手受傷，我當然有了，但我不敢跟剛認識的小內共用我那漬滿汗水的手套，於是有點慌張地跑去打擊場內設的運動用品專賣店，挑了一只手套準備付錢。一副要四百塊。

「好貴喔，我可以自己出嗎？」小內有點侷促，緊張地拿著皮包：「我也有帶錢出來約會啊。」

「沒關係啊，妳平常又不會玩，只是來陪我打的，這點錢我出就好了，不然我會內疚喔。」我笑笑，但心裡可是僵得要命。

我的本意是希望小內跟我約會時不需顧慮太多，只要專注在快樂上就好了；但如果我一直出錢，結果被當成只會花錢「逼」女孩開心的大爺，那就欲哭無淚。

我始終不覺得約會時幫女孩出錢是一種「有教養的紳士行爲」，只不過我已在工作，而小內還是個學生，約會由我請客實在沒什麼。後來好友阿和提醒我，一直請客很容易把女孩慣壞，到最後女孩習慣了買什麼吃什麼都不必花錢，而我卻厭膩了這樣的約會模式時，相處一定會有很大的問題。

我很喜歡小內，眞的很喜歡，如果小內竟然被我慣壞，我會很傷心。

後來不知不覺追到了小內，兩人在一起了。某次一起去百貨公司看電影，順便在地下街吃晚餐。我很自然準備付帳時，小內怯生生阻止了我。

「跟你說一件事，你不可以生氣喔。」小內。

「好啊。」

「我可不可以自己出自己的份？」小內紅著臉。

我愣了一下。

二水火車站

「不必啦，才一百多塊錢，又不是……」我捏捏她。

「可是你已經追到我了啊，爲什麼還要幫我付錢？」小內很認眞。

面對小內近乎童言童語的可愛坦白，我傻了。

「難道追到妳以後，就各付各的了？」

「嗯，男生在追女生的時候不是會一直出錢裝大方嗎？現在我們在一起了啊，你不用再那麼辛苦了。眞的。」小內從皮包裡拿出鈔票，說：「雖然我的錢不多，可是，以後可以讓我自己出我的部分嗎？」

我的頭好摸嗎

「爲什麼……其實眞的不必這樣。」

「我也想要對我們的約會有貢獻啊！」小內將錢塞在我的掌心。

我很感動。

能聽到這麼樸稚的答案，能遇到這麼好的女孩。

這是戀愛的好兆頭！

愛情本質，堅若磐石？

【原發表在張老師月刊】2007.07.30

每個世代都試圖找出他們對事物獨特的定義與見解，以反映與其他世代之間的差異。擁有最多重新詮釋意義的世代多半都是年輕族群，因爲他們的語言最貼近時代的脈動，他們，也正是最害怕「變成跟別人一樣」的一群。

關於愛情，「劈腿的正當化」是年輕族群重新探索「愛情」的一種可能。最常見的一個說法爲：在婚前多多交往不同的對象，比較不容易選錯人！

或者更純粹來說：愛情本來就無法圈地限制，只要大家都心知肚明，有什麼不可以？

一次喜歡很多人是相當常見的情況，男生可以一口氣痴戀蔡依林跟松島楓，女生同時心醉古天樂與鄭元暢，絲毫都不奇怪。記得國中的時候，我一次最多可以喜歡四個女生，但行動的表現礙於社會觀感，我只能一次追一個，想來我從小就不懂變通、左右互搏。

其實劈腿早就退流行啦！

現在只是把劈腿這種名詞從墳墓裡挖出來，復古重刻而已。古人三妻四妾毫不奇怪，對比現在「合法性的劈腿」只能發生在婚姻之前，古人的劈腿落實得相當制度化。但古人的劈

腿主要是確認傳宗接代的完成，而現在年輕世代講究的劈腿，是相當隨心所欲的，是一種喜歡就喜歡，不喜歡隨時拉倒的愉悅。

比古較今，我在想，愛情這種東西眞的會隨時間有所改變嗎？如果會，爲什麼我看「梁山伯與祝英台」還是會深受感動呢？爲什麼《紅樓夢》還是能打動人心？這麼說來，會不會是愛情的本質始終沒變，只是形式變了？變得更多元了？

我立刻用最快的google方式比較了一下十年前文學裡、跟當今文學裡描述愛情的字句，發現差異並不大，不同的文學世代描述初得到愛情的滋味，除去修辭的殼，內容大抵都是「坐立難安」、「心跳加速」、「呼吸急促」、「彷彿全世界只看得見妳」、「突然忘記了自己的名字」。

是巧合嗎？或許是我的小小期待吧，我眞希望愛情的本質眞的從來沒有改變過，只是我們看待它的方式、處理它的方式不一樣。如此說回劈腿，劈腿是一種「愛情的形式」，還是一種「現代的人際關係」？

前論古人有三妻四妾，男人劈腿女人之厲害到了光明正大的地步，之後女權高漲，一夫一妻制框限了男女「在一起」的形式，也把愛情的可能給限制住了。照「能量守恆定律」，如此愛情的「濃度」理當增倍了？

有嗎？還是起碼把愛情變得「公平」了？還是愛情根本不該計較公不公平，因爲這個世界上根本沒有眞正平等的愛人？

也許劈腿正是當今社會在一夫一妻制的非人性箝制下，新世代找到的情感出口，反正結了婚就等於挖了愛情的墳，不如在那之前用最有效率的方法品嚐愛情，等到肚子太飽，嘴也膩了，哪天看著周遭的朋友一個個肚子大了結婚，興起了自暴自棄的念頭後，拉著最合適的陪葬人走進禮堂！

話說「婚姻是愛情的墳墓」這樣的說法，倒讓我想起了《神鵰俠侶》裡的古墓派，楊過與小龍女的戀愛就是在好大一個活死人墓裡慢慢談起的（這是什麼聯想……）。金庸小說裡的第一情聖，正是非楊過莫屬。

楊過所代表的愛情元素分兩種：一，是不顧一切地追求（熱烈地，火焰般地）；二，一定要在一起的長遠承諾（頑固地，大海似地）。

兩個元素相比，痴情，正是大家對楊過最大的認識，所以也因此給了他非常實惠的獎勵。也就是，儘管身邊無數美女跑來跑去，但楊過不動如山，硬是苦等了小龍女一十六載，除了練練武功，無聊就養鳥爲樂（還是隻大鳥！），導致他十六年後天下無敵（劈腿的話，內力起碼要打對折，掌法去三成，劍法去兩成，武林排行榜得掉到十名外！）。

話說升高中的那年夏天，我翻到《神鵰俠侶》最後一集，十六年後楊過在斷腸崖等不到

小龍女時，他忽然想到了蘇東坡的詞：

十年生死兩茫茫　不思量　自難忘　千里孤墳　無處話淒涼
縱使相逢應不識　塵滿面　鬢如霜
夜來幽夢忽還鄉　小軒窗　正梳妝　相顧無言　唯有淚千行
料得年年腸斷處　明月夜　短松岡

等不到小龍女的楊過哭了，一夕白髮，我也虎目含淚，心想蘇東坡眞是天下第一痴情人啊，否則怎能寫出這樣感人的詞？

於是我們把鏡頭帶到蘇東坡的臉上。

Action。我調查了一下蘇東坡的身世，赫然發現他在老婆死後還娶了她的堂妹爲妻，我虎軀一震，接著又查到蘇東坡隨後還娶了這位亡妻堂妹的丫鬟爲妾……

吼！那位丫鬟只十二歲而已耶（這位丫鬟不可小覷，她可是蘇東坡唯一認可的紅顏知己）！我整個傻眼！蘇東坡，你眞男人！這輩子的運氣奇好，血淚地愛過之後，又能接二連三遇到其他的眞愛……然後又寫了好幾句動人的淒絕之詞呢。

如果蘇東坡這位據說長得超醜的才子都可以有這麼好的戀愛運氣，我們這麼帥，當然也可以（握拳）。

但若我們可以接受一個人一輩子可能愛上很多人，那麼，我們就應該試著接受——愛上

很多人的時間可能是相疊的。

這份相疊可能很無奈，也可能很浪漫，更可能的是……相當眞實。

或者引用小田和正爲「東京愛情故事」作的名曲「愛情故事突然發生」：

該如何說起才好？時間在躊躇不定中消逝

話題來去盤旋，口中卻盡是些無聊的話

妳的完美，讓我無法單純只說愛妳

雨彷彿即將停歇，屬於我倆的黃昏

倘若，那一天，那一刻，我們沒在此相逢

將永遠都只是陌生的兩人

愛情不是僵化的課後作業，它要發生便發生了，非常任性。若命運大魔王一鼓作氣安排了五個眞命天女給我，我也只好勉爲其難通通笑納啊（低頭玩手指）！

按照偉大的機率課本告訴我們，如果兩千萬人中只有一個人會是你的眞命天子（別說全台灣找不到你的眞愛啊），那麼全球六十億人，就有三百個眞命天子散布在世界上的不同角落！

很恐怖吼！

眞相還不只如此。若是在古時候，天大地也大，這三百個眞命天子裡大概有兩百九十九

個你終其一生都碰不到。但現在抬頭便看見飛機，低頭就走進網路，少說有一百個眞命天子跟你有機率上的愛情緣份……很困擾了嗎？

等等！

更困擾的還在後面，因爲你絕對沒有這麼幸運，因爲還有很狗屎的孽緣用同樣的機率在僞裝你的眞愛，數量大約也是一百，所以可憐的你總共要在一百個眞命天子，跟一百個假命天子中做出選擇，眞的是忙壞了！如果要你一個一個談戀愛，是不是太委屈你了呢？《哈利波特》都已經完結篇了，談戀愛當然也要更有效率進行啊！所以……劈腿根本是王道囉！

身爲一個六年級後段班的準大人，其實，以上都是虛張聲勢的違心之論。

或許是眞的古板（唉，是哪個年代的人會舉「東京愛情故事」的主題曲當例子啊），也或許是嘗過劈腿的良心不安與苦果，也或許，是對愛情還抱存著一份一心一意的期待，眞希望在某個下著小雨的午後，能遇見這麼一個人，用抄來抄去的經典名言輕輕跟她說一聲：

「我們是爲了相遇，才來到這個世界上。」

那麼，一生只愛一個人，好像也就足夠了。

九把刀寫的，小內畫的

【ELLE專欄】2007.08.12

小內送我的手繪書，耶

去年生日，小內送我一本她親手畫的「愛的小書」，記錄我們之間發生的甜蜜畫面。特別的是，小內偷偷跑去與我長期合作的出版社，事先將「愛的小書」用光面紙印刷成書，還是精裝本的硬殼封面，完全就是出版的規格。而且，還是貨眞價實的「送完爲止」！

我在美麗華摩天輪上仔細翻閱，想像小內一邊畫畫、一邊期待我稱讚她的模樣，心裡眞的很感動。又想到害羞的小內鼓起勇氣跑到出版社，懇求編輯幫她印製成書的滿臉通紅，就很想親親她，說她好。

「你喜歡嗎？」

「嗯，謝謝妳，這是我收過最棒的生日禮物了。」

小內笑嘻嘻將頭低下，讓我摸摸她的頭。

突然，我覺得如果將我的文字搭配小內的插畫，也許是很美好的……一本眞正的、有ISBN編碼的書。而我的手中正好有一個很適合的故事，一本童書。

苦苦哀求了一個禮拜，一直以爲我在開玩笑的小內終於惶恐答應，用課餘的時間與我討論哪些段落適合畫什麼、用哪一種表現方式、背景要不要將文字蓋過去等等。甜甜蜜蜜吵吵鬧鬧畫了四個月，終於大功告成。

老實說小內的畫畫技術不過是一般人類都能畫出來的水準，但在技術之外，小內的線條有種樸拙的眞誠，毫無匠氣，很能打動人。所以儘管小內用色鉛筆畫出的作品略顯單薄，我還是想委託出版社出書，當作我們愛情的紀念。

在我的想法裡，這本「專門成就我的愛情」的童書大概刷個兩千本就可以了，不必大費周章。豈料出版社的心臟很大一顆，特定請了一個插畫家幫小內的原圖做影像處理。插畫家是長期合作愉快的Blaze，功力非凡，起先我還蠻排斥這樣的「修圖」，想說反正我只是要小量出版，不讓出版社賠錢也就是了，爲什麼要讓第三人介入我跟小內的合作呢？但Blaze是個心細的女孩，將圖修得非常自然，讓最後成品色彩飽滿，層次豐富，我跟小內看了都很喜歡，也很感動Blaze的努力。

最喜歡這一張了

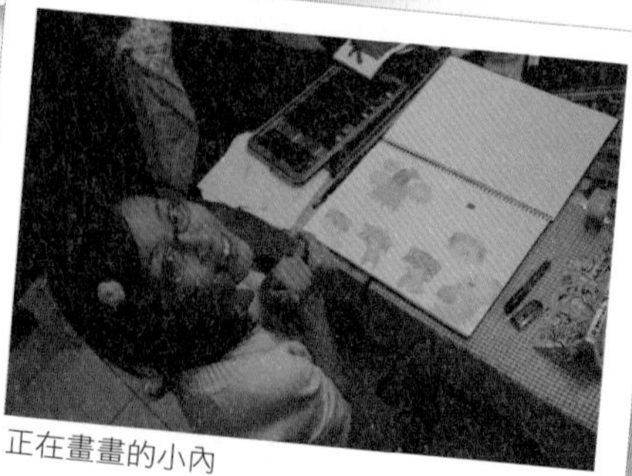

正在畫畫的小內

……女人要化妝，果然很有道理。

後來去出版社開會，編輯qb笑嘻嘻給了我一記拐子：「喂，你趕在當兵前出這本書，是不是想討好小內，這樣她就不會兵變了？」

我聳聳肩：「沒啦，只是覺得以後如果兩個人大吵一架，吵累了，看到這本書就會想起對方還是很愛自己的，就突然不想吵了。那樣不是很棒嗎？」

話雖如此，有件事回想起來還是很恐怖。

小內平時有寫日記的習慣。如果我「表現良好」，或許一個月可以換來一次「三十秒快速翻閱小內日記」的福利。就在童書付梓前夕，忘了什麼緣故小內跟我大吵一架，那天的日記上用氣到歪斜的字體寫著：「忍耐！我要忍耐！我一定要忍到書出了之後再跟你分手……讓你丟臉！」

讀者送給小內的禮物，超厲害

即使是天真無邪的小女孩，同樣不能小覷啊！

小內看雜誌想變美

【ELLE專欄】2007.08.30

小內與我的約會總是帶有工作與學業的成色。我時常坐在簡餐店裡寫小說，小內寫累了作業，就會翻遍各種雜誌打發時間。翻到一個境界，就會想跟我說話。

有一次，小內正翻著某女性雜誌。

「我好煩喔。」她突然迸出一句。

「煩什麼？」我的手指停頓。

「大家都長得好漂亮，我也好想變成美女喔。」小內嘆氣。

嗯，對於這個問題，標準答案只有一個。

「鼻鼻，妳就是美女啊！」我很認真，用小湯匙挖向她的手。

「大騙子。」小內拿著雜誌，整個人倒向沙發的另一頭。

「眞的。」我很嚴肅：「我這個人很現實的，一向只跟美女在一起哩。」

小內沒理會我，眉毛鎖得更緊了：「哎呦，如果上帝給我一個願望，那我要變成誰好呢？到底要變成誰好呢？」

這一定是考驗。一定。

……我不會輕易上當的！

「鼻鼻，別阿呆了，當然是現在的妳最漂亮啊！」我露出燦爛的笑。

「你不要再騙人了。」小內瞪了我一眼，瞋道：「快點！快點給我意見啦！」

說的也是，如果上帝眞的出現了，也眞的給小內一個願望，情況會變得很嚴肅。如果一不小心變錯了人，我的頭會燒很大。

「林志玲吧。」雖然比我高，不過……我接受。

「爲什麼？」

我想了想，說：「我覺得林志玲的聲音蠻好聽的。」

「果然還是聲音吧！你就是一直嫌我聲音不好聽！」小內有點生氣，也有點沮喪：「你怎麼可以一直嫌我！」

我大驚：「我哪有嫌！我只是說……林志玲的聲音很好聽啊！」

「可惡！」小內快哭了。

不過既然開了這話題，往下可以聊的東西還挺多的。

「認眞回答我，如果可以，你想我變成楊丞琳還是張紹涵？」

「楊丞琳。」

「那楊丞琳跟蔡依林呢？」

「楊丞琳吧。」

「那楊丞琳跟你最愛的周迅呢？」

「我最愛的是妳。不過……周迅。」

「那周迅跟白歆惠呢？」

「歆惠啊？這個很難選耶，不過還是周迅好了。」

「什麼歆惠？幹嘛叫得那麼親密！」

我吐吐舌頭，趕快轉移話題：「喂，那妳到底決定好了沒？要變成誰好啊？」

小內根本想不出來，但隨手指著雜誌其中一頁，說：「隨便誰都可以，因爲大家都好漂亮。」

那一頁的模特兒，正是最近紅得發紫的隋棠。

我若有所思：「鼻鼻，如果妳變成隋棠，那妳還會愛我嗎？」

小內不加思索：「會啊。」

任性地坐在地上

瀏海很笨，不過還是有可愛啦

我很感動：「那我們可以做嗎？」

小內整個大怒，氣道：「不行！你幹嘛啊？你這麼想跟隋棠做嗎！」

唉。

好好一個下午又毀掉了。

【ELLE專欄】2007.09.14

天下無雙的笑

小內很期待每個月一次的雜誌專欄，因為她很喜歡看我寫她。

「把比，這個月的ELLE專欄寫了嗎？」小內趴在桌子上，只露出一隻眼睛。

「還沒耶。」我看著螢幕，游標已經殘廢很久了。

「那你想好要寫什麼了嗎？」小內細小的聲音。

「不知道，我等一下去靈感檔案夾裡看看有什麼好寫的。」我說。

我電腦裡分門別類的小靈感夠我寫到世界末日，畢竟平時的勤勞就是故事之王的本錢啊。

「寫我啦，寫我啦！」小內突然靠了過來，像蜜蜂一樣亂鑽。

「我考慮一下。」我嚴肅地說，故意皺眉。

「寫我啦寫我啦！求求你寫我求求你求求你……」小內雙手合十懇求。

「那妳會乖嗎？會唸書嗎？」我淡淡道。

「會，我會乖乖唸書。」小內趕緊坐好，把會計課本打開。

小內笑起來真的很無敵

好吧，那就寫一下好了。

小內很喜歡我逗她笑。

剛開始跟小內約會的時候，我怕冷場，常常亂說笑話逗小內，或是做一些奇怪的事吸引她注意。

而同樣怕冷場的小內，也會很給面子一直笑不停。

最好笑的笑話，往往是脫口而出。

有一次我們在清水休息站外，趴在欄杆上看星星。看星星表面上很浪漫，其實很無聊，太久沒說話更有陷入尷尬的危機。

此時平日與我交好的靈感之神，突然拍了一下我的肩膀。

我隨口說：「跟妳說喔，上次劉德華來我經紀公司談案子的時候，突然走到我旁邊，臉貼得很近，然後對著我擠青春痘。」

「好怪喔！」小內傻眼。

「眞的很怪啊！我也嚇了一大跳，就在我嚇了一大跳的時候，劉德華也嚇了一大跳。我

問他幹嘛要對著我擠青春痘，劉德華很不好意思地說，他還以爲走到鏡子前面。」我一本正經說完。

小內愣了一下，隨即跟我一起捧腹大笑起來。

宇宙無聊的笑話最對小內的菜。

「比比，我跟妳說喔……」

「好呀，說什麼？」

「我……我……」

「嗯？」

「我……一球一球投，一球一球投。」

這樣也能逗得小內邊亂笑邊說：「哈哈哈好好笑喔，把比你抓到我了抓到我了……」夠白痴的了。

話說女孩子一笑，印象值就加超多分了，也會給男孩子很大的信心。

不是我吹牛，小內燦爛笑起來會露出一點點上排牙齦，笑容眞的是天下無雙。

其實一個男生猛講笑話、或試圖用幽默的方式顯示自己很從容自在的時候，大概心裡反而挺緊張。

如果搞笑搞得太過頭，例如逛街逛到一半突然倒立走路，就有被當成小丑的危險，那還

不如安靜一點好。

所以我沒有好玩的話可以說，就會一直看著小內微笑。

「爲什麼你要一直笑？」她不懂。

「我在想……如果我一直對著妳笑，妳也會笑。」我露出貍貓笑。

就是這句話，成了小內認眞考慮跟我在一起的關鍵。

一個女孩子最大的幸福，或許就是找到一個很能逗她開心的男孩。

這種感覺也許勝過安全感，勝過很高很帥，勝過才華洋溢。

但男孩又何嘗不是？

找到一個總是對著我開心笑來笑去的女孩，眞的，眞的可以寫足一千篇閃光文塞雜誌專欄。

就像現在一樣。

2007.09.26

在高鐵上遇到的鳥火事件……一點想法的反省

由於要寫替代役的每週心得，只好選點像樣的生活體驗來寫。

前兩個禮拜我跟小內家人去墾丁玩，他們從台北搭高鐵出發，我從台中烏日高鐵站出發，相約高鐵左營站會合，出發地不一樣，但搭的都是同一班高鐵。

我在第一車廂，他們在第十車廂。

到了台中站我上車後，小內的爸爸才打電話說要我走去十車跟他交換座位，好讓我跟小內坐，沒搭過高鐵的他正好可以逛逛高鐵內部。

但當我從一車走到五車時，突然被高鐵的客服擋住，問我要幹嘛。

這時我看仔細清楚，攔住我的並不是高鐵客服，而是穿著黑色西裝的人，幾個高鐵客服站在他旁邊，五車則是商務艙。

「你要去哪裡？」

「我要去十車。」我以爲他們誤以爲我要白搭商務艙。

「不好意思，現在這節車廂有重要的貴賓，無法讓你通過。」

「十車有我的家人。」

「不好意思，我們……」

「喔，那算了。」

我打斷他的廢話，很乾脆地轉身，倒是嚇了他們一跳。

但我懶得回到遙遠的一車，在五車隨便找個座位就坐。

另一個黑衣人則亦步亦趨跟我到座位，看著我將大包小包行李塞在腳下，打開剛買的《壹週刊》，他小聲問我：「很抱歉，這班直達左營，你可能無法……」

「喔，啊我就不去了啊。」我繼續看雜誌，不想理他。

是啦，我知道這般列車直達左營，所以我也沒機會在所謂的下一站換車廂，從車外繞跑到十車。不讓我過就不讓我過，沒什麼了不起，但繼續廢話就浪費我的時間跟精神了。

然後我打了一通電話給小內，告訴她情況，但小內的爸爸執念很深，立刻說他要來五車找我我換位置。我是有點納悶，因爲車內座位很多，其實不見得要跟我換。

反正重點是，小內爸爸倒眞的用執念突破了五車的封鎖，走到我身邊，要我馬上到十車跟他女兒坐在一起。那還怎麼說，當然只好立刻整理東西。

「可是他們不讓我過。」我忍不住說。

「沒關係，我已經叫他們讓你過了，他們會跟著你過去。」

「……」

只見有個黑衣人（他一路跟著小內爸爸）看著我揹著背包、提著單眼相機袋、拿著兩本雜誌跟水站起來，準備去十車，他用很爲難的表情說：「這麼多東西……」

此時我心情已不是很好：「然後呢？」

「過車廂前恐怕需要檢查。」他皺眉。

「究竟是什麼貴賓可以有權力檢查我的東西？」我瞪他。

「……」他苦笑，沒接話。

我們走到第五車廂入口前，另兩個黑衣人看著我一堆東西，臉色有點爲難。

「我要去十車找我家人。」我皺眉。

靠，我又不欠你錢。

「這麼多東西……我們可能要請你……」

「到底是什麼貴賓可以檢查我的東西？」

就在那個時候，我突然火大到生出一股念頭。

如果這些人膽敢打開我的背包檢查我的東西侵犯我

新竹東門城底下

的隱私，我就投書到報紙寫社論，公幹這個大人物，讓大家看看是何等人物搞這種排場。

畢竟檢查旅客的行李什麼的，根本就沒有道理。

何況如果我本來就是十車的乘客，這麼做更是完全站不住腳，我買了票，就該讓我過去。什麼貴賓的，我根本不信這一套。

就在我啓動小宇宙模式後，他們就摸摸鼻子讓開了路，讓我前進。

我在五車裡左瞪右看，看看到底是哪個大人物可以叫得動這種宣稱要檢查旅客行李的黑衣人。

就在車廂中間，我找到了答案。

只見阿扁總統正在跟旁邊的人聊天。

原來如此，我恍然大悟，一切變得可以理解。

就在我離開第五車廂時，一個黑衣人用有點抱歉又有點高興的表情說：「現在你知道是誰了吧？」

這種表情，讓我覺得他以他的工作爲傲——這令我笑了出來。

我喜歡那個表情。

「謝謝。」我笑笑，有點靦腆。

在高鐵上突然近距離看到總統，是有一點意外的高興。

但回到座位時我想了很多，大概可分為兩點。

第一，雖然由於總統的安檢，需要在某些時刻檢查路人這種行為很能令人理解，很合理，但老實說如果我眞的被檢查到，靠，我還是會很生氣。

這種生氣的情緒完全不因這事情的合理性而消失——個人利益與公眾利益（我承認總統安全屬於公眾利益）相抵抗時，雖然精神上認同小我必須犧牲，但他媽的懶趴還是一把熊熊烈火。

話說，如果我是周杰倫，我就不相信經過第五車廂有那麼多廢話。

小人物被檢查東檢查西，不爽就是不爽。

第二，而我在盛怒之下，竟然會有「你動我，我就動你」的念頭。

這點尤其讓我反省。

很多人覺得我是公眾人物，但我經常沒有公眾人物的自覺，我照常幹我想幹的，做我想做的，寫什麼也管你去死，非常個人主義。

但也因爲沒有公眾人物的自覺，通常我也不會想到我擁有什麼樣的公眾人物的力量——比起那種前呼後擁的主公（魅力型，可召喚千萬人並肩共戰），我想像中自己擁有的，都是另一種一騎當千的力量（強者型，一刀一馬破入敵軍取賊首）。

但沒想到當我被激怒時，還眞的會突然意識到我大概擁有投書到任何平面媒體都會被採用的機率百分之百的「另類公權力」。

而且，我還眞的會想使用它——這就是自大。

是的，我原本就很臭屁，但臭屁跟自大不一樣的地方是，臭屁是誰也不依賴的獨強，可說是一種驕傲的冷眼。我深以此人格特質爲傲。

但自大呢，則是認爲自己一站出來，就會有許多人都會站在自己這邊，幾乎不問理由地支持自己。

我隱隱約約知道很多喜歡我作品的讀者信賴我，而要把這份信賴轉化成支持行動並不困難。但正由於這是一份信賴，我就格外不想使用。我只希望我說的話一直被相信——這跟我一直聚眾引導某些熱血的集體行動，截然是兩碼子事。

回到事件本身。

我脾氣很好，更由於我疏懶的個性，導致我很容易原諒別人跟體諒別人的錯誤（我知道

我自己很容易忘東忘西、莫名其妙地著急、愛拖時間等），但大怒之下，就會從臭屁往外跨線，變成其實我不怎麼欣賞的自大。

我不敢說經過反省之後，我以後就不會使用這樣的「力量」，但反省畢竟有收到一些效果，終究會有一些想法沉澱下來。

這個社會上，很多人都擁有這樣的力量。

那些整天在電視上不斷開炮的媒體人、名嘴、政客，很多都擁有公器的使用權，但隨著他們每天不斷使用那些力量，他們的影響力已逐漸邊際效用遞減——這種遞減的效應，好像跟他們說的話是不是正確的沒太大關係，而是他們一直一直在用，用的結果就是麻痹。

他們變成不是「對與錯」、「正義與邪惡」的代言人，而是一種立場的容器。

比如李濤跟李艷秋，現在他們罵民進黨一百句話，絕對沒有十年前他們罵民進黨一句話有力量。

比如鄭弘儀，現在他罵國民黨一百句話，絕對沒有他專心主持「新聞挖挖哇」時期罵國民黨一句話來得有力量。

更顯著的例子，體現在李遠哲身上。

他八年前那驚天一語的力道，就是因爲他幾乎沒有立場，也不曾動用過那股積蓄已久的

超級力量。但這種力量一旦用了，幾乎就只有遞減的命運。

今日李遠哲使用公器的力量已大大不比當年。好長的感想。

總之，我期許自己冷然克制不眞正屬於自己的力量，擁有內在的強悍。

高鐵上的小約會

關於「愛情，兩好三壞」戲劇的改編初始

2007.10.09

每一次創作的狀態不可能都一樣。

四十本書，就是四十種狀態。

每次我回憶起《愛情，兩好三壞》的創作過程，我就感覺到強大的痛苦。

眞的，很多的痛苦。

細說從頭。

我的經紀人柴姊自己開了間戲劇製作公司，每年總要拍點東西，想要我寫一個關於愛情的偶像劇（請問還有關於其他主題的偶像劇嗎？）。我說好，當然好，因爲看起來很好賺，二十集劇本用乘法乘一乘，收入比寫書來要猛太多了。

然而編劇不是一個人的事，是一堆人的事。

我的劇本導演要認同，製片要認同，一起開編劇會的人也得點頭。這顯然與我一個人就能決定書的內容長什麼樣子的慣性相差很多。

要幹編劇，除非交一個編劇女友，就只有認眞做事前功課。

當時我看了可稱爲嚴重負面教材的幾齣台灣偶像劇（對不起我不想點名，因爲我鄉愿），也看了兩齣我覺得很好看的日劇（「前女友」、「冰上悍將」），並仔細跟著日劇一邊看一邊寫下它的分鏡與所需秒數，領會「時間」的感覺。

最後我有了兩大關於電視戲劇成功的結論。

第一，非得要有一首超級厲害的主題曲不可，例如「101次求婚」。「東京愛情故事」（超級經典，無與倫比）、「前女友」、「冰上悍將」。「流星花園」我沒看過，但「情非得已」眞是好聽。

第二，就是我寫在《愛情，兩好三壞》新改版書序中，一大堆關於純愛小說成功的鐵則。而我寫《愛情，兩好三壞》，偏偏很大的程度是向亂不眞切的純愛小說挑戰。

然後我就開始寫了。

我原本就知道自己是個不適合團隊工作的人，但沒想到竟是如此體質不適。

每次開會，所有人都卡在第一集的劇本沒辦法前進，意見總是很多，開了幾次都沒實質建樹，旁枝末節的待修改一堆。

自由慣了的我受不了了，乾脆卯起來一個人寫劇本，並規定自己約三天要寫兩集出來。過了幾天，前十集劇本就登登登出現了。

寫劇本比我想像中痛苦。

當時交往八年的前女友提出分手，還……嗯，常常，我得邊哭著完成嬉笑怒罵的劇情，然後悲傷自己爲什麼非得在這種狀態底下工作。在「愛情，兩好三壞」故事的歡樂情節裡，或許可以聞出這份淡淡的酸苦吧。

現在回想，還是覺得當時很慘。

如果我現在跟當時一樣瘦，該有多好啊……（但失戀就免了，滾！）

劇本我自己寫的，當然覺得寫得不錯，但全公司好像沒有人有心情看它，隔了幾天還是沒有人發表意見。一個人勇往直前的我大概被認爲是神經病吧。

我索性向自己宣布：「等蝦小？九把刀，我看你還是按照你的節奏把它寫成小說吧！」然後就沉靜下來，在劇本的輔助下用最習慣的節奏寫成了小說。

話說，原本故事名只有「兩好三壞」這簡單俐落的四個字，但靠么，不是每個人都有粗淺的棒球常識，知道這書名隱含的意思——滿球數，不是出局就是上壘（當然你可以一直打界外球或來個不死三振），意味著人生的關鍵時刻。

可惜收視率不好，嗚嗚

於是我加了「愛情」兩字，爲故事的調性與主題做了明確的標記，方便讀者，也希望潛在的讀者不要誤判這本小說是在講棒球規則的，更不要誤以爲這本書是在講「兩個好人跟三個壞人之間發生的故事」。

但現在想想，這樣的書名好像有點畫蛇添足的感覺。

小說出版後兩星期，就有製作公司打電話給我，要買下來改拍成偶像劇。

當時我沒覺得特別高興，畢竟這本來就是寫來拍電視劇的，又那麼好看，被相中改編，不是再自然不過了嗎？

但我的小說一直賣得很爛。也包括這一本。

「愛情，兩好三壞」戲劇也一直遲遲沒有開拍，原因不明。

製作單位買了我的小說改編版權卻一直沒有動作這樣的事可多了（原來版權也有買來囤貨這種事！），多了這本小說，其實也不算什麼，常常被讀者問啊問的會有點煩倒是眞的。

後來很幸運，也很努力，但終究也有點搞不清楚是怎麼回事（關於我對網路小說行銷的觀點，還請見我即將於十月底出版的《非小說，依然九把刀》一書），小說的銷售慢慢開始起色，一本帶一本，十四個月出版十四本小說。過去賣不好的也開始賣得還可以。

兩年後，我接到了「愛情，兩好三壞」即將開拍的消息。

老實說我不信，因爲我聽多了啊。

演藝圈是個屁話很多的地方，什麼都信，會活得很空虛，尤其是別人吹捧你的話，說要合作什麼什麼的，聽多了，就會有過剩的期待，會把一個人推向不該去的鬼地方。

做自己很重要，也許更是唯一重要的事。所以我就繼續埋在我的小說裡。

戲還眞的開拍了。

然後，報紙上時不時就看到劇組釋出的影劇消息，現在又快要在民視與衛視中文台上檔了，廣告一直打一直打。眞實感才慢慢有了確切的形狀。

我當然很高興。

隨著戲劇上檔的時間逼近，我的高興開始變成了焦切。

「怎麼還不上呢？」我老是覺得奇怪。

還有一點不安。

怕不好看。

賣出版權的作品我一向不過問，也不覺得自己有什麼必要過問，眞要介意，在合約裡規範一下就好了。若要我親自擔任原作的編劇，靠，也眞無聊，我有那種時間一定拿去寫新的小說，而不是在那裡自己改來改去（這讓我想起了一位大師，南無……）。

我對改編作品的幾個標準如下：

一，忠於原著精神，且拍得很好看。

二，不忠於原著精神，僅取毛皮，但拍得很好看。

三，忠於原著精神，但拍得有夠爛。

四，不忠於原著精神，且拍得很爛。

重點，當然是第二點跟第三點的順序了。

比起好不好看，忠不忠於原著就不是那麼重要。我是認眞的。

幾年前，連金庸大師都無法阻止他的作品被亂改亂拍一通，我想我對修改角色或劇本也沒什麼好計較的。重點是，好看就對了。如果我的故事僅僅是提供編劇靈感或劇情基礎也無妨，若拍得不好看，再怎麼忠於原著都很爛。

眞的，沒有人比我更期待第一部小說改編戲劇的誕生。

這齣戲，一定得非常好看！

2007.10.23

發生在大學室友婚禮後的兩件事

前幾天特地請假去台北吃大學室友的喜宴。

很高興，新娘子很漂亮，我的室友快要配不上了的感覺。

老同學說變也有限，再怎麼穿西裝把衣服塞進褲子裡，還是可以看得出當年的輪廓，以前最漂亮的班花還是很漂亮，不，更漂亮了，還正好坐在我對面。

可惜大家到的順序亂七八糟，沒能跟過去最好的老朋友坐在一起，我眞的很想問他們終於碰了女人有什麼特殊的感動嗎。

這些都算了，重要的是婚禮後發生了兩件事，一件怪的，一件好的。

婚禮後我要趕高鐵，攔了計程車就走。

但我沒有小鈔，只有兩張千元鈔，怕司機不想收大鈔所以我一上車就說，請載我到附近的便利商店買東西找開大鈔先。司機說不用，他有八百多元應該可以。

我雖然在趕高鐵，但根本不知道正確時間，我一上車就打開ＮＢ用手機接３Ｇ訊號調

查高鐵班次，立刻就發現靠杯我完全趕不上，只剩下最後一個班次。認清這點，我就開始發呆，跟司機有一搭沒一搭聊天。

這個司機講話有點怪怪的，連我都很難精準描述他到底是哪裡怪，好像是反應有點遲緩，禮貌有點過剩，但也因爲人頗客氣所以就多聊了幾句。

十分鐘後，這司機因爲自己違規行駛被警察攔了下來。

「眞衰。」司機很沮喪，又很緊張：「先生，可不可以請你等一下說，是你在趕高鐵所以叫我開快點趕時間？」

「好啊。」雖然不關我的事。

後來警察調查他的時候，我就開始我有氣無力的求情（我連我自己違規都沒有求情過，這種事眞不習慣），但很快就出現我想像不到的對話。

「你有沒有跟家人連絡？」警察。

「有，我有打電話啦！」司機的聲音變得很虛。

「你知不知道自己被通報失蹤人口？」

「不知道，我眞的有跟家人連絡。」

「你的駕照也被吊銷了啊？」

「沒有，眞的沒有。」

「就是被吊銷了啊！」

「對不起啦，可是這個客人很趕，可不可以讓我快點載他去坐高鐵？」

「客人很趕嗎？」

「對啊他很趕！」

我只好點頭。

「客人很趕就快放人家下車，我還要問你很久！」

就這樣，由於我根本無法付小鈔，就只好這樣下車攔下一台計程車走。

好怪，遇到失蹤人口當一個駕照被吊銷的計程車司機，背後一定有故事。

我有點內疚倒是真的，雖然不關我的事，但我看到那個被抓包的司機很恐懼的臉跟聲音，真的有點替他難過。雖然我根本不知道他是不是個混蛋。

不過這怪事也沒什麼，重點是我離開高鐵要去停車場取車的好事。

高鐵很怪，明明就說停一整天最多只收一百五十塊錢，但台中高鐵卻硬是要收一百八十塊錢，我原本計算好的，身上還有的一百五十塊錢可以拿來付停車費，卻只能在機器前恨恨地將磁卡退出。

那是最後一班高鐵了，我有點怕等一下高鐵站內部全部都給我關起來，於是有點匆忙地往我覺得可能有人工換錢的消磁間跑，結果一進去，靠，還是通通機器，沒有人換錢，只好皺著眉頭走出來準備跑進高鐵站裡找服務台換錢。

此時，一輛休旅車慢慢從後面靠近，車窗拉下。

是一個中年婦人開口：「是不是沒有零錢？」

「對。」

「來，拿去。」她親切地拿著兩張百元鈔。

「啊！不用這麼多，我只欠三十塊錢而已。」我受寵若驚。

「沒關係啦，拿去！」她很熱心。

坐在駕駛座的老公對著我微笑，坐在後座的一個妹妹也貼窗戶對著我笑。

我覺得好溫暖喔。

「不用啦眞的，給我三十塊就好了。」

結果她將鈔票換成了硬幣，放在我的手心。

我一看又嚇了一跳，是一個五十元，跟三個十元。

「我眞的只差三十塊錢，眞的，謝謝妳！」我趕緊將五十元硬幣要還給她。

她笑笑堅持，說不必：「沒關係啦都拿去！」

我轉念一想，如果其中有一個硬幣不被機器接受我就大條了，所以也就很感激地接受了：「眞的很謝謝！」

就這樣，我心情超級好地將磁卡消磁，拿了車回家。

接受陌生人的幫忙眞的很感動，一路都心情很好。

我沒問她，我該怎麼把錢還給她。

畢竟是小錢，我對人很大方，也不覺得該堅持什麼不欠人的原則把錢還給這位好心的陌生人。那種堅持對我來說有點太娘了。不過從此我就會留上一份心，如果遇到類似的狀況我也會毫不猶豫地幫助別人吧。

比起婆婆媽媽記下地址、記帳號，千方百計想還錢給那位好心人，把這份助人的大方傳下去才是眞正有意思哩。

奶奶跟我的姪子umi

2007.10.29

又到了寫簽書會感想的時候了

很久沒辦簽書會了。

以前辦過很多場，老實說沒辦法假裝生疏，一切都很愉快，甚至還比以前更愉快。這個世界依舊運作得很好，大家都在。

這次的新書不是小說，所以有心理準備不會那麼多人。老實說估計起來，短期銷售量也不會有小說那麼有爆發力，但長期來說我自己是很看好的，畢竟……我很喜歡。內容也很紮實。反正書名都已經叫《慢慢來，比較快》了，這方面也是很有體認，噗哧。

但，無論如何我想應該還是會有個一百人吧？這是我內心的想法。每次我在抓自己簽書會會來多少個人，每次都抓得很準，這點小仙女應該可以證明。

中壢墊腳石場據說是全省銷售我的小說最多的一間書店，這麼捧場，那當然是要去簽一下的了。那間店以前發行《哈棒》時簽過，這次去，人挺多，但異常地有秩序，因爲都是新面孔居多，加上店員非常專業地幫助引導、拍照，整個就是精神抖擻得很有效率。

有秩序眞的讓我很放心，因爲我只要專注在簽名、與來簽名坐在我旁邊的讀者聊幾句

上，不需要擔心大家排得很不爽，也不會坐視時間在無人幫忙拍照下無端端浪費——來自隊伍後方的無奈眼神一向是我的要害。

話說以前在中壢高中演講過一次，這次也看到少數的舊面孔，當然可愛的米子、跟一些想追她卻假裝對她沒意思的男同學也在其中了。說起來中壢跟我越來越熟了，前幾天還來到一次中壢（中央大學已經位居我去過演講最多次的大學，文化居次。半年後華梵大學將以四次居冠），我很喜歡住桃企，乾淨、大、親切又不算貴。火車站附近的商圈感覺人氣很旺啊！

中壢墊腳石大概有一百二十多個人吧。

然後晚上是豐原的誠品。誠品位於太平洋百貨地下室二樓，位置有點……不那麼接近地表（說什麼啊？），人不多，大概五、六十個人吧，但出奇地很溫馨。

由於不需要擔心簽不完的問題，所以我放心地演講了半個小時，說說這本書的創作感想，以及之間發生的趣事。演講時，麥克風的狀況眞的很重要，常常我因爲麥克風很爛吃了很多苦頭，甚至有發生過聽眾聽得很不爽，

簽書會後一定會有的大合照

在十分鐘內從第一排轉身離開的憾事。豐原誠品辦小型簽書會的氣氛與環境眞的是頂級的好，讓我印象深刻。

禮拜天在台北金石堂汀州店，是我們傳統的兩大主場之一，甚至是最厲害的主場。每次《殺手》出動，就一定是簽到晚上九點半十點的大戰鬥。

昨天我到的時候，號碼牌好像才發到六十幾號，比起來眞的是少很多。起先我有點小失落，但很快就因爲拿到一支好麥克風而逆轉向上，畢竟很難得有一個可以讓大家舒服坐下的空間（從《短鼻子大象小小》的簽書會後才有的一個簽書會空間）讓我說說垃圾話，等我屁完，場子也暖好了，完全就是一個非常棒的戰鬥環境。有秩序，又可以隨時亂說話。

老面孔在台北特別地多。

主持人小仙女越來越漂亮了，對活動也駕輕就熟，老實說我整個太放鬆了，都是因爲大家都越來越熟悉整個狀況了。師奶還是很有幹勁，髮型也更年輕了。平平照樣有套表演，還多了很多新把戲——這就對了嘛，一定要有新把戲的啊！小黑變得好瘦，這當然是好事，但不可以比我瘦，所以到此爲止了！小黑！男人就是要有一點肚子，才能在裡頭撐船嘛！東海的漂亮學妹帶來「兩好三壞」劇組那邊的消息，所以聊了久很多不是我很色好嗎?!小炘來探班一下但沒聊什麼，簽書會這種場合時間太短還眞不適合我們聊，晚餐時遇到那才叫扯。

靠，我當然沒有忘了李昆霖。

我在隊伍理看到李昆霖的那一瞬間，幹我的腳底就冒出汗了，因爲我很怕李昆霖會脫衣服然後逼我一起脫。他的面子很大，幹但是我不見得給得起啊！記得嗎？我以前很喜歡跟讀者一起露左乳照相的，最近兩年沒了，原因很簡單，因爲我的腰變粗了哈哈哈哈！才不要咧！李昆霖果然是個高手，一出現短短幾秒（不是短短的屌）就把活動的氣氛炒得狂熱，大家都笑得很開心，我卻冒冷汗冒到連胳肢窩都濕了，唉，我竟然也有怕的人！

等我瘦了，我就要報仇。

最後台北場簽了全部一百零幾個人，很輕鬆愉快，第一次在七點前可以走出汀州店，眞的很神奇。不過我是有仇必報的啦，台北場我估計應該有兩百個人，卻只來了一半，雖然很歡樂，哼哼，但這短少的一百個人我會算在《殺手四》簽書會的頭上，到時候大家要過來挺一下，順便拿個《蟬堡》啦。

上個星期到彰化啟智學校

2007.11.07

小時候家附近住了一個頭大大的大叔，他總是穿著破破爛爛的綠色大衣在街上走來走去，兩眼無神，有時呆笑，有時嘀嘀咕咕，大家都叫他大頭仔。

據說他小的時候發過高燒，燒壞了大腦，所以有點智障。

我們家開藥局，而他每天都會到我們家買治痛丹藥水喝，看著他蹣跚痴傻的背影離去，心中隱隱生了畏懼，這是我人生中第一個接觸身障者的經驗。

上星期接到一項特別的任務，就是到彰化啓智學校參與替代役役男的公益服務，並詳實記錄報導。

我在什麼也搞不清楚的情況下，進了彰智的大禮堂，據說有場表演。

「替代役來表演?」我搞不懂，彰智的替代教育役原來也要負責娛樂啊?

「對啊，就是反毒大使來支援演出，因爲這些身障的小朋友平時很少有這樣的活動。」

役政署的官員解釋。

「原來是反毒大使啊……」我了了。

「反毒大使」這個替代役役別曾在成功嶺宣傳，當時在大禮堂引起一陣騷動，大家都在底下議論紛紛：「這到底是很爽還是很操啊？」

由於裡面似乎有編劇的缺，我也曾考慮過捨去文化役的專長資格參加甄選，畢竟只有令我的專長有所發揮之處，服役起來才不會有浪費生命的遺憾。

話說那時隊上的長官也以爲我會去甄選這個役別，因爲感覺起來很涼很爽——對很多人來說，不管你是當哪一種兵，只要別人在流汗而你在發呆，就算你贏了——我想，如果你是抱持這種想法在服役，不管你在哪裡，都會過得很痛苦。

從那天的情況看起來，反毒大使實在是一點也不涼，不只要針對「反毒」這項基本業務設計表演節目，也要隨時支援各單位的要求到處表演，可以說「非常好用」。

一旦你非常好用，那就是多多使用囉！

我坐在台下看，老實說節目一開始還眞的有點白爛，但隨著魔術師登場、樂團飆歌，我瞬間完全可以理解他們花了很多心力在設計表演上，而且每個人都很有才華，有種「這大概就是替代役裡面的國軍藝工隊」的感覺，要會魔術、要會跳舞、要會彈吉他、要會唱歌……

跟大多數人一樣，我接觸身障學生的機會很少，所以完全不知道他們看得懂多少這樣的表演，但一波又一波的笑聲是騙不了人的，代表了他們對台上的表演熱烈的肯定。就算看不太懂，熱情也是會迅速感染的吧。

看在台上表演的同學眼底，如此熱力四射的替代役生活，那種共同準備演出的夙興夜寐，一定很値得懷念！

有點好笑的插曲。

當台上表演的時候，有一群學生不知哪聽來的消息，突然擁上請我簽名。

當時我整個不知所措，因爲這些圍上來的學生看起來一點都沒有身障的感覺，我在猜，會不會也是前來支援演出的學生團體？

但就在我想用正常方式跟他們說：「等一下再簽啦，我們要尊重台上的表演啊。」時，卻看見一個胖胖的女學生雜在裡頭哈哈笑說：「哈哈你的書我都看不懂耶！」

那時我又忍不住想：「看不懂我的書，那大概是有一點那個吧。所以這一群應該都是輕微的智障吧，嗯嗯。」

既然如此，我就只好領著他們從旁邊的側門走出拍照。

但輪番拍照的過程中，我越看越不對勁，這明明就是一群很正常的孩子啊！

但那個胖胖的女孩每看到我一次，就很興奮地哈哈笑強調：「哈哈哈！我都看不懂你的書耶，都看不懂耶！」我就只能再度陷入無解。

直到有一個彰智的學校老師在我耳邊說：「他們都是我們學校育保科的學生，都是正常的孩子，很活潑喔！」我才整個大驚。

然後學校老師又說，他們不只招收智力方面有缺陷的孩子，也讓正常的孩子跟他們同校相處。

我覺得眞有道理。

你看，我沒有經常接觸這些有身障的小朋友，所以一整個不了解，不了解，就會有很多不眞確的想法，也很容易有誤解或偏見。而偏見的產生通常都很傷人，如果能夠多讓有身障的孩子跟正常的社會多接觸的話，不只可以幫助身障的孩子融入，也能讓社會上的大家擁有了解身障孩子們的機會，進而才有關心、體貼，並幫助的可能。

當反毒大使替代役在台上表演的最後，那群育保科的孩子們主動衝到台上、台前，用誇張的肢體動作帶領所有觀賞表演的身障孩子，一起揮舞雙手、一起大聲歌唱、一起大笑。

頃刻間就讓舞台上擠滿了同樂的大家。

眞的是讓人很窩心的感覺。

揮別了表演，在離開彰智的路上，我忍不住反省：「我的書有難到讓高中生看不懂的境界嗎？不是應該好看的嗎？不，下次一定要認眞來問一下，到底是哪一本我的書她會看不懂……」

野長城很帥

《依然九把刀》座談會記錄

2007.11.21

這次的新書意義特殊，是我的碩士論文改寫，由於非比尋常……簡直是很怪，所以沒有採取傳統的簽書會形式，而是邀請跟新書相關的專家舉辦座談，簽書就變成其次的讀者服務了。

就分三篇來寫囉。

第一場座談會辦在台中新光三越九樓的法雅客，是跟「G大的實踐」紀錄片的導演廖明毅對談，廖導拍過我太多東西（兩支紀錄片、四支廣告），長達一年多的跟拍過程更將我訓練成一個視鏡頭爲無物的恥力人，這次搭售在「依然九把刀」裡的DVD拍攝內容跟幕後祕辛，就是這場座談會的重點。

法雅客的場地很好，位置關係挺舒服（能有兩張大沙發就更好了），還有一台大電視可以持續不斷地放紀錄片跟怪廣告當背景。我在百貨公司裡的書店辦過太多場簽書會，對百貨公司「內建書店」的人潮狀況很清楚，就是讀者肯定是事先知道簽書會時間地點才特地趕過來的，比較缺乏「因爲辦活動被臨時吸引過來的好奇民眾」，但優點是辦起來會比較舒服，

廖明毅還沒有女朋友，不過我沒有要幫他徵

有現成的冷氣，無聊的排隊的人在拿到號碼牌後也可以先去逛一逛再回來。

這次開始前半小時根本沒有人，靠，害我緊張了一下，很怕對不起特地趕來的廖導，畢竟人多才熱鬧嘛！熱鬧才會high啊！好險在活動開始前十分鐘，現場位置竟神奇地坐滿，還有人站著。南無阿彌陀佛。

廖導詳細解釋了當初一本網路小說都沒看過的他，是怎麼透過紀錄片拍攝的漫長過程自己去了解這個新的文學環境是三小，以及漸漸跟我熟識的部分，大概回答的問題也包括爲什麼當初拍網路文學的紀錄片會用我當影片主角，還有廖導的拍片態度與觀點的形成。

紀錄片對我來說意義眞的很重大，那段時間碰巧記錄下我的實體書從很不賣到挺暢銷這一段模糊的灰色地帶，有很多當然沒有被拍

到、卻隱藏在記錄畫面之外的我的人生，所以在我眼裡，這不只是網路文學這塊土地發生了什麼事、在那之間我幹了什麼，而是深刻的、我的生命。

例如在拍攝擔任聯合文學營的導師那一段，正好前一天我跟前女友正式分手，哭得眼睛紅腫喉嚨沙啞，還得去上課。拍到《少林寺第八銅人》戴光頭頭罩用毛筆簽書的畫面背後，那天晚上，我跟前女友吵到幾乎發瘋。例如很多畫面背後都還在我媽媽生病的期間，那些簽書會之所以會有我，全是我跟兩個兄弟換班離開醫院去參加活動的結果。

諸如此類，有太多痛苦悲傷的記憶。

但是很幹，我跟小內告白的甜蜜畫面卻沒有被剪進去，不過好險廖導有剪送我科科科……

老實說我並沒有跟「擁有合作關係的人成爲朋友」的習慣，因爲我有點懶得交新朋友，覺得人生就用現在這個「朋友額度」樣子運作下去好像也挺好的，廖導算是個例外。我想很重要的原因不是因爲擁有相似的夢想跟實踐力，而是，根本就因爲工作關係混在一起太久！

第二場座談會，是在台南的敦煌書局，五樓還是四樓忘記了。

這一場也有點恐怖，在開始前二十分鐘根本沒有什麼人，害我覺得對與會的蔡智恆有點不好意思，但後來開始前十分鐘竟神奇地滿座，好險。

這是蔡智恆跟我第二次一起座談了，蔡智恆很可能是與我座談過的人裡最聰明的，這點充分表現在蔡的機智上，也是三場裡笑聲最劇烈的一場。

會請蔡智恆對談，於公當然是因爲蔡的《第一次親密接觸》的出版與成功跨越了網路與實體，不管在幾年後，都絕對是任何網路文學座談會或甚至研討會一定會被提及的經驗。總之就是太厲害。悟空跟達爾合體大概就是這種組合的程度吧。

在私底下，蔡智恆也是我在這個小圈子裡少有的尊敬的人。

比起臭屁，蔡智恆居然很有嫌疑會強過我，但蔡智恆基本上除了貼故事之外罕有關於生活瑣事的發言，跟我的習性不一樣。我差不多有一隻腳踩在網路裡生活，不管我有多少天沒有辦法上網都一樣，我身體的某個部位始終都用無線網路的方式連結進無名G板。

所以我臭屁的個性輪廓比較無法隱藏，其實也幹嘛隱藏。

在小說實體化的過程裡，蔡大哥一直都是很順遂的，這種順遂的程度幾乎很難再度複製。加上個性關係，所以蔡大哥沒有一些網路小說作者發表論述時的「有志難伸」、「不吐不快」、「冷眼激動」，還多了很多可愛的誠實——就是這一點讓我特別欣賞蔡大哥。

比起來，多年不賣的我當然很戰鬥。

但如果可以很順遂的話我一定會選擇很順遂。只是我在歷經泥巴堆裡的多年打滾後，當然也太了解不順遂的人會想什麼，也體認了一些泥巴堆裡才能被迫體認的東西（不管你願不

蔡智恆也很暢秋

願意）。就某種結果論來說我當然還是很幸運，即使到哪都沾了一身泥巴還以泥巴沾沾自喜。

所以蔡大哥才會開玩笑地說，我們一個是英雄，一個是偉人，哈哈。

話說在《依然九把刀》論文裡，我在網路上、在大家都不知情的狀態下，抓剪了很多網路作者「公開展露」自己創作動機或慾望的貼文，如藤井樹、敷米漿、穹風、蝴蝶，還有一些至今尚未嶄頭露角的作者。他們看到自己寫過的東西大概會有點害羞吧。那些引文其中自然也包括我自己——我沒有作弊，因爲我抓的可是我在寫〈語言〉（《恐懼炸彈》）時期寫的貼文，那時我可一點都沒想過要幹這件事。我想程度上是公

平的。

比較可惜的是，仔細回想座談會內容，我們比較像是聯合回答讀者們的問題，稍微欠缺對談或交鋒的部分。如果我們彼此有點賭爛對方的話，或許可以幫助以上欠缺的部分順利開展吧。唉。

不過我說蔡大哥，你的笑點要擴充一下啦，幹我有些兩年前就聽過啦！

比起蔡大哥跟我聯手喇賽，第三場座談會內容就很紮實了。

在台北金石堂汀洲店，一向的主場，與啓蒙我「得獎文學是三小」的偶像許榮哲一起座談。

在嚴肅文學界（假設有那個界）裡幹過要職、贏過一籃子純文學大獎的許大哥，與網路小說之間有趣的淵源關係，各位買一本《依然九把刀》回去看就知道了。不過這不是我找許大哥座談的理由。眞正的原因是我喜歡許榮哲，哈哈。

許大哥準備充分，弄了很多有條理的投影片嚇唬人，其中大家印象最深的肯定是，許大哥認爲在若干年後梁朝偉將變成一個「記憶中好像很會演戲的演員」，而周星馳，則會變成重要的、代表某種時代精神的文化（你可以拿一堆社會學、文化研究學裡專門使用的符碼去裝飾周星馳）。

許榮哲講話很有條理

英雄所見略同。

我在一些演講場合裡則曾經提到，陶喆跟王力宏肯定在音樂上很有成就，也肯定擁有廣大的歌迷，但若干年後只會有一個名字留下，那人的名字叫周杰倫。不見得是周杰倫的音樂比較屌，而是我覺得周杰倫的音樂與他的行事風格代表了某種正在擴張的次文化。不過在舉例上，許大哥的比較有說服力，畢竟拿周董出來總會有人不予苟同，但星爺就是無與倫比的毋庸置疑了。

回歸舉例的原因，許大哥引述某人的說法，認為這幾年將沒有一部所謂的嚴肅文學有充分的「能量」可以留下、被後繼研究者討論，但《第一次親密接觸》一定可以，因為它代表了某種大眾書寫文化即將被開啓。

許大哥在講話時頗嚴肅，連在講輕鬆的話

題時也是一板一眼的，中氣十足，這點可說是許大哥的特色。比較起來，我有時候就太跳了。（在蔡智恆旁邊，我反而是屬於比較嚴肅的那邊。）

比起很多「需要風範」的前輩，許大哥顯然平易近人多了，帶來了很多觀點，立身純文學有不卑不亢，對大眾文化有開放心胸。但可別以爲這就是嚴肅文學的全貌，一個好人就是一個好人，許榮哲終究還是僅能代表許榮哲自己，就像九把刀也不能幫網路文學放厥詞，九把刀就等於九把刀而已。

雖然我是個大眾小說家，但以前的我比較貪心，會試圖藉著參加文學獎、或擔任文學營講師去親近嚴肅文學的陣營，希望對方認同我，看見我的存在，即使這中間不僅是一種相互親近、也包雜了戰鬥的成色。

但後來發生了一些事情讓我看清楚了這場戰鬥背後的本質，又加上最近兩年看到的沿途風景所受到的莫名感動，讓我突然置身在湘北對抗山王的那場比賽中，看見魚住切著胡蘿蔔的畫面……

是的，我還是比較適合在泥巴堆裡打滾。

靠，因爲我天生喜歡泥巴。

最後，許大哥，新婚快樂喔！

怎麼被拒絕最度爛

【ELLE專欄】2007.11.26

無聊透頂，在我的BBS個板上做了一份調查，共五百七十四人，每個人最多兩票，總投出1054票。

題目：女生用什麼理由拒絕你，你最度爛？

題解：臨時起意的好奇，問問大家，女生用什麼理由拒絕你的追求，你會度爛呢？注意喔，不是在問你聽過的理由（說不定你根本沒被拒絕過），而是請你稍微想像一下自己若是遇到什麼樣的回答，你會悶到不行哩。

結果排序：

你每個月可以給我多少？　102票（17.8%）

我眞的不知道……我眞的不知道……　86票（15.0%）

我不懂，只是當好朋友不可以嗎？　84票（14.6%）

對不起，我想我配不上你　82票（14.3%）

對不起，我現在還不想談戀愛　75票（13.1%）
對不起，我只想跟醫生或律師交往　73票（12.7%）
我媽不准我現在交男友耶　68票（11.8%）
對不起，你太醜了　65票（11.3%）
對不起，我想……你養不起我　58票（10.1%）
對不起……你開什麼車？　41票（7.1%）
對不起，我對你沒有感覺　32票（5.6%）
……（沉默）……　27票（4.7%）
嗯，我當沒聽見喔　27票（4.7%）
對不起，你是個好人　27票（4.7%）
對不起，我喜歡的……也是女生　25票（4.4%）
不要　24票（4.2%）
等你賺到人生第一個百萬吧（笑）　21票（3.7%）
我……我……我只是想找你修電腦（哭）　21票（3.7%）
對不起，你太胖了　19票（3.3%）
對不起，你太矮了　19票（3.3%）

我想，我們以後還是別再見面吧　18票（3.1%）
對不起，我想我們的個性並不適合　18票（3.1%）
呃……你不知道我已經有男友了嗎？　18票（3.1%）
維大力？義大利？……哩共蝦？　14票（2.4%）
對不起……你剛剛說什麼？　14票（2.4%）
對不起，我已經有喜歡的人了　11票（1.9%）

我在網路上的根據地有三，依照使用界面的不同讀者的年齡層也不一樣。BBS上的使用者年紀通常比較輕，以高中生跟大學生爲主，不過又不是在問總統要選哪位，所以統計學上的備註我就不管了。

重點是，這種投票無論如何都比聽那堆愛情專家放屁還好玩，也可看出廣大鄉民悲慘人生的縮影。

或許還年輕的大家口袋都不深，很介意被女生質疑經濟能力（但承認吧男生們，你們九成九都是以貌取人！），不曉得有多少成功人士當初被這樣踐踏過才發憤圖強，可以建議《商業周刊》或《天下雜誌》針對大企業家做個統計。

委婉拒絕表面上顧及男生的面子，但實際上一點也不討好。稍微有點自尊心的男生大概

都能接受一番兩瞪眼的答案，也不想被施捨——特別是想保留曖昧空間的那種施捨。

我也一樣。我最討厭聽到的，莫過於「對不起，我現在還不想談戀愛」跟「我眞的不知道……我眞的不知道」。因爲都是假的！假的！給第一個答案的女生，當我看到她下個禮拜突然挽著新男友的畫面，絕對會怒到摔馬桶。給第二個答案的女生，我建議她從簡單的加法開始練習起。

那種完全沉默、或是假裝沒聽見的我也同樣受不了，我們男生可是鼓足勇氣才踏出這一步的，好歹，也用斬釘截鐵的「不要」狠狠摔我們幾個巴掌啊！（好吧，我承認這種一針見血的答案其實也很痛，好像一篇十萬字的小說投稿被寫上「爆難看」就丟垃圾桶，連退稿都免了）

不過大家對義大利跟維大力的容忍度好像很高，這倒是相當令人意外啊！

2007.12.12

上個月去參加績優役男頒獎

上個禮拜三（正確的時間是十一月中），受役政署之邀參加替代役績優役男的表揚（我不是績優役男啦），負責守備活動最後的服役心得報告，也就是演講啦。

活動地點在斗六劍湖山王子大飯店，於是一邊看漫畫一邊搭火車前往。

由於這個活動突然在我的行事曆上殺出，原以爲在跑水祭結束後可以偷點愉閒的機會又瞬間消失了——這個認知明顯跟大家想像的不一樣，有大飯店，又可以看表演，又可以吃好吃的東西，只要如往常演講一下，那樣不是很好嗎？

但我天生就是覺得，唉，高度社交需求的場合不適合我。

斗六我一次也沒去過，有點新鮮。在火車上我沉迷在插畫家Blaze推薦的漫畫《重金搖滾雙面人》裡，靠杯有夠好笑的啦，就這樣一路狂笑到斗六。

天兵燦爛的笑

在斗六火車站前面集合完畢後（原來績優役男那麼多），分三台遊覽車就出發。

第一站是雲林教養院，美其名說是公益服務（說自己去公益服務很害羞），實際上，是去「欣賞」替代役裡的反毒大使團體進行公益服務。

在反毒大使表演的時候，大家跟智力有殘缺的院生比鄰坐在一起（都是女的），引導我們的主辦人希望我們在活動的一個半小時內可以多跟她們說說話，這倒令我有點尷尬，因爲我本來就是個好奇心特重的人，又不是天天可以進到這種福利機構參訪，當然要把握機會多了解，現在若多聊幾句反而不像是出自眞心。

我的旁邊坐了一個很樂意回答問題的女人，年紀約莫四十吧，我問了很多關於教養院起居與規範的問題，但我更注意到她們彼此之間好像在打暗號，像是在討論我們這些小男生出現在這裡的興奮——這令我覺得有點高興。

反毒大使的表演眞的很厲害，以前看過一次，那天又看了一次，當然不是每個演出者都很強，但很強的，就眞的是強到讓人嘴巴都闔不起來。

裡面很會唱歌的那位替代役役男據說役畢後要開一間教人唱歌的才藝班，酷耶！還有一個擅長表演「體術」的替代役役男，據說他役畢後會受邀去美國拉斯維加斯表演，眞的很不可思議。

我想當初我沒有在成功嶺上轉服反毒大使役別，眞的是好險，我可學不來那些很酷的東西。如果要編劇，其實也不是我眞正的擅長。

晚上住在劍湖山王子飯店，住得挺好，跟三個同樣是替代役的工作人員一起住。除了成功嶺那種鬼地方，我已經大概有六年沒有室友了。就連我現在住在二水替代役宿舍也是一個人（眞好，我可不想晚上開燈寫作還要問其他人會不會介意）。

吃晚飯時，大家吃得很爽，可反毒大使竟然還是在表演餘興節目，老實說我覺得大可不必了。大家都一樣在服役，就統統一起坐下來吃飯不是挺好的嗎（雖然他們依舊表演得很厲害，還有一個據稱曾獲得全國近距離魔術比賽冠軍的役男，表演很多唬得我一愣一愣的魔術），有點替他們心酸，因爲菜還滿好吃的咧！

第二天就是重頭戲頒獎了。（不然你以爲來幹嘛？）

每個替代役役男上台領獎的時候，司儀就會宣布他的豐功偉業。坦白說有些績優役男的

事蹟還眞是籠統，諸如「熱心服務，成績斐然」、「誠懇踏實，多方讚許」、「服勤認眞，長官同事皆讚譽有加」，眞的是太空泛了。也許就是比較乖吧。

不過有些事蹟聽起來就令人肅然起敬了，比如「付出大愛捐出骨髓，救助小女孩」、「發揮衛星定位特長，協助警方逮捕嫌犯」、「勇敢跳下橋拯救落水的小孩」、「奮不顧身，勇擒歹徒」、「代表國家足球隊，出國爭取榮譽」等等，眞的很驚人！眞的！都比我厲害太多了，所以頒獎結束後換我上台演講分享我的替代役生活，就有點害羞。

社會上普遍對替代役的觀感，十之八九用區區十一劃就可以說清楚，就是個「爽」字。坦白說，服役這種事際遇有好有壞，待遇有好有壞，同袍有好有壞，長官有好有壞，不管有沒有被亂欺負，大概都得戰鬥一下。

每次朋友聚會，聊到當兵，不是在比操，就是在比爽，就怕你服役過得沒特色。

我聽到的那些很驚人的頒獎理由，我想，他們才是眞正的績優役男，一定比我更適合在台上跟所有的替代役男分享他們的戰鬥。而我不過就是比較有名罷了。

我還剩很多個月，會很珍惜我在二水的日子。

說到當兵，不過還是以前說的那句：「如果一個人認爲他當兵比不當兵，對這個社會還

要來得有貢獻的話，那其實他很需要反省一下自己爲什麼那麼沒用。」

只要你是個很戰鬥的人，到哪裡，都有戰鬥等著你。

離題一下。

折磨人的事、焠鍊人的事、強迫人成長的事到處都有，不見得一定得到軍隊裡體驗這個部分（如果你覺得你需要被折磨卻又欠缺可以合法折磨你焠鍊你的人，靠，好吧！去吧！）。

借了值星帶來揹

有些人好欺負的個性就寫在臉上，進了軍隊也許會被欺負得改頭換面變成一個很不好欺負的人（可能性很低啊！），但你如果看過被學長、被長官欺負到徬徨無措不停受罰不停被訕笑的那種人的情況，當兵對他來說眞的是多年以後依舊會糾纏著他的惡夢。人格遭到扭曲一點也不奇怪，因爲那裡就是一個「人成長」跟「人扭曲」很極端的地方。

然而不管你有沒有用，既然服役基本上很公平，就把它公平地度過吧。

平安退伍是每個男生的願望，也是每個等待男生退伍的女孩們的願望哩！

2007.12.17

大風大雨大花蓮

Day1.

以前在電視裡看颱風來襲的氣象報告，都很慶幸有個叫中央山脈的怪獸橫在台灣中間，隻手將自東來襲的颱風斬碎，住在西部的大家便只是淋淋小雨、賞賞小風就好。

但這次去花蓮，遇到了六十五年來罕見的冬季雙颱從東岸襲台，也算是好好體驗了一下總是正面與颱風交手的東部地區，在沒有中央山脈的屏障下是怎麼回事。

追根究柢，我是個不規劃旅行的人。即使出國也不規劃，任憑同行的人愛去哪我就跟去哪。基本上我連人生都不太規劃了，所以這也勉強我不得。反正我總是有辦法從中偷取樂趣。但不規劃不代表沒有方向，我的宗旨是隨遇而安，恍神地開車胡亂跑來跑去，比攤開地圖大費周章思索下一刻去哪裡好，在這個點完全放鬆時再去想接下來要幹嘛。在這中間，思考旅行的「效率」恐怕是最要不得的事，所以我決定把「怎麼玩才能將花蓮在三天內玩透透」這種想法沖進馬桶。

我有三天半的時間，租車很必要。下了飛機我就租了一台，是黑色的日產青鳥二點〇，

因爲一點六的車子全都被租光光，有點失望，因爲我很想體驗一下動力不足是怎樣，然後回去就會更珍惜我的愛車。

上了車第一件事，就是把從我自己的車上拔下來的ＧＰＳ掛上設好（ＧＰＳ萬歲！請找我代言！），按下最白痴的「附近景點搜尋」，就按照指示前往七星潭附近的柴魚博物館（懶人玩法，必殺！）。

簡單又好吃

湯頭很棒

柴魚博物館裡面香得要命，我一進去就餓了，於是點了魚丸湯跟柴魚麵大吃一通，一邊攤開從機場旅遊服務台抽來的好幾張旅行導覽，慢慢研究網友曾經建議過的幾個景點。

此時，我的旅遊貴人出現了！

「請問你是……九把刀？」一個男孩彎下腰，看著正在吃麵的我。

「對啊。」我。

「你怎麼會在這裡？」他很詫異：「對了，我跟你是同梯的耶！」

「啊就來玩的啊？你是九中的嗎？」我有點沒印象。

「不是，我是十中的。」他坐下。

嗯嗯，那也很親了。重點是……

「嘿，你是花蓮人嗎？」

「對啊，我是花蓮人，家因的。」

太好了，於是我快速地拿著租車公司給的地圖諮詢他。他說，鯉魚潭跟瑞穗溫泉都很值得一去。大家都說一定要去的太魯閣則不是很推薦，因爲颱風天的路況恐怕不樂觀。我怕死，當然就不可能去。

一直都覺得能夠接受別人幫助，是很強的福氣。

很高興跟這位花蓮同梯道別後，我逛了一下柴魚博物館，裡面不給拍照實在有點掃興。

正要離去時遇到了以前曾有一面之緣的作家吳若權，很高興合了影。實話說，在工作的場合遇到名人，我都不曾起過念頭要跟誰誰誰合影（我還遇過偶像周杰倫，竟然也沒想過要合

花蓮同梯科科科

照），但私下的偶遇，不合影一下簡直就是猥褻。

既然到了七星潭，就到據說有很好喝的咖啡羊奶的原野牧場，因爲我是羊奶的粉絲，也是咖啡的粉絲。咖啡好買，但平常要喝羊奶就不是那麼容易。兩個加在一起，那是一定要去喝的。

巧遇作家吳若權，很有禮貌的一個人

原野牧場是間滿大的咖啡店，視野也很好，但有個很嚴重的問題——羊奶咖啡只有約莫50c.c.，連養樂多等級的份量都不到，實在是太扯了，加上手指寬度大小的乳酪起司蛋糕，這樣就要一百八十元。好貴，又好快就全部吃喝完。

我開始無聊。

很後悔沒有帶NB到店裡，寫個小說還是怎樣。我向服務生要了雜誌，結果只有兩本，一本在教人怎麼刻印章，一本在教人怎麼吃螃蟹。靠我一下子就看完了，覺得乾坐好無聊。

此時我不禁被迫反省。爲什麼我一定得做些什麼才覺得不會浪費時間？爲什麼我就不能什麼

也不做地坐在位子上，喝我的咖啡就好？放空真的好難，難怪有很多作家都在寫書教人放空、樂活之類的。我想，如果羊奶咖啡有300c.c.的話，我一定比較不無聊吧。

很快我就離開了。我也不想勉強自己放空。

在靠海的地方停下來，沒什麼人，只有幾個遊客穿著雨衣在觀浪。

我連雨衣都沒有穿，也跟著傻呼呼看了一下浪。颱風前夕，浪很大，風很大，我拿著相機等了很久，還是沒能等到有人被吹走的絕佳鏡頭，於是悻悻開車離開。

又濕又冷，我有點想乾脆就在七星潭這邊找民宿住，碰巧有個讀者在路邊認出我，他有個當記者的哥哥建議我可以住在海景很棒的望海樓，我一向很樂於接受這種提議，於是就跑去望海樓敲門。結果客滿。

罷了。

我決定先到瑞穗溫泉區，找間民宿度過第一個晚上。

靠著GPS帶路，沿著九號公路往南開，路況出乎意料地好開，雖然沿路風雨暴大視線不良，但不是我幻想中的「充滿崎嶇山路的花蓮」。心情有點好，把特地帶來的周杰倫「我很忙」專輯插進音響，一路聽著，如此以後一聽起這張專輯，就會回想起這段旅程吧。

大概在晚上六點半抵達了瑞穗，突然看見那位花蓮同梯推薦的「黃家溫泉」。不知道就

算了，既然有人推薦又被我看見，那就進去問問吧。

「不好意思，請問還有空房嗎？」我祈禱。今天實在想休息了。

「颱風天有很多人退房，所有還有三間讓你選！」老闆一臉敦厚。

一個人旅行是很自由，但住宿的費用就相對貴了，尤其看到每一間房都太大，就有種「被我一個人住，簡直就是暴殄天物」的遺憾。

於是我選了一間擁有兩張單人床、最簡單樣式的房間，一個晚上一千八（這是平日價），優點是一打開房間的後門，就直接看到公共浴湯——這可是難得的方便，泡湯就是要在大眾湯裡泡才有泡湯的感覺，在房間裡泡湯，那就等於是洗熱水澡了。

看我一臉文質彬彬、氣宇不凡，民宿老闆很熱情招待我一起吃晚飯。非常豐盛，我不客氣嗑了兩大碗飯。我服役的地方二水同樣是很有溫情的地方，待久了就知道要回應熱情的方式不是溫婉拒絕，而是大方接受人家的款待。

回到小木屋，正當我興致沖沖想衝進大眾池之際，赫然發現我沒有帶泳褲。

賽咧，難道要直接裹著大毛巾就下湯嗎？但那裡是

男女共湯的那種大眾池啊，不是男生自己一鍋湯，怎麼辦咧？

這時我想起了本來要跟我一起來花蓮的遛鳥專家李昆霖，於是想起了恥字，便穿著很像海灘褲的內褲（是新的！）打開房間後門，滿臉羞澀地走到大眾池，在滂沱大雨中泡湯。

不過我多慮了，池子裡除了我以外只有兩個大男人，就算光著屁股也沒關係。

那兩個泡友都是剛剛做完工，便開車來這裡泡湯兼洗澡，只要一百塊錢。我們東聊西扯，他們對我一個人來泡湯卻沒有帶美眉感到不可思議。

「幹嘛不帶美眉來泡湯啊，你是騙肖仔喔！」一個工人大哥不以爲然。

「啊你們也是兩個大男人來泡湯啊。」我反駁。

「剛做完工，沒力氣找美眉啦！」另一個工人小哥囁嚅。

總之三個男人都很可憐，在竭力克制幫彼此擦背的衝動下，默默結束了話題。

回到房間，一邊看司馬遼太郎寫的關於宮本武藏的書，一邊睡著了。

Day2.

用一個獲得九點九分的鯉魚打滾漂亮地起床，連臉都沒洗，把握最後時間吃了菜色普通的早餐，但牛奶據說是剛從鄰近牧場擠回來的超新鮮牛奶，一喝果然超級棒，一口氣喝到想吐。

回到房間，興致勃勃地想再去大眾池泡個湯，沒想到後門一打開，大眾池的熱湯竟然完全消失了！唉，是怎樣？只好在房間裡畏畏縮縮地「洗澡」。一整個沒有泡湯的感覺。

中午拜別黃家溫泉民宿前，問了老闆娘接下來我該往哪去好。

「老闆娘，妳覺得現在去富源森林區好不好啊？」

「啊現在下雨耶。」

「是喔，那我直接開去玉里，可以玩到什麼啊？」

開車不放空

呼呼呼

「啊現在下大雨耶。」

「是喔，那妳覺得……」

「去哪裡都不好啦，雨下得那麼大！」

於是我毫無頭緒地將自己塞進車子，用手指問一下我的恩人GPS。GPS告訴我，可以去一下瑞穗牧場看看，於是就這麼去了。有GPS帶路，讓我不必費神在警戒路標之類的東西，一邊欣賞被大雨淋濕的山水，一邊愉快地向牧場前進。

如果說彰化二水是好山好水，花蓮就眞的是大山大水。奔騰的霧氣在巨山間瀰漫滾動，深綠的山色在灰濁的驟雨中更顯壯觀，一過橋，底下都是令人怵目驚心的滾滾泥石，我停下車看了好一會兒，那股山洪爆發的勁態讓我熱血沸騰。

倒是開到瑞穗牧場時，那裡明顯呈現死寂狀態，我毫不猶豫就往回開。再度用手指諮詢了一下GPS先生，他說：「紅葉溫泉好耶！」於是半小時後我就出現在紅葉村，還看見了傳說中的紅葉國小，那可是我爸爸那一代人的熱血記憶啊！

在這些車程中，其實都是體驗大風雨中的花蓮。與其說是在颱風的肆虐下首當其衝，我倒有種花蓮是一個總是跟颱風一挑一的勇者姿態。

就在風雨中胡亂開車，我終於在GPS的指引下來到據網友說有很多阿飄的鯉魚潭。

記得那個花蓮同梯說，鯉魚潭其實是一灘死水，但出奇得沒有臭味，因爲傳說鯉魚潭跟日月潭其實有個共通的地底水穴，證據是有科學家在日月潭放生一群有特殊標記的魚，要做生物追蹤之類的，結果最後卻在鯉魚潭抓到有那些特殊標記的魚——我這個人標準的道聽塗說，只要涉及神祕，我照單全收。

現場看很恐怖

水很兇惡

我很擅長笑這樣

繞來繞去，我決定不往鯉魚潭旁邊的深山裡找民宿，免得山洪爆發還要勞煩網友發起大

NTD1500

很溫馨的小木屋

規模追憶我的活動。反正是個潭，住在潭的旁邊不是比較好嗎？有間叫莫內花園的原住民經營的民宿，好像非常靠近鯉魚潭，我決定住下。

這次是間非常別緻的小木屋，總共有一張雙人床，兩個單人床，給我住眞的很浪費，但第一眼我就喜歡上它的樸實美了，尤其是面對電視的那張布沙發，它肯定既適合看宮本武藏又適合寫個短篇小說。

小木屋平日價是兩千一，可我假裝猶豫了一下，價錢立刻就摔到一千五。

……很好啊，沉默果然是金。

放好行李，雖然還下著毛毛雨，但我還是沿著鯉魚潭走了走。

近夜的鯉魚潭積聚了濃濃的雲氣，如果能跟喜歡的女孩一起牽手走過，這叫「詩情畫意」。可惜我只有一個人，所以要用到「行隻影單」這個成語。

很有氣質的湖

下次想住看看

潭邊有好幾台出租用的露營車，我一看，好後悔。我也想住露營車啊！

忽然，我感覺到一股極不尋常的靈動。

有幾個人坐在露營車的前座，閉眼盤腿，好像在打坐？

我有點狐疑時，正好經過一個綠色帳篷，裡面坐了一男一女，同樣面對著鯉魚潭打坐，應該是在靈修。空氣中飄著一股焚香，是有點莊嚴啦，但我竟然頭皮發麻。

一看遠處，有個屋子裡好像盤坐了更多人，全身素白，面對著湖水動也不動。

於是我逃走了。

回到小木屋，我還是有點怕怕，只好看起我平常根本不看的電視。

到了晚上六點半，我肚子餓了，便想跟兼營咖啡店的民宿業者買東西吃，沒想到他們不僅看不到人，還把大門給鎖起

來。

這時雨又大了起來，我很傻眼，我記得大門不是九點才會關嗎？但我一個乾糧都沒買，夜晚才剛開始，我是不可能不吃東西的，只好在大門附近找「空隙」出去。實在很賭爛。

最後僥倖讓我找到，大門旁一個沒有仔細圍住的花圃有個縫可鑽，我小心翼翼跨了出去。我先是開車在附近繞了一下，這麼惡劣的天氣底下所有商店都打烊了，熱食不能，只好在雜貨店買一堆餅乾跟泡麵。

我開車回去的時候，看見大風大雨中有一條野狗狂奔著。我很詫異，這麼大的風雨牠要去哪裡？詫異過後，狗

馬的超痛！

消失了，我停下車，心裡有一點悶。

「……」不由自主，想起了我家的柯魯咪。

就在我效法小偷的精神，循原路「跨」進民宿的時候，我滑倒了。

重重地往後倒下，完全沒有記憶到底是右腳還是左腳害的，總是就是被泥巴水給滑到，一瞬間我的右手肘反射性回架地上防禦。

痛、死、了！

畢竟沒死，我一身泥巴回到小木屋，洗了個澡檢視傷口。外傷沒有很嚴重，但我的骨頭疼得要命，不禁擔心起是不是骨折。

我有點慶幸我從小習練達摩一斤經，要不然肘骨一定當場跌斷。

儘管內力精湛，那晚我還是睡得很不好，因爲肘骨很痠，痠到發疼。

受了傷，外面又有颱風，還有一群試圖從鯉魚潭召喚出巨怪的國際靈修人士。

躺在床上，我頭一次在這趟單人旅行裡，覺得很孤單。

想起了那條在大風雨中、彷彿有個明確目的地、發足狂奔的野狗……

孤單的人想起了更孤單的狗，不會因爲自己比較幸運而獲得舒坦。

反而很難受。

Day3.

今天，很特別。

醒來後，我在鯉魚潭邊散步，遇見了牠。

牠是一隻很有教養的流浪狗。在前一晚我開車出去找東西吃的時候，好像就是看見牠在大雨中奔馳，當時我的詫異遠遠大過於其他，所以不是完全確定眼前這一隻是不是就是我看

到的那一條。

我走到哪，牠就跟到哪，但牠對湖水非常有興趣，好像努力在找什麼似地。

我很怕牠投水自殺，隨時用啾啾聲與牠保持心靈上的聯繫。我很快就想起我剛剛還有一根蛋捲沒有吃完，於是在欣賞完美麗的湖色後帶著牠回到小木屋。

起先，牠在門口不敢進來，於是我將蛋捲放在外面讓牠吃。

Hi，初次見面！

……

很乖的狗狗♡

但我又想起了我還有一碗泡麵可以跟牠分享，於是煮起熱水、認真喚牠進屋。牠真的很有教養，或許也可以說是一種天生的氣質，牠不會亂吠也不會白目地跳來跳去，就只是乖乖地坐著、趴著、生怕一亂來我就會轟牠出去的那種優雅的自制。這點尤其讓我心疼。

在等熱水的同時，我幫牠擦乾身體，雖然我心知肚明一旦出了這間小木屋，牠又會在傾盆大雨下全身濕透。

但此時此刻我有一條乾毛巾，那便夠了。

我幫牠擦乾身體，跟牠玩，餵牠吃泡麵，牠高興地舔我耳朵。

這種畫面很久沒有出現過了。自從我習慣開車後，就沒有辦法像以前一樣隨時發現流浪狗，機動性騎機車到鄰近的便利商店買肉包子請牠們。

但我們始終都是同一國。

就連我洗澡時牠也乖乖坐在浴室門口，沒有趁機在屋子裡探險找東西吃。

由於牠實在是太有教養，要離開民宿前我抱著一絲希望。

我問老闆娘：「請問這條狗是你們養的嗎？」

老闆娘：「不是。應該是附近的流浪狗吧。」

我心一沉。這麼一來，我走了，牠又要孤孤單單了嗎？

牠一路跟我跟到民宿外，我在後車廂放行李，牠依著我的腳。

我上車，門無法關上，因爲牠好整以暇蹲在門外，用一種並非熱切祈求我收容的表情看著我。那種神色充滿了平靜，不卑不亢。

我伸手摸摸牠的頭。

「對不起，我沒有辦法帶你走。」我用力看著牠，使勁地揉著牠的臉。

牠沒有移開牠的眼睛。

「對不起，我沒有辦法當你的主人，希望一直都有人餵你。」我有點激動。

牠懂了，於是往前走開。

我關上門，看著遠遠走開的牠。

牠停下，遠遠地，坐了下來，望著無法動彈的我。

我哭了。

我只好哭了。

或許我真的很壞吧。

明知道沒有辦法養牠，卻自以爲是地讓牠飽餐一頓，乾了一下子。

最後留給牠的卻只是失望。

樹很強！

我好難受。

我甚至還沒有在心裡爲牠取個名字……

我一路悶到門諾醫院。

掛了號，手肘照了X光，目前看來沒有大礙，至少不是嚴重的骨折。如預期，醫生開了消炎藥跟肌肉鬆弛劑，但沒有藥可以緩解我心裡的悶。

今天大概只想看海吧。

出了門諾，就往大海的方向開，一下子就到了第一天沒能住成的望海樓。

「不好意思，請問今天還有空房嗎？」

「……還有喔。」

事實上，我看是只有我一個人住吧。

據說颱風天不少人打電話退房，所以我得以住到最高的樓層。平日價兩千五百元，有點小貴，不過正對著被颱風蹂躪的大海的無敵海景，我想非常值得！

望海樓很棒，才剛建好一年多，房間格局新穎，是我最

中意的簡潔風。二樓還有類似聚會廳功能的公共空間，有免費的冷飲跟咖啡，還有好多小餐桌，如果住宿的人很多，這裡倒不失爲大家交換旅遊資訊的地方。

與其說望海樓是民宿，說是高級商旅更恰當。我喜歡被熱情招待，但這種獨立性強、不被打擾的私人空間也很不錯，還有理所當然要有的寬頻網路。

民宿主人說，晚上十一點才會關門，在那之前我愛怎麼進出都沒關係。

我放好行李，想起了網友推薦的中一豆花，於是便開車去嗑了兩碗熱薑汁花生豆花再回來。薑汁眞的很奇妙，那種帶著辛辣的甜味我完全無法抵抗，記得小時候媽媽買了好幾包薑汁豆花通通倒在一個大鍋子裡，放在電磁爐上加熱給大家吃。當時我才國小四年級吧，竟趁著大家還沒上樓吃晚飯，就一個人單挑了整鍋熱豆花，還記得媽非常生氣。

中一豆花好吃，只可惜用的是紙碗，有點沒fu。

我對吃什麼東西沒太多要求，晚餐買了個便當就回望海樓寫遊記去了。就這點我實在不是寫旅遊雜記的料。

颱風走了，帶走了雨，卻忘了將風一併打包。整個晚上呼嘯的海風都在狂毆房間的面海玻璃，在深橙色路燈的光照下，憤怒的海水好像連慘澹的月色都給呑了，有點囂張。

無法徹底放空的我，看完了《宮本武藏》，也寫好了兩篇遊記。

一直以來都在各地演講，所以也住遍了各式各樣的旅館、飯店。有的小旅社櫃台會猛打

我平常都這樣寫小說，嗯嗯嗯嗯

採光是王道

電話到房間問我有沒有特殊需要，有的貴到住一天的錢可以買一條Levis牛仔褲加一雙NIKE球鞋。但貴的旅館不一定好。在我看，在外住宿的品質有個關鍵——如果店家提供的牙刷很好刷，這一間旅館的素質一定很好！

望海樓的牙刷是三天來最好刷的，於是我比平常多刷了幾次牙。後來寫遊記寫到哭，實在很沒用。搞屁啊我。

小內在電話裡安慰我：「如果眞的捨不得，這個週末我們去花蓮座談會的時候，再開車去鯉魚潭過夜，要是再遇到牠，就把牠帶回來養啊。」

「我家已經有柯魯咪了，妳知道沒有空間再養一條了。」

「把逼，會有辦法的。」

「怎麼會有辦法？」

「帶回來的話，一定會有辦法的，眞的。」

「養在妳那邊的話，妳放假回家誰要照顧？」

「到時候一定會有辦法的，不要哭哭了。」

小內的天眞不是一股執著，是一種愛。

我說不過她，很想親親她。

天色詭異

Day4.

飛機是下午五點，四點還車就可以了。時間充裕得很。

望海樓的早餐還可以，遇到了大約兩間房間的客人，原來昨夜我並不孤單。

吃完早餐，距離退房還有點時間，本想坐在對面大自然的沙發上，一邊接受大海傳來的負離子一邊寫東西，沒想到櫃台來電，說我樓下來了訪客。我哪來的訪客？不用多想，必定是昨夜看了我貼在部落格上的旅遊短文找上門來的讀者，只好提前收拾東西check out。

這位來訪的讀者建議我，往太魯閣的路沒有我想像中的崎嶇難行，至少可以到「砂卡礑步道」的路程都沒有受到颱風影響。他說通往谷底的砂卡礑步道，沿路風光極佳，且不是命在旦夕的走法。

原本我打算把這段約莫三、四個小時的時間，用在沿海岸線開車到磯崎再開回來，來趟海岸線吹風亂髮之旅。但我這個人很肯聽建議的，於是就請示ＧＰＳ大神，請它引領我前進太魯閣。

沒風沒雨了，太魯閣沿途景色之迷人，可以將一個國小生背過的佳辭美句都用光光。然而這種單純描述風

景的文字很乾，我無力爲之。

無力便無力了。於是我不時停車下來，感覺一下什麼叫「盛大的空曠」。

走在砂卡礑步道上，一開始還在想蛇什麼時候會出現，後來根本就是在和想像中的伊藤潤二對話。是的，這裡像極了下一個轉角就會出現伊藤潤二筆下的山間荒村。

漂亮，又充滿了各種可能。藏著不能深究的祕密。

山裡絕非幽靜，因爲水聲隆隆，但被大自然安撫的氛圍有種靜謐的、大地宗教的氣息。巨大的石塊各有繽紛顏色，卻又勾肩搭背，突兀地矗立在飽滿精力的河水間，無聲的角力，卻又無法不奪人眼目。

我只一個人，要說話也無可能，走著走著，只能任由腦子裡越來越膽大妄爲的伊藤潤二無限制擴充他的世界，偶爾鹿橋的《人子》故事裡的小山精也出來鬧一下，把我的腦子狠狠鬧開來了，於是又進入了小說的世界。

說幹就幹，立刻在國家公園管理處寫了一個多小時的小說。

要是有小內在就好了，我反而可以將喧鬧的「故事」丟開吧。

離開了下次一定還要慢慢探訪的太魯閣，還有一些時間，無所事事，便眞的無所事事坐在隨選的海邊，吹著風，享受身爲文藝青年的好時光。

海風很大，大得我又有點寂寞了。

一個人的風景

其實還是想寫東西

過兩天我又要來花蓮參加座談會，當然了，一定要帶小內一起來。

「那麼，再見了。」我起身。

我想，再去鯉魚潭找牠一次吧……

花蓮，鍾文音對談

2007.12.25

上次受文建會底下的花蓮文化創意園區之邀訪了一次花蓮，寫了篇規定的遊記提供花蓮當地宣傳後，一直有個遺憾，就是碰上了颱風，少感受了平常陽光充足的花蓮。

這個遺憾很快就得到平反。

按照當初合作的約定，我必須在寫完遊記後回到花蓮，與作家鍾文音老師一起參加訪遊花蓮的座談會，大抵就是向大家報告我們在花蓮跑來跑去的過程，或感受。

對我來說，與其說是在大家面前報告一遍我跑花蓮的過程（反正遊記都寫完了），不如將我的觀察重點放在一起與會的鍾文音老師身上。我始終對我之外的其他作家是如何看待創作與人生有一些好奇。

鍾老師受邀去花蓮訪遊，也是租車，也是自己帶了ＧＰＳ，除了這兩個小小的相同，大大不同的是鍾老師是舊地重遊，她與花蓮原本就有特殊的記憶與情懷，而我則是除了受學校邀請跑來花蓮演講外並沒有與花蓮接觸的機會。

大概是太熟悉了，鍾老師反而談花蓮並不多，而是講述她在世界各地的旅遊感受，很多

觀點都讓我受益良多。長久以來我一直缺乏一般人所幻想出來的「作家氣質」，而這股作家氣質在鍾文音老師身上倒是很多很多。

我不是一個特別喜歡旅行的人，但如果朋友特別要去哪裡，有時間的話我很樂意跟倒是，因爲我沒有規劃要幹嘛的習慣，所以一起去旅行時我也很安於接受朋友的意志。如果有奇妙的地方那就更好了，例如明年的非洲。鍾老師的旅行經驗豐富，跑來跑去，除了時間多，經濟上如何能支持旅行也讓人好奇。

小內幫我放投影片

眭澔平大家都認識吧，就常常在電視上談論他在全世界各地探索「外星人遺跡」的旅遊強者，由於他看起來好像沒在工作（應該說是，好像沒有狹義定義裡的那種工作）。是的，澔平先生有在寫書教育大家外星人無所不在，但出書的收入我很清楚，要偶爾衝出去玩絕對是沒問題，但肯定沒辦法玩成那樣。此外澔平先生也有在拿電視通告費，但我幫他算了一下，顯然也不是大收入——我一直很好奇他如何能支應得了那龐大的旅行經費。

有一次我看「康熙來了」，小S問了這個問題，只見澔平先生淡淡回答：「所以妳要懂得投資啊！」喔！原來如此！好羨慕喔！

雖然問這類的問題有點沒禮貌，不過我想鍾老師應該可以理解身爲一名人類的基本的好奇心，晚餐時我問鍾老師同樣的旅遊經費問題。鍾老師很和氣說：「旅行花費最多的部分就是住的問題，所以我都借住在朋友家，這樣就能省下很多。」而鍾老師在很多地方都有朋友，如此便能將旅行的續航力調到最大。

我恍然大悟，所以朋友很重要啦。我肯定就沒辦法這樣。

鍾老師也提供一個個人旅行的小祕訣，就是先跟團到某地，然後在該團返台後繼續留在該地流浪，而跟團的那一段時間可以盡情諮詢導遊、累積所需的資訊與知識，與最重要的資源，等到一個人探索該地時，也就不會太害怕了。

這也是很有用的方法吧，改天我也該試試看。

這次有小內陪我一起去，因爲抓狗要四隻手比較方便。

只可惜我們隔天重返鯉魚潭時並沒有遇到牠。

我想牠那麼乖、那麼英俊，一定是被好心人帶回家養了。

一定是的吧！

遲到千年的，跑水祭感謝

2007.12.25

話說從頭，今年四月十九日進成功嶺被幹，五月不知道幾號去漢翔專訓，六月十九日終於到二水鄉公所服替代役。

算一算，我已經服役七個月，來到二水也半年了。

除了寫小說，我根本很普通，幸好二水有個一年一度的觀光盛宴，也就是跑水祭，讓我得以有一點點發揮的功能。於是我在網路上寫跑水，在《中國時報》登跑水，寫在二水的生活日誌，在新書後面放吉祥物甄選大賽的辦法頁，在新書的序裡置入性行銷二水。

不管我的網誌每天有多少瀏覽人次——也就是大家，但大家看是在看，然而有多少人會跟跑水祭產生關係，這就令人懷疑了。所以我改變心態，這個心態也是未來的我服替代役指標，就是只要多讓外地人多認識二水、讓在地人多自愛二水一點，也就是了。

老實說我很「適合」變成跑水祭活動的一部分，或者說，我會變成活動的一部分也很好，畢竟簽書會是我很習慣的事，也常幹，如果辦簽書會可以吸引跑水祭的人潮或是創造活動的話題，那很好，我就怕我幫不上忙而已。

但論起辦跑水祭的整個活動本身，我就很不行。我曾經有一個很大的夢想要成立一個主題基金會（主題也想好了），每年都要辦一個很有意義的活動，但現在跑水祭過後，我想必須重新評估了。唉。

公所阿姨們忙跑水祭的部分就不提了，因爲我的替代役心得都會放上網路，反正寫都寫了，充一下網誌也好。然而公所阿姨們都有點害羞，不能增加對我很好的她們的困擾。

所以就來感謝支援「跑水祭之九把刀簽書會」的出版社好了。

蓋亞跟春天兩間出版社都很有義氣，說眞的，一個作家還能企求什麼呢？

作家可以找一間有錢的、大規模的出版社，但他不見得願意將資源花在你身上。然後他封面找誰畫也不會問你、或至少與你討論你預想的概念、排版怎樣也是排了給你直接接受用的。

作家也可以換個思維，找一間小出版社試圖插手自己作品的製作，但小出版社也不見得鳥你，一句：「你懂得比我多嗎？」或「我們有我們的安排。」就打死了你。

我想我眞的很幸運，可以跟出版社一起慢慢成長，他們的不厭其煩讓我對許多實體書製作的流程逐漸了解，我在不懂的地方堅持我的意見，也被包容或理性勸導。我在我懂而他們都不相信的地方擴張我的論點，他們也願意慢慢接受。後來發生的事當然很不準，因爲你們一定會覺得我紅了於是出版社就青眼相待，但我必須老實地強調我很幸運的那一部分，就是

打一開始書賣不好是賣不好，但還眞的沒有人在合作細節上虧待過我。

關於出版社的種種可以寫很多個「章節」，也有很多有心想創作的人私底下一直在問我，例如怎麼跟出版社相處、如何挑選出版社之類的，我沒回信，只是因爲我想認眞來寫不想敷衍，等等我。

總之，我說我需要一場簽書會，而這場簽書會必須發生在偏遠的二水鄉，於是兩間出版社就拿出刀子開始插自己的肋骨——眞的是這樣，因爲我們打一開始就知道這場簽書會無關商業，因爲肯定賠錢（拜託請不要告訴我是怎麼賠法！），賠錢也就算了，也肯定很累！

簽書也是我的強項

很怪異的服役現況

好戲上場。

據說今年的跑水祭人潮比去年多很多，當天眞的很多人，來簽書會的人也不少，兩間出版社扛過來的舊書卻不約而同賣得很爛，因爲我忘記了一件事——當天會跋涉過來二水找我簽名的，一定是死忠的、旗艦級的讀者，那種五星級的讀者怎麼可能會缺買我任何一本舊書？

然後我爲了確實地吸引人潮，開出了：

1.每一本書都用毛筆簽名。

2.不管讀者帶幾本，我就簽幾本。

這簡單明瞭的兩大條件，以後是絕對不可能再發生的了。

我過去用毛筆簽名，但只是簽新書，我毛筆字很自我，沒有特別練，但我用特別厚臉皮彌補了天分上跟努力上的不足，應該也不算是平庸的書法，而是拙劣得有點特色的書法（幹嘛強調起來……）。

然後每本書都簽，就更扯了，更別提每本書都簽毛筆。以前不是沒有辦到每本書都簽名這種事，在書賣得很爛的時候，簽書會的人都不多，那好啊，我時間也多，就每本書都簽沒關係，反正當時書出得也不多，如此儘管排隊的讀者只有五十個人，我也可以簽足三個小時。

現在我出書出得有點多了，四十一本，如果十個人裡面有一個人拿這個份量給我簽，那排在後面的人的臉一定會整個垮掉。

所以通常簽書會時，面對兩、三百人之譜的隊伍，我會請讀者多一點「照顧別人」的心意，我可以在書上寫一句祝福的話，或是在上面畫個圖，但不要叫我寫……「說出來會被嘲笑的夢想才有實踐的價值」、「即使跌倒了姿勢也會非常豪邁」那麼長的句子啊啊啊啊啊啊，也不可能每一本書都畫圖啊啊啊啊啊。

更關鍵的是，舊書多簽個一本沒有什麼，但只要簽一個人三本舊書，後面的人都會一起拿出三本舊書，然後整個隊伍的腿都會斷掉。我能想像大家都會覺得自己好不容易輪到了，就要一口氣簽個夠，但排在後面的人也會想，怎麼前進的速度那麼遲緩？我等一下還要去補習咧！

最後，所有的罪孽都會集中在我的頭上——九把刀簽得太慢了，馬的什麼爛作家啊有什麼了不起！

唉唉唉唉寫著寫著又離題了，可見我的怨念有多深。大家要多體貼別人啊。

總而言之，由於那兩大寬鬆的規定，跑水祭那兩天扛書來恐嚇我的讀者很多，所以簽名的隊伍「消除」的速度異常緩慢。

我是好整以暇慢慢對付啦，畢竟亂簽一通才是對不起扛書來簽的讀者，但這種「慢慢來

比較快的正確態度」卻造成了排隊的人臉色沉重的現象。對不起。

那兩天遇到一些五星級的讀者專程從台灣四處跑來找我，很溫馨，眞的，在一個小鄉下遇到總是大城市相遇的讀者們，有種異樣的溫暖。我想簽書對他們來說絕對是其次，來看我穿替代役制服的模樣才是眞的。

而特地帶舊書來賣的出版社，數百本舊書幾乎就是整個原封不動再扛回台北，特地扛來賣心酸的，還搞得人仰馬翻。新書倒是賣得不錯，但絕對沒有大賺一筆，我想賺的錢連運費都cover不了吧。

跑水祭有兩天，靠，所以我們簽書會也搞了兩天，第一天晚上我們一起睡在實踐大學提供的宿舍，也是一種非常奇妙的體驗。

這麼共患難的兩間出版社，以後我會勤勞寫作報答的哈哈哈！

昨天去二水國小演講，被完全TKO

2007.12.26

昨天去二水國小演講，唉，栽了個很大的觔斗。

上次我認眞跟一群小學生講話，是在工研院擔任暑期安親班的漫畫老師，結果是家長瘋狂打電話到安親班命令我不准再講鬼故事給小朋友聽了（你們該知道，雖然還沒有這麼厲害，但也怪異到不行的本人親自出馬、不厭其煩、一次又一次講鬼故事給小朋友聽，產生的那種巨大恐嚇力！）。

這次去二水國小演講，唉，眞的不知道要講什麼，要講我很戰鬥的那段時光嗎？小朋友根本不知道那算什麼。要我講九刀盃？小朋友根本不知道那有多熱血啊！要說寫小說的奧義嗎？得了吧，大學生都可能會恍神。

衡量了以前的演講內容大概都不行

民生國小我母校

後，我就挑了幾段我小時候有點好玩的回憶，例如《在甘比亞釣水鬼的男人》裡的序，例如《慢慢來，比較快》裡的〈買青蛙當寵物〉等等（還有一些你們都沒聽過的怪事），並計畫用一個漂亮的手法，在最後五分鐘將有趣事件引導到有一點勵志的方向，當作演講的結束。

但小朋友好吵，大概就跟我還是小學生的時候一樣吵，我努力支持了五十分鐘，只有六年級的小朋友從頭到尾都很安靜，其餘年級的都一直講話。單一來看，沒有一個小朋友眞正是在鬧的，都有禮貌，但全部加起來應該是我演講過的場合第一吵，且遠遠將第二名拋在後面。

我想，如果我如預期講完我預定的內容，對底下的小朋友來說一點意義也沒有，他們就跟以前的我一樣，恨不得趕快結束離開就對了。

而對順便聽講的老師們來說，我的演講什麼時候結束好像也無關緊要，我一邊演講，一邊思考，如果此時此刻我正在寫一篇小說，那麼，這一定是一篇沒有人要看的小說，若我將這篇溝通失敗的小說寫完，只不過有兩個好處：

1.自我實現——自我實現也不錯，但演講對我來說是一種可有可無的東西。

2.順便聽講的老師們會覺得我有原則、有堅持。但我想起我小時候發過的誓，就是有一天我上台演講的話，一旦發現底下的聽眾沒興趣，我一定要斷然結束。因爲有原則跟有堅持，反過來說也有麻木不仁的意思。

所以我就突然下了一個大句號，突兀地笑著說：「那麼，今天的演講到這裡結束，謝謝大家！」果然聽見一大堆慶祝終於結束了的掌聲——演講了七十幾場，無役不捷，這可是我第一回聽見這種掌聲:P

我想問題是出在我身上，我畢竟還是沒能找出一個讓小朋友安靜聽講的招式，還罵了很多個幹讓小朋友一直「吼!吼!髒話!」鬼叫。哎，是我不好，以爲講一些小時候的怪事可以引起共鳴，雖然熱血一點的話應該要想辦法改進，然後下次再去別的國小演講復仇，但我從一開始就覺得國小的頻率跟我有點不搭，能夠避免就避免吧。

我也不是什麼事情都想精益求精。會不快樂。

演講結束，來個簽名，排隊的人還滿多的，所以大概簽了一百多張比手掌的一半還小的碎紙片，這倒是在意料之中哈哈，而簽到一張完整的紙，我竟然非常感動！

打完收工！

《殺手，流離尋岸的花》發表會感想

2007.12.31

我們無法時時刻刻堅強，
常常，我們得習慣如何在軟弱中拙劣地活下去。
努力不被發現眼淚，
然後珍惜每一個有機會看見你痛哭的人。

今年度最後一次簽書會，在十二月三十日，幾乎是到底了。
從下午兩點十五，簽到晚上八點半，算六個小時。
雖然我信誓旦旦說過了、但最後卻辦不到的事情很多，例如二〇〇七之《罪神》，例如遙遙無期的《飛行》。但總算兌現了一年一本《殺手》的穩定計畫。
每一本《殺手》都有不同的意義，書寫的風格也不一樣。
第一本的《殺手》風格最明快，句子直接就是鏡頭。
有溫馨，有瀟灑，有哀傷，有大熱血。

好久不見耶！

第二本《殺手》劇情開始濃厚，關鍵的暴風雨整整籠罩了三本《殺手》。

正義與公道，各自燃起殺手的光芒。

第三本《殺手》進入了社會性的層次，對我更有挑戰的是模糊讀者對角色的認同。

君王的正義、與犯罪追逐媒體的瘋狂，是兩個月前我最好的小說。

第四本《殺手》風格又不一樣了。

字句間挾著很大的冷漠，裡面的角色卻試圖在風暴中煮雪成湯。

這本或許有很多人認爲是我對這個社會最沒有貢獻的一本純感官的小說。

卻是我自己認爲是我對這個社會付出最大心力希望給予溫暖的創作。

矛盾得甘霖老師。

很有可能，你會特別討厭哪一本《殺手》的內容，但相對地，大概都會被某個殺手深深吸引吧。所以改天再來寫個殺手風格與讀者個性之間關聯的心理測驗？

總之簽書會開始了，又結束了。

人其實不是非常多，算一算大概有三百多人。但也不少。

小內最正！

在天氣冷的時候簽書，空氣眞的很好，不悶，所以我一直挺有精神。小內當主持人，我在一旁看著、聽著，眞的很爲她感到高興。她對簽書會的氣氛、節奏的掌握當然還很生疏，但她很努力，有時沒什麼人理睬她，她還是很用心地唸完題目、送出獎品。我都聽在耳朵裡。

這次也是所有簽書會裡秩序最好的前幾名。大家都很守秩序。

大概也是參加過的人多了，所以明確知道拿到後面的號碼牌的人，眞的可以先去看電影再回來，我一定還在，因爲我就是慢慢簽慢慢簽。大家都放輕鬆，不需要乾耗時間弄得心情不好。整場的氣氛都很好，讓我擺脫了殺手三簽書會時兵荒馬亂的茫然感。

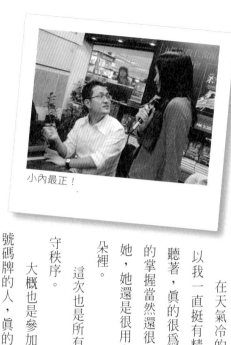

平平的模仿表演更厲害了，這次加了曾志偉眞是太棒了，一定要強力發展這個角色，效果一定更好！下次再加碼證嚴法師好了！希望以後來可以有更多的新面孔大著膽子站出來表演。

祕書出落得越來越漂亮，沒說到話的婕也是……妳送來的熱飲讓我元氣充沛啊，簽書會

可以定期檢查一些美女讀者漂亮的指數有沒有增加，眞是讓我大爲安慰啊！

遠從香港來的讀者，謝謝妳送我很好吃的巧克力，希望妳在台灣的跨年非常快樂。未來某天我一定會去香港辦簽書會搶劫讀者，希望還能看到妳！

感謝史密斯先生，你眞的很熱心，一直在幫大家拍照，我有個恐怖的直覺，就是你一定會在簽書會上讓眞命天女找到你的。股新也是，不過你不要自暴自棄最後去追史密斯先生，那樣，有點不是太好。幹我管不著啦你們要在一起就在一起好了！

蝶跟小黑，你們昨天也辛苦啦！不過我們太熟了就不多感謝了哈哈哈。

秘書很正

小黑一直變瘦有厲害到！

簽書會其實很傷身體也有元神，但奇妙地，也讓我很感動。

簽書會的功能我在《依然九把刀》裡說過了。有書的人拿出來比對一下，看我寫的是不是眞的？你看，《殺手》這本新書根本就

這個阿宅缺女友

幹這個阿宅也缺女友

還沒有上市，所以完全沒有書腰宣傳簽書會時間的訊息提示，所以都是網路上的消息，我的BBS跟我的blog而已，會來的都是消息靈通的大家。當然啦，我希望簽書會有宣傳效果，但內容跟方式往往都不是那麼有效，內部歡樂的性質多些，往外拓展的戰鬥少些。

那又怎樣，還是照辦。

最近在報紙上看到李安四秒簽一個名瞬間解決六百五十位讀者、蕭敬騰兩個小時簽兩千本書，都讓我難以望其項背。真心話，我不覺得我慢慢簽就是誠意十足一定讓讀者滿意，畢

竟一定也有很多人寧願我簽得跟風一樣快，不用抬頭也不用握手也不用打招呼，幹就是我快點讓他把書簽完回家就對了，不用老是人仰馬翻。對出版社的立場來說，簽越快、流動性越大、銷售就越好。我還滿白目的。

如果有一天有兩千個人旁在我面前，我想我大概也只能瞪大眼睛閃電地簽吧？

說眞的，簽得慢，不是因爲我眞的很慢，我一個人窩在春天出版社簽那一千本《少林寺第八銅人》，可是簽得風馳電掣。

慢慢簽，我總是希望我可以認出每一個到過我簽書會三次以上的讀者，儘管我不可能說得出名字，但我一直在記臉孔。希望我下次簽一簽，突然說：「我是不是在上一次簽書會上看過你？」能讓你嚇一跳。

簽書會上看到新面孔，才有拓展市場的攻城掠地之效。

但看到了老面孔，老朋友，讓我知道我不只是個寫小說的。

有些人，眞想一年見你們一次。

高雄夢時代底下，有一根柱子被我侵犯了

二〇〇七今天就要落幕了。

過去的一年，我跟小內訂定兩個人要是吵架，不管大小，一個小時以內一定要和好的約定。很有用。這是我在二〇〇七最大的收穫。

至於二〇〇八的展望……

征服天下等級的願望就不多說了，反正我一定做得到。

實際點講，我希望自己躁動的心可以再改進一些，然後多喜歡一點小內喜歡的東西。大概就是這樣了。

幾個小時後，大家新年快樂啊，希望大家都平平安安，一直平平安安囉！

2008年

每隔一陣子就有人寄小說給我看（什麼是抄襲）

2008.1.19

今天收到的信，內容也是差不多。

就是發了一個誓，說故事是自己想的……

但其實內容構思很像我的小說就不提了，連句子的使用都是我的原文的變形。我一眼掃視下來，太多了。太多了。

這種事大概發生了五、六次了吧。

比起這些想從我這個原作者身上討一塊免死金牌的抄襲者（可以想見他們會說：「刀大都說我沒抄了，你們說個屁啊！」）半年前，有個國中生寫了一封信到二水鄉公所，附上一本校刊，折頁是某校的長篇小說首獎。他寫道：「對不起我抄了你，讓師長同學都很失望，希望你可以原諒我。」這樣的內容要遜色太多了。

（該篇小說毫無技巧地融合了《臥底》與《功夫》，連壞人藍金的名字都沒改，可謂異常大膽，但道歉的誠意十足，夠誠實！）

聽好了，我這裡沒有免死金牌，這種事我也絕不鄉愿，姑息也絕無可能。

只有一句：「你自己清楚做了什麼。」送給你回去反省。

我想起曾經有人在演講時問我：「寫作如何避免抄襲？」

當時我的答案很爽快，就是：「那就別抄啊！」

不是自己想出來的就別寫，不是自己的東西就別用，用了，就加註出處。

忘了出處，至少也補上一句：「曾經聽人說過一句話。」

有那麼困難嗎？

抄與不抄不是如何避免，而是你不去作就不會抄襲，如此簡單。

其實問我什麼是抄襲的定義，眞的很多餘，我說了，你就遵守嗎？

還是只是想問：**「怎麼抄，不算是抄？」**

被影響而寫出來某個東西，當然也可能是創作，不是抄襲，但那又如何？

我是在講這個嗎？我分不清楚嗎？

每個被我電過的抄襲者哪個敢反幹我？

不是用了這個句子「您好，我是您忠實的讀者」這句話當開頭，我就會跟你客氣啊。

如果眞的只是被影響、被觸發、被啟示，自己不心虛就好了幹嘛問我？

舉個例子，杜琪峰的「我的左眼見鬼」我一點也不覺得有抄襲《月老》，就如同《月老》我也不會覺得自己抄襲「第六感生死戀」，也不會覺得「第六感生死戀」抄襲《聊

齋》。

有些故事的概念是老梗，例如時光倒流，例如穿越時空，創意在某個翻轉的點、或層次。

但我說的抄襲，是連句型的使用都給我幾乎一樣。

一句也許可以假裝忽略，然而連篇都是相同的模式與句子變形，別想太多，問我幹嘛？

舉例個屌啊！自己覺得沒抄襲的就貼上來啊！就貼上網啊！

不必經過我的允許吧！

娶妳的三個條件

【ELLE專欄】2008.01.23

剛看完很過癮的「終極警探4」，回到家，一下子就陷進沙發裡。

小內的臉偷偷貼了過來，沒來由一句：「把比，你要娶我喔。」

「好啊，幹嘛突然強調？」

「我好怕你反悔喔。」

「哈哈，哪可能，我們已經說好了啊。」

「那你馬上娶我好不好？拜託。拜託啦。」

其實我眞想立刻斜著頭就睡著。不過不陪小內玩這個遊戲，我就更不必睡。

「做到五件事，我就娶妳。」我拿著遙控器，隨便轉台。

「三件啦，拜託。」小內像隻剛淋濕的可憐小雞。

「好吧，三件。」我想了想：「第一件事，就是要能跑三千公尺。」

小內的臉立刻垮了下來，但沒有立刻發作。

如果她知道我原本閃過的條件是跑五千公尺，肯定要翻臉。

「那第二件呢？」

「可以一個人帶柯魯咪出去尿尿。」

柯魯咪是我家的母狗妹妹，一隻超活潑的拉不拉多，要拉住她可不容易。但既然大嫂可以，沒道理小內不行。

「……好啊。」小內深呼吸：「那第三件呢？」

我想都沒想，脫口而出：「大學畢業好了。」

小內尖叫：「你根本就不想娶我！」

我大驚：「哪是！妳沒畢業我怎麼娶妳？而且大學畢業又不會很難！」

小內氣到轉過身去，縮成一團：「那又不是我可以控制的！」

我感到好笑：「怎麼不是妳可以控制的？好好唸書就好了啊。」

「可是那我又不可能馬上就做到。」

「又不用馬上。」

「那就是你不肯娶我！」

戀愛光波！

唉，就算我肯，妳肯，妳媽媽也不會把還沒大學畢業的妳嫁給我啊笨蛋！

我想了很久都想不到要開什麼條件，小內悄悄把頭塞了過來，像是怕給誰聽到似地小聲：「把比，不然就這兩件好了。」

「什麼啊？剛剛說三件就三件啊。」我只是想了一下：「要不然煮一桌菜給我吃好了。」

小內皺眉：「我不是說過，我不要那麼快做老婆應該的事嗎！」

「煮一桌菜，四菜一湯又不難，而且我也會幫忙啊。」

「我又還沒有嫁給你，現在就學做菜不會太虧了嗎？反正你就是存心刁難，反正你就是沒有誠意，反正你就是不想娶我！」小內又開始叫。

此時我打了個超大號的哈欠，小內以迅雷不及掩耳的速度將手指插進我的嘴巴，叮咚了一下，然後得意地又叫又跳。

我惱道：「第三個條件——出個人專輯！還要賣破一萬張！」

小內生氣地回頭，氣得全身發抖，連話都不想說了。

關掉電視，我抱抱她，揉揉她，好聲好氣討饒了十幾秒，小內這才轉過頭來。

「把比，不要太難的好不好？這樣我才可以努力。」小內乞憐。

「難一點的才有價值啊，我們說的是結婚耶。」我認真說：「不然妳寫一首歌給我，旋

律簡單就好，也不用很長，然後唱給我聽就好了。」

小內快哭了，說：「還是好難喔，我又不是你，怎麼會寫歌？」

我失笑：「簡單就好了啊，又沒有規定要很好聽。」

小內像後悔吐絲結繭的蠶寶寶，在沙發上哭喪掙扎著。

我嘆了口氣：「第三個條件，就……看完金庸小說全套吧！」

小內嘻嘻笑了出來，卻還是有點困擾地說：「好難喔。」

「怎麼會難！而且根本就很享受好不好！」我差點要用吼的。

話說以前我曾塞過一套，《射鵰英雄傳》給小內，但她連第一本都沒有看完就不想繼續了。她說無聊，我只恨自己怎麼會挑開頭冗長的《射鵰》給她看，而不是《笑傲江湖》。

「哎呦，好啦好啦，金庸到底寫過幾套書啊？」小內開始高興了起來。

「不知道，十幾套吧？但幾乎每一套都很好看啊！」我枕著小內。

小內嘟著嘴，沉沉睡去。

給那個常常寫信到春天的讀者

2008.01.28

唉，因爲你始終沒有寫地址所以我還是這樣回哩，最主要是你的資訊要更新啦，我的女友是小內，那個我的無名相簿要看一下，網誌也要點多一點來看啦。

還有你的膠水一直用太多了，每次我都把信封整個毀掉才能看信，而且信紙也都是半毀了，建議看一下貼在膠水上面的使用說明，應該有一條「不要一口氣用太多，用一點點就可以了」的說明，省點用，比較好用。

進入重點。

櫻木花道說：「左手只是輔助。」意思就是還是得用右手投球的意思，如果你的人生過得很灰暗，應該想想可能你是左撇子，所以用右手投球才會一直投不進去，右手才是輔助喔！

換個角度想也行不通的話……那就再換個角度，打籃球不行就踢足球，靠咧管他左手還是右手！

別放棄人生啊，年紀輕輕的，這個世界上還有那麼多女人……不，還有那麼多美麗的女

人……不，是美麗的事物等待我們去體驗，要繼續航行啊！

還有另一個讀者。

嗯嗯，妳的信寫得很可愛，數學這種東西別用死撐的，要認眞戰鬥啊！

是的，像我這種數學笨蛋到了今天，除了去7-11要用到心算之外，也沒什麼用，但既然遇到了一定要幹log、一定要幹排列組合的時候，就好好地反覆算到它跪下來爲止吧。

人生有時候是很公平的，妳對它好，它就捨不得性騷擾妳，所以繼續加油吧，妳的想法是正確的！

p.s.：我最喜歡收到女生的信了。（有氣無力：男……生……也……很……喜……歡……啦……）

p.s.2：男朋友不要交太色的，會影響身體健康。

刀

昨天去看了星爺的「長江七號」

2008.02.04

結論一向是先說的，合理票價無法估計，因爲是星爺的電影，一定是要去看的，談到票價就低檔了。

好看，很感人，對我來說不算賣弄特效，因爲那些都是小成本照樣可以辦到的特效，所以重點顯然不在那邊。

《壹週刊》後面的影評點出了一個轉變，就是星爺的電影過去都標榜「廢物也可以過得很出色」，所以成爲次文化的最大宗，（我也很愛這個特色，「哈棒傳奇」系列就是那個特色的極致之一）到了這部新電影裡，星爺反變成了主流文化的擁護者，就是用功讀書才有好前途，失去了周星馳電影最猛的特色，但——《壹週刊》顯然是看錯了。

見山是山。

我在電影院裡哭了三次，可不是星爺叫我要努力用功讀書，我太感動了的結果。

這部電影裡有錢人或看似有前途的死小孩都沒有一個像樣的模樣，用功讀書要變成那種人做啥啊？

到底還是親情的羈絆讓我跟小內哭哭了。

即使一輩子都讀不了好書，沒有好前途，那又怎樣？

即使那個死小鬼長大以後變成跟周星馳一樣那種民工，擁有一股快樂的志氣，也不見得就輸了什麼。

有時候際遇很難說啊。

當然了，有機會好好唸書，就當把握吧……

能一邊讀書累積能量，一邊尋找值得付出一生的目標，非常幸福喔大家！

p.s.：記得一定要去看粵語版的，國語版的是騙小朋友的……

特報！巨大的史前耳屎出土了！

2008.02.05

昨天下午去看了在永樂市場附近的耳鼻喉科，掛號的時候有點害羞，因為那間診所的規矩是由櫃台護士先問你是來幹嘛的，以前都意氣風發地說我感冒發燒了，或我腸胃炎落賽中，但昨天我僅能靦腆地說有一顆巨大的耳屎涉嫌性騷擾我的耳朵（是時候打119了嗎？），只見護士面無表情，登記一下就結束我的騷擾。

我悠閒地看報紙等待，反正不過挖個耳屎，上一次我重感冒快死掉去看他，那禿頭醫生不過問了十五秒（十秒我說，五秒他說）就結束，想必這次一定更快吧。

但我被叫進去的時候，禿頭醫生以非常粗魯的動作伸棒子進去我的耳朵，我瞬間很痛，本能閃了一下，結果那個禿頭醫生很不高興，不爽地說我這樣動會讓他沒辦法處理，是啦是啦，最好是你這樣拿棒子抽插我的耳朵我都不會痛啦！

我努力鎮定，但還是被抽插了很痛的第二下，這次我沒閃，只是像處女一樣肩膀緊繃，

但還是被禿頭醫生給白眼了，哇靠眞的很沒耐心耶，還好你不是牙科啦，不然我打賭一定沒有小朋友敢在你面前打開嘴巴。

談到牙科，員林客運旁邊那間牙醫診所超級好的，超有耐心又會講話安撫病人，連我這種超級怕痛的到了那邊，還不是乖乖就範，很希望那個牙醫能夠活到兩百歲，不然的話我會很困擾的。

嗯嗯，反正最後還是讓那個禿頭醫生用管子把耳屎吸出來了，如圖，原本是３Ｄ立體的，很結實，難怪可以封印我的惡魔之耳，把它攤開變成２Ｄ後也有一定的氣勢，有可能是我這輩子被挖出來最大的吧。

人類眞的很不可思議，不可以太小看我們人類，小心我們一不注意就毀滅了地球啊！

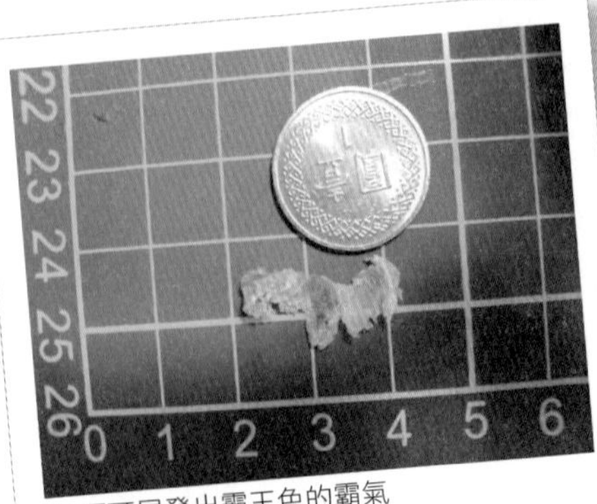

這顆耳屎發出霸王色的霸氣

七夕小猜謎

七夕前一天，號稱擁有十七級強風的聖帕颱風只剩下虛弱的尾巴。

隔天就得回二水服替代役，但我很想小內來找我。

我很想她。

「假的！」小內在電話那頭嗤之以鼻。

「眞的，超級miss you的，拜託來找我一下……」我哀求。

「哼，你答對問題的話我再認眞考慮。」小內提高聲音。

唉，明明妳也想來，幹嘛還要玩這個？

「不可以太難的。」我耐著性子。

「很簡單，你猜我今天買了什麼東西？只有一次機會！」

靠，好爛的問題，我怎麼可能知道？

「太難了，要變成選擇題才可能猜對啦！」

「好。一，項鍊；二，抱枕；三，褲子；四，鞋子。快點猜！」

【ELLE專欄】2008.02.14

這個嘛……我睡覺時如果沒有抱東西，就很難入眠，也暗示過小內很多次了。心細如她，大概是想送我一個抱枕當情人節禮物吧？

「抱枕！」我按鈴。

「錯！」小內得意得很：「我買的是褲子！」

我哀號，希望再給一次機會。

小內肯定也是非常想來找我吧，很快就說：「好吧，那……我也買了衣服，你猜猜看是什麼顏色？一次機會喔！」

我好猶豫，一陣努力後終於吐出：「……黃色？」

「確定嗎？」她很神祕。

「不確定……不過，黃色好了，因爲我最近買了一件黃色的衣服，說不定妳會想跟我搭，所以妳會買黃色！」我靈光乍現。

「誰那麼愛你啊！是黑色！」小內笑得可開心：「哈哈哈我不去找你了！」

我惱了，最好是妳眞的不想來找我啦。

「不公平，換我設計題目！」我開始絕地大反攻：

小內，其實妳不適合這個髮型

「如果我猜中了妳的反應，妳明天就要來彰化找我。」

「好啊！」小內漫不在乎。

「如果有一天妳必須在廁所裡吃東西，請問妳會吃哪一種？」我心中竊喜：「一，自己的大便；二，衛生紙；三，布丁。想好了嗎？」

「你都出這種亂七八糟的！」

「這題很難耶！」我認真說道：「補充一下，衛生紙是舒潔的。」

「算了……我、想、好、了。」

「好難猜喔，到底是自己的大便呢？還是衛生紙？還是布丁？超擔心會猜錯的，一猜錯明天就沒辦法見面了……」我握拳，激動地說：「我猜是布丁！」

「錯。」小內慢條斯理說：「是衛生紙。」

我怒了：「妳根本就是亂答！怎麼可能吃衛生紙！」

「眞的啊，在廁所裡吃布丁很噁耶，就跟在廁所裡吃便當一樣噁，吃衛生紙的話就還可以。」

根本就是……胡說八道！

「我不管，那再一題！」我不等小內同不同意，就說：「有一天晚上妳肚子很餓，一邊逛夜市一邊找東西吃，請問妳會吃什麼？一，車輪餅；二，刈包；三，鐵板燒。快點決

定。」

「決定好了。」

「忘了說，那間鐵板燒是棒棒叫鐵板燒。」

那是我們的夜市美食評鑑裡，得到最高分的鐵板燒店。

「決定好了，快猜啦。」

「還有，當天的師父是很帥、會用手指彈鹽巴的那個。」我補充。

「快猜。」小內開始不耐煩。

「而且妳的肚子很餓，因爲妳沒有吃午餐，餓得快發狂了。」我加碼。

「你不要一直想作弊好不好！」小內覺得很好笑：「你這樣根本就沒誠意。」

「好，我猜了喔。」我愼重地說：「是鐵板燒。」

這下，小內笑得快岔氣：「我要吃刈包啦！」

「妳根本就在跟我作對！」我無法忍受，說：「妳明明就會選鐵板燒！」

小內一直笑一直笑，笑得聲音都猛顫抖：「那是你喜歡吃的，我是陪你耶！哈哈哈好好笑喔，我的肚子都痛起來了啦！好久都沒有笑得這麼厲害喔！」

我快要捏碎手中的K810。

「是很好笑啦，不過妳是不是眞的不想來找我，所以都故意選我覺得妳不會選的答

案？」雖然難得聽見小內這種不計形象的笑法，但一直猜不到，讓我很賭爛。

「好啦好啦，再給你一次機會。」小內還是止不住笑，說：「最後一次！」

我別的不快，就是腦子動得快，立刻出題：「聽好了，有一天我們約在台中公園見面，但是沒有約好在公園的哪裡，我們看到對方的時候中間正好隔了一個大湖。請問我們會怎麼碰面？」

「好爛的題目喔！」

「一，走路到湖上的橋見面；二，租船划到湖中間見面；三，太麻煩了，下次再約。」

我正經八百：「請問妳要選哪一種？」

小內持續狂笑，笑到完全沒辦法說話。

我好像可以看見她的內臟激烈地撞動，再這樣笑一分鐘下去，恐怕會死掉。

「快點！」

「哈哈哈哈哈，好啦好啦，我選好了啦……」

「我猜一。」我的聲音，重得可以刻破桌子。

「答對了，哈哈哈哈真的好好笑喔，我肚子好痛……」

就這樣，隔天滂沱大雨的七夕中，我們還是見面了。

2008.02.18

曼哈頓情緣，公主不再唱歌

最近看了很多有趣的電影，超唬爛的僞紀錄片「科洛弗檔案」、每個在寫小說的人都該去看看的「贖罪」、只要你還想跟別人有話題就得看的「長江七號」，但好看歸好看、特別歸特別，卻只有芭樂最大顆的「曼哈頓情緣」讓我激動到無法克制寫下這篇。

劇情如此這般：

http://movie.atmovies.com.tw/movie/film.asp?action=now&film_id=feen50461770

看一下電影預告就全部知道它的起承轉合。

老實說沒有太特別的，比它有創意的愛情喜劇很多。但小內在旁邊看得好開心，一直說好看，給我在那邊亂叫，這很重要。我也是，看得很開心，尤其看到白痴準公主在那邊笑唱：「啊啊啊～啊啊啊～」我就被逗得忍不住跟著：「啊啊啊～啊啊啊～」起來，有夠歡樂。

公主漸漸認識了、融入了「眞實世界」後，來自童話世界的公主多了很多以前從未有過的情感，例如憤怒，例如傷心，例如懷疑，例如不安，她不再整天忙著跳舞、效法泰山呼喊

小動物、也不再走著走著就突兀地開始唱歌。公主在此失去了她最珍貴的魔法——完全的、百分之百的單純快樂。

我感到好可惜。

如果能夠，一輩子單純快樂也沒什麼不好。不，是簡直太好。

如果可以自始至終快快樂樂跟王子在一起，誰想要吃下毒蘋果舉行考驗。

可眞實人生的喜怒哀樂當然就是你我認識的那麼回事，根本沒有童話世界。

我們在眞實世界裡喜歡著可能隨時會喜歡上別人的男孩女孩，還有很多跟愛情無關的東西時時刻刻都在打擾愛情的發展。變數多得debug不完。

比我們有型、比我們有錢、比我們屌長的男人在街上走來走去，還給我上網。

比妳腿瘦、比妳奶大、比妳善解人意的女孩以每分鐘五個的機率不斷迎面走來。我們還得一直說：「眞的，全宇宙就是妳最美了。」

愛情裡有好多的不安，好多轉身而去。

在在對抗著我們想像中的「眞愛」。

在電影即將結束時，模擬故事書般的畫面慢慢闔起，打上一行字：「當然了，從此他們過著幸福快樂的日子。」

視線瞬間融化，我竟然有些哽咽。

小內跟猴子，她的側臉超正

迪士尼電影的重要傳統，就是這一句話。

多麼五彩繽紛、多麼不能置信、多麼荒謬、多麼扯爛、多麼虛偽的一句話。

任何有點腦袋的人都會冷冷看著這句結尾，不屑地翹起嘴角吧。我以前也是。

但就是因爲那句「從此他們過著幸福快樂的日子」距離現實人生有多遙遠，看在努力追求幸福的人眼底，才分外感動。

謝謝，雖然電影是亂講的，但我眞的很希望可以做到這一點，我也很希望這句話是眞的，只要靠著努力，一定可以可以的……

跟憤怒對抗是我一輩子的戰鬥

2008.02.19

我在巨大的憤怒裡常常無法仔細思考事情的脈絡，容易發飆牽累別人，即使理智沒有被全數剝奪，高漲的情緒也會讓氣氛不由自主對立起來。

說是肅殺也不爲過吧。唯二慶幸的是：

第一，在突然驚覺自己入魔的關鍵時刻，肯定還有誠懇道歉的意識（談不上勇氣，承認自己發狂了稱不上勇氣），於是恰恰擁有讓氣氛瞬間緩解的好運氣。

第二，我盛怒時還真的無法假笑出來虛應一下場面，如此貨真價實的情緒，到底是我很珍惜的。

這樣的人會吃虧多些呢，還是會幸運多些呢？

（戰鬥前奏）今天晚上，大家陪我一下吧:D

犯太歲，我好像得戰鬥一下了。

既然已經有人通報了媒體，明天就會見報很大，

然我可不是「無可奉告」或「謝謝指教」就想靠時間打混過去的人，

我很磊落，明天過後我還是昂首闊步。

今天晚上會有超過一萬字的東西慢慢傳上來。

大家別急著挺我，把事情看清楚。

慢慢來，比較快。

2008.02.19

2008.02.19

二〇〇八第一場戰鬥（1）這是我媽媽

最近發生了一件事，這件事讓我認識了另外三件事，所謂舉一反三就是這個意思（部長：大哥是對的！大哥是對的！）。

先在遠方撒下一顆種子，慢慢說起。

我國小四年級最好的朋友，叫曾仁佑，坐在我旁邊，黑黑矮矮的，個性很好，在當時是極少數到過我家玩的朋友。因爲我們都很矮，所以有一陣子被分配到坐在講師桌前面。

某天自修課我在畫畫，曾仁佑偷偷在跟後面的同學講話，好像也有詢問我意見，我不想被記，加上老師就坐在我對面改作業，膽小的我就只有「嗯嗯，嗯嗯」地回應他，就這麼過了半節課。

突然，老師抬起頭看著我：「26，你剛剛有沒有講話？」

我心跳加速說：「沒有。」

老師就嚴厲地說：「我都聽到了，還說沒有，去罰五塊。」

我瞪著假裝什麼事都沒發生的曾仁佑，他面紅耳赤地繼續寫作業，又看了看老師，心中

的憤怒瞬間壓倒委屈。我瞬間覺得老師是故意的，她一直對我隨便寫作業交差把時間拿去畫畫有意見（找不到像樣的罰則處罰我畫畫），她不可能覺得我有講話而非曾仁佑，她就坐在對面耶。

而曾仁佑也很爛，幹嘛不有義氣一點承認？事後我跟他要那五塊，他更不肯給，完全裝傻。我很不爽地罰了那五塊錢，接著，我跟曾仁佑展開了好幾個禮拜的惡鬥。

我常常舉手報告老師曾仁佑上課偷吃東西，曾仁佑也常常舉發我上課講話，到了後來誰只要超過桌子中間那條線，另一個人就會用拳頭朝對方的手重重轟下，或者拿自動鉛筆直接戳下的局面。

原本是好朋友的我們，敵對時只有更加慘烈，因爲彼此被婊都是超級度爛。

這個狀況在某一天我一邊洗澡，而我媽在只隔了一只布簾的廚房炒菜時，我忿忿不平跟我媽說了。大意是我那天又因爲曾仁佑的小報告被罰了多少錢，而曾仁佑是個大爛人。

我媽聽了，就說這樣下去不行，她明天第一節課前會去學校，叫我把曾仁佑叫出來讓她問話。

我有點傻眼，小孩的事就小孩的事，大人亂插手會讓小孩丟臉的。可是我又覺得很爽——孤單一人的曾仁佑遇到了爲我出頭的我媽媽，那不就勝負立判了嗎？

於是隔天一早我就向曾仁佑宣布這個消息，洋洋得意。曾仁佑臉都垮下來了，完全就

是準備崩潰的那種臉，坐在附近的同學們也準備看好戲（那一陣子他們全部都被迫分成兩派）。

然後我媽到了，站在教室外面的走廊上，同學們一陣竊竊私語。

我耀武揚威地叫曾仁佑跟我出去，他頭低低的，我到現在都還記得他那副死定了的表情。全班同學都將視線投射出來，看戲，看熱鬧。

可我媽，幾乎沒有認真聽我們把吵架的事端、過程好好聽完，就對著我說：「田田，你有不對，你先道歉。」

我超嚇的，什麼鬼啊，今大不是妳來幫我出頭痛電曾仁佑嗎？怎麼會……

曾仁佑也傻了，完全不曉得現在是什麼狀況。

我媽嚴厲地瞪著我，說：「聽媽媽的話，跟曾仁佑道歉。」

儘管超級委屈，我還是哽咽地向曾仁佑說：「對不起。」心底想著讓我這麼丟臉，回家以後我一定要搞大爆炸。

曾仁佑慌亂地胡說八道了一些沒關係之類的屁話。

然後我媽溫柔地看著他，說：「你到過我們家，可見兩個人都是非常好的朋友，今天會吵成這樣，兩個人一定都有錯，田田已經向你道歉了，曾仁佑，你可以幫柯媽媽一個忙，也向田田道歉嗎？」

我呆掉了，曾仁佑當然立刻說道：「柯媽媽對不起，26對不起。」依稀好像還有微微鞠躬吧，讓我整張臉都燙了起來。

接著就尷尬了，因爲我媽叫我們兩個人握手……當然就握啦！

我不可能忘掉，在握手後我們兩個不斷向對方道歉、又窘又熱烈的狀態。回到座位上時，還一起拿掛在椅子桿上的抹布將桌子上的粉筆線擦掉。兩個人耳朵都紅了很久，又尷尬了一陣子才恢復以前的說話。

向我揮揮手，我媽就騎著腳踏車回家了。

這是我媽。

引述我在《媽，親一下》裡的一段話：「那些溫馨接送的日常畫面雖然不曾留下照片，但這世界上沒有巧合，所有的事物都像齒輪般緊緊咬合，都有存在的重要理由。我對關於媽的記憶特別鮮明，必是爲了保存那些動人的時刻。」

然後我要開始說另一個故事。

二〇〇八第一場戰鬥（2）那個女孩流著眼淚

2008.02.20

今年一月中旬，我接到了一封電子信，內容用我的話說一遍，就是來信者寫了一篇小說，說很多人都說該小說很像我寫的某篇小說，他請我鑑定一下，聲稱該篇小說從頭到尾都是他獨自發想完成的，如果構成抄襲他願意承擔一切責任。

我看了，非常不以爲然。

我認爲該篇小說涉嫌了抄襲、或進行有重大道德瑕疵的改寫——我生平第一篇小說〈語言〉。

類似的情況很多，我收到很多讀者寫給我的信，附上一篇他認爲沒有抄襲但周遭的人都說抄我抄得很兇的小說，他們都希望我看了之後能夠回信，說他們並沒有抄襲我的作品、一切都是創作上的巧合（曾有一個來信者寫得尤其誇張，他驚嘆地說：我不知不覺揮出了跟您一模一樣的全壘打啊！）。我可以想像，如此他們就可以拿著我寫的免死金牌，大叫：「九把刀都說我沒抄了，你們叫個屁啊！」

所以我一律毫不客氣回擊。

這一次，我寫了：「你做了什麼你自己很清楚。」

通常這樣就夠了，我也沒那麼無聊整天在處理這種爛事。

但這次沒有如願結束，他說他不明白我在說什麼（文字能力有這麼差啊）。

我怒了，於是回信請他把小說貼上網（我當然有，但我沒有將它貼上網的權利）。

他則立刻回信，說沒有辦法耶，因爲他已經把稿子拿去投稿文學獎，按照規定是不能公開發表該篇小說。

這我理解，於是再問他投稿了哪個文學獎，他短短回應：「台北文學獎青春組。」嗯嗯，於是我便將此事放在心上，大略知道這個獎會於一月底結束評審、二月初公布比賽結果。

就在過年前除夕前三天，我在鄉公所吃早餐上網時，赫然發現這個獎正好公布了。而這個曾寄信給我的同學，得獎了。

我非常生氣，老實說再多的形容詞就是在生氣罷了。

由於顯而易見這位學生並不打算承認他涉嫌抄襲（信件往返），我第一時間在網路上找到承辦台北市文學獎的主辦單位「印刻出版社」，打了一通電話給它。我說：「你好，我是作家九把刀，我想說的是，你們昨天公布的台北文學獎的小說組，有一篇作品涉嫌抄襲我的作品，請問我應該跟哪一位溝通？」

對方：「呃……（遠聲）九把刀打來的，我想你該接一下這通電話。」

我有一點點高興，經營嚴肅文學出版社的對方竟然知道我。

電話換了一個男性，我重複說了一遍，只聽對方慢吞吞說：「這樣啊……那我晚一點請評審打電話跟你解釋好嗎？」

我訝異，說：「我都還沒有說是哪一篇作品涉嫌抄襲我的小說，也沒有說是哪一篇我的小說被抄襲了，你請評審跟我解釋什麼？」

「關於這個問題……」對方支支吾吾。

我猛然驚覺：「你們是不是早就知道我的作品被抄了？」

「這……對。」

「那你們覺得對方沒有涉嫌抄襲囉？」我的眼前一黑。

「呃……是。」

「請問評審比對過我的小說跟對方的小說了嗎？」我的聲音已經氣到顫抖。

「是……是的。」

「所以評審是要打電話跟我解釋，爲什麼那不是涉嫌抄襲我的小說嗎？」

「是這樣的——」

「那不必說了，我自己有自己的辦法。」我斷然拒絕再說下去。

「不好意思，請問是什麼辦法？」

「我自己找媒體，謝謝。」

我發瘋地掛掉電話，然後開始在網路上搜尋關於這個非常具有歷史、地位、傳統的文學獎的任何資料。但由於這個獎剛剛才頒獎，資料很有限，但還是讓我找到了蛛絲馬跡，包括該學生就讀的學校。

在尋找的那段過程中，我的怒火依舊持續，而且越來越爆炸。

我真的很懷疑，那些評審真的比對過兩篇小說嗎？如果同時都看過，怎麼會沒有發現其中有非常重大的道德問題呢？如果這兩篇小說就因爲沒有完全照抄的情況，就可以說不是涉嫌抄襲了嗎？

但我氣歸氣，還是知道我在怒氣之中所作的判斷會出問題，於是到了中午，我在請半天假回家清屯（擦神像跟祖先牌位啦）的途中，打了一通電話給擁有〈語言〉（《恐懼炸彈》前篇）版權的蓋亞出版社，並把文章都寄給老闆過目、一起判斷。

跳過可能會讓「文人」聽起來不舒服的「經紀公司」，蓋亞出版社老闆是我非常信賴的朋友，我委請他幫我跟印刻出版社溝通，希望對方可以重新評估（其實我很懷疑那些評審眞的有比對過嗎？那五位評審可都是非常有文學地位的菁英份子，應該看得出來即使沒涉嫌抄襲、也擁有重大的原創性不足的道德問題？），畢竟盛怒的我可能會做出不好的判斷，而蓋

亞老闆擁有我當時最欠缺的理智——我應該答應聽聽評審想對我做出的解釋的。

當晚，我接到來自蓋亞老闆的電話。大意是他打電話給印刻出版社的老闆初安民先生，但初先生還是說評審說過、兩篇文章比對了一致認為都沒有任何問題。還說了一些文學獎主要目的是想鼓勵學生等等之類的話。

我聽得很震驚，確認自己在第一通打過去的電話中沒有聽錯。

還有些憤怒。

正在開車的我怒到立刻跑到最近的麥當勞，坐下來，寫了一份涉嫌抄襲對照表（老實說我超級不願意浪費時間幹這種事的），打算拿給印刻出版社，請他們睜大眼睛。

但馬上就要過年了，我也想給自己多一點時間緩衝那股憤怒，所以就暫時不處理（其實也不知道該怎麼處理）。並在這段期間內反省自己在怒氣騰騰下會有多不理智。

我覺得，我在第一通電話尾巴說我要找媒體，真的是太可怕了。那不是正義。

那只是在揮霍我的憤怒。

我靜了下來。

這段期間經紀公司也聽我「交代」了此事，公司說要代我出面處理，說我都不要出面，才是最保護我自己的作法。但我拒絕了，說我要好好想一想。

這得說，我在處理作品被抄襲的事件，有過一次非常後悔的經驗。

如果時光可以重來，我不會在政大抄襲事件（請見「維基百科」，查詢「九把刀」）中，在盛怒下把對方的名字貼上網，然後用比對文進行集體狂鞭。那是我非常難受的經驗。唯一的安慰，就是該涉嫌抄襲的人最後回應我的道歉文並拐了個彎不承認自己有抄襲，那種道歉就省省吧。

在政大研究生抄襲事件（對不起了政大，我不知道還可以用哪個代號取代「政大」兩字，你們很衰）後，不久，二〇〇七年一月份又爆發出太陽氏出版社底下的一個虛構作者葛藍，抄襲了我許多篇的作品，商業出版成書的事件。

說是「虛構作者」，是因爲這個筆名不是專屬於一個人，而是該公司的幾位編輯共享，大家一起寫，而其中一個女生編輯抄了我的專欄跟小說。這很嚴重，因爲這可是商業出版的抄襲行爲。

我很生氣，但這次總算是按捺住了脾氣，請經紀人幫我約對方的出版社到公司談判，看看該怎麼解決。

到了談判當天，我開始煩惱，如果對方猛道歉，我一時心軟窘迫，就毫無立場、什麼都原諒了該怎麼辦？失去立場，也就等於沒有原則。

經紀人曉茹姊素知我的個性，笑笑建議我到公司的小房間（當時王傳一在裡面練吉他，功力有待加強）裡待著，由公司穿好西裝的專門律師跟她去面對對方，我則專心等候結果，

直到對方離去再叫我出去。

我趕緊說好，很孬種地躲進小房間，但我有個但書：「曉茹姊，如果對方承認了，千萬不要為難她，請出版社回收抄襲實體書、再賠償已售出的實體書版稅就好了。」曉茹姊很認眞：「還要加上登報，對其他可能抄襲你的人才有警戒效果。」我：「也好，不過如果對方說她沒有抄襲只是過度引用，妳就開我房間的門，我要當面跟她說，那我就提告好了大家都別囉唆。」

就這樣，我一直沒有走出那小房間的門。

據曉茹姊說，對方一直掉眼淚，說眞的是她不對，她願意負起一切的責任跟賠償。氣氛一直很好，就只是確認幾個步驟，例如要回收並銷毀那本抄襲作品，並賠償已經實際銷售出去的實體書的版稅（算不法所得吧），由出版社（非該前編輯）登報致歉。

小插曲是，我們建議登在藝文版比較便宜，而對方竟覺得頭版比較便宜。最後對方打電話給報紙詢問頭版小啓事的價錢，發現超級貴的而作罷——最後當然還是買了非常小的藝文版意思意思啦。

圓滿結束後，我獨自回到旅社。

我一想到對方掉眼淚的畫面，就覺得很難受。

我做了什麼？

如果小內犯了錯，被一群擁有「經紀公司」跟「專業律師」頭銜陌生人給圍著，她會多麼害怕？我會多希望那些人能夠相信她真的不會知錯、後悔了。

我大概是哭了吧。

於是當晚我寫了一封信給她。

這封信，從來只有小內看過。

是我珍貴的祕密。

那幾乎是我一生的信仰——沒有這個善良的信仰，什麼戰鬥都是假的。

很難受，很沒原則，但為了表示我的誠意是真實的，我想了很久還是決定將那天晚上我寫她的那封信公開。女孩，我知道妳很可能在看我的部落格，妳放心，公布的信件裡沒有任何妳的資料。如果妳有任何不快，對不起。

來源：http://m1.mail2000.com.tw/cgi-bin/adb2main?command=addcontact&m=magic&nick=giddens&e-mail=giddens%40mail2000%2Ecom%2Etw" giddens <giddens@mail2000.com.tw>

收信：

日期：Wed, 10 Jan 2007 22:03:28 +0800 (CST)

標題：Re: 我是『葛藍』的寫手～向您致上最深的歉意

給××：

妳好，在很複雜的心情下寫這封信給妳。

爲了避免妳懷著揣揣不安的心情看信，破題先告訴妳，我原諒妳，並且不打算認眞說教。希望這樣的破題能讓妳寬心。

今天你們來的時候，正如妳們所想，我實際並未在開會，而是在另一間房間寫三少四壯專欄，之所以不去與會，是因爲我自己知道我心腸很軟，但這件事在公司的層次上需要用公司層次的方式解決，畢竟我未來還得面對可能發生的被抄襲狀況，此事的處理一定要有大眾警示作用。主管看穿我的心思，於是請我到他處等待。我只跟主管說，只有在一種情況下需要叫我出去，那就是妳聲稱文章並非抄襲而是過度引用的時候，我才想親自出來說那我提告好了大家都別廢話。

如果我的缺席造成妳的不快，或不安，我向妳致歉。妳鼓起很大勇氣來見我，我卻必須把場面交給公司，我覺得過意不去。非常認眞。

至今我依然不認同妳抄襲時並沒有意識到這是違法的舉動，只是過度低估了風險。但妳沒有迴避承認抄襲，我覺得，有點感動。

以前我大學時在網路上賣過一台ＮＢ，那是我辛苦打工買的（我去做人體藥物實驗，很

累很漫長），甚至還在付分期付款。但因爲缺錢賣掉，考量到學生都很辛苦，於是我竟然用分期付款的方式讓接手的學生付款，請他定期匯款到我的帳户即可。可以想見後果，就是我被騙了。除了頭款，我並未收到分文。那件事給我的啓示是，去你的！然後沒了。

我並沒有學到從此以後要小心防範他人這招，也不打算從此以後就不輕易相信別人。我希望別人對我好，我也很喜歡當初那個隨便相信別人的自己。可能的話我想一直是他。

妳的公司將責任全推給妳，我不知道是不是談判策略，但我在之前就對你們公司感到很不滿。我從不認同可以請人寫稿不付版税，卻不負擔相應的責任。我很不爽。

歐陽盆栽説過，每件事都有它的代價，我無法跟妳説，登報不用登了，或者書不必回收了，但如果内疚是妳最大的代價的話，我想可以不必了，這幾天妳想必也煎熬不少，不管對誰都夠了。謝謝妳的大方認錯，讓我省了好幾天的生氣，老實説我生氣起來並不理智，腦子裡都是火焰，除了作戰之外並無法做任何事。

對於登報、回收書，我無意造成妳的經濟負擔，坦白説如果得到了那筆回收書的賠償，我的做法只是把它給捐出去，因爲我不認同有任何人應該從此事得到利益。如果妳覺得負擔很大，我當個多事的笨蛋好了，我先借妳，妳以後找到下個工作，再每個月ＡＴＭ還我一點。我是認眞的，如果妳不想挨父母罵或跟朋友開口借錢，可以想想我這邊。

當然了，這件事妳也不必跟誰講，我也不會，我對我的公司要有交代，讓公司知道我堅

定的意志，以後面對相同事件我們才會一同作戰。在網路上，我也會照常貼出抄襲比對文，鄭重標記此事，但除了筆名，我不會像政大賴××抄襲《恐懼炸彈》事件那樣公佈妳的姓名或任何資料，妳儘管拋下這一切向前看。

公司有政策，我有立場。然妳我都是人，人有人的相處。

我一直認爲，人會彼此影響。

妳的內疚我收下了，謝謝妳今天來，以後還請加油。

九把刀

就是這樣。

面對層出不窮的抄襲事件，我是個很容易抓狂的人。儘管傷害我的人在先，但我會記得我擁有給予別人重大人生震撼的力量。我偶爾會忘記，但忍一下，我會想起來的。

然後，我也不會忘記我能給予別人多少強大的勇氣——很抱歉我不能將女孩的回信貼出來，那超過了我的權力範圍。我也不願意。

這幾乎是禮物，gifted。

於是，過完年後，國際書展也結束了，我也做出了決定。

二〇〇八第一場戰鬥（3）我決定隻身赴會

2008.02.20

我當然不找媒體把事情搞大，也先不找台北市文化局陳情（眞正的主辦單位），也先不找暫時沒有好回應的印刻出版社，也用念能力封鎖我在部落格狂鞭的集體力量。

我跟經紀公司與出版社說，你們全部都不要有動作，我一個人去找那個學生面對面談，事情可以這樣解決就這樣解決——我的設想是，學生被我感動（對不起我太自負了），然後去跟印刻出版社自首。

那麼，要怎麼找到學生呢？

方法一，用e-mail。

但我很排斥，因爲老實說我不想碰釘子，畢竟我們後來的信件往返都只有一句話，我看彼此都沒什麼好印象。我想用e-mail有很大的不回應的可能。

方法二，跟印刻出版社要這個學生的連絡方式。

我也很排斥，因爲之前跟印刻的溝通並不好。

方法三，找學校。

這個方案缺點是學校會知道這件事，但反正紙包不住火，我也不是鄉愿的人。

優點是學校可以提供這個學生充滿安全感的環境，有教務處，有導師，有國文老師（我直覺就該找國文老師）相陪，家長也可以一起來，而我只有一個人，絕對不能說我以大欺小吧。

就方案三了。

於是我打電話給學校的教務處，很快說明我對這個學生的道德疑慮，然後說我想跟這個學生私下溝通，希望學校可以幫我這個忙。而時間就在隔天下午三點半，因爲我隔天晚上要去台北參加蓋亞出版社的「尾牙＋春酒＋國際書展慶功宴」，所以我隔天下午就會全部請假北上，下午我都可以把握時間跟這個學生會面溝通。

學校的教務主任態度很好，也很感謝我願意給學生一次機會，我們約定，學生由校方、導師（正好是國文老師）、家長相陪，而我「絕對千眞萬確是一個人」。教務主任還問我是不是事情處理到這邊以保護學生爲原則（好學校），但我沒有答允，只說反正我不會通知媒體、也不會爆在網路上讓學生以後都不用當人，但該做的後續，我一定會做。

畢竟在我心底這可不是橡皮擦吱吱就解決的事，就像上一個葛藍事件，你應該擔當的就該擔當，我不是幫你逃避用的（我會給人這種印象嗎？），見面是要讓你充滿勇氣的。

擔當才能成長吧。

要是我，最害怕的是得不到原諒，而不是記過（算什麼啊，你到了三十歲就會知道回首人生，那支過不見得算了什麼，要緊的是記過了以後你強壯了多少），也不是被褫奪獎項（這就不必說了）。我都單槍匹馬走到你面前，用誠意跟你溝通，老實說我很有自信這件事可以漂亮地「聯手」結束。

當然，如果學生當著我的面不承認他的小說是抄襲，那ＯＫ啊，至少我在接下來與負責評審的印刻出版社第三度接觸、或直接接觸台北市文化局之前，沒有個人情感上的遺憾。我不想再後悔了。

然後我寄了三個附檔給該學校。

一個是學生的小說，一個是我的小說，一個是我將本來寫給印刻出版社的信件（比對文，免得說我空穴來風），換了個學校用的抬頭跟招呼語——問題有可能出在這封信上，我沒有把過年前寫給印刻出版社那股要求屬於我的正義的急迫與焦躁，從那封信裡消除（那封信我在過年前有寄給蓋亞看過，所以信件的系統紀錄會說話，由於那封信是改自給印刻的，我想學校大概誤會了我要求他們主持正義吧，這是一個誤會，早上已經跟他們澄清過了。）

然後我超快樂地過了半天。

晚上「十一點」我接到學校「十點半」寄出的來信，說保護學生的原則跟家長的要求，

明天無法讓我見學生。我很傻眼，完全不曉得是怎樣。只能說，當時我開始感覺到學生的家長似乎態度出奇地強硬。

接下來劇情更是急轉直下。

這個學生的家長——媽媽或是外婆——認爲我打算以大欺小，跑到台北欺負她的孩子，於是「打電話去《蘋果日報》的爆料專線」，告我一狀。

隔天早上九點初，該學校教務主任以興師問罪的語氣，問我不是說好沒有媒體的嗎，怎麼她一大早去學校，就看見《蘋果日報》的記者登門採訪。

靠，我當然立刻撇清啊！我記得我還說：「我用我的懶叫發誓，媒體不是我叫去的。」都用懶叫發誓了，學校當然是相信了我。

不過學校說要保護學生，拒絕給我學生家長的電話（不是學生的電話，是家長的電話，我想應該沒問題吧？因爲學生家長也透過學校要我的電話啊，表示他可以接受我們聊聊嘛！），老實說那時我心情超爛的，幾乎爲此大吵了一架，但後來我驚覺是因爲已請了下午的假卻確定找不到學生懇談，正在遷怒學校，我立刻道歉，教務主任也和緩了很多，雙方後來好了，我也答應如果事情結束，我很樂意到某某高中演講。

我好奇問學校，那位學生有沒有說他曾經看過我的小說。

學校說，該學生「承認看過我很多小說，但就是沒有看過《恐懼炸彈》」。

嗯嗯。

後來我在部落格裡寫下這段話：

我在巨大的憤怒裡常常無法仔細思考事情的脈絡，容易發飆牽累別人，即使理智沒有被全數剝奪，高漲的情緒也會讓氣氛不由自主對立起來。說是肅殺也不爲過吧。

唯二慶幸的是，

第一，在突然驚覺自己入魔的關鍵時刻，肯定還有誠懇道歉的意識（談不上勇氣，承認自己發狂了稱不上勇氣），於是恰恰擁有讓氣氛瞬間緩解的好運氣。

第二，我盛怒時還眞的無法假笑出來虛應一下場面，如此貨眞價實的情緒，到底是我很珍惜的。這樣的人會吃虧多些呢，還是會幸運多些呢？

就是指這件我跟學校差點吵架的事。

二〇〇八第一場戰鬥（4）媽，你養我養得很好

2008.02.20

不過既然下午的假都請好了，而與這個學生私下溝通的管道我看是無法進行了（但我還是不放棄，又寫了新的一封e-mail給學生，請他給我家長的連絡方式，但目前爲止我都沒有收到回信），我決定請蓋亞出版社幫我聯繫印刻出版社，我想今天下午就可以來談「正式的異議申訴管道」。我的好奇點有很多，希望可以得到釐清。

下午就這麼跟印刻出版社的老闆初安民先生見面了。

儘管一開始氣氛不是很愉快（我不斷在確認事件發生的順序：何時發現抄襲、何時印刷出一千五百本得獎的作品合輯、五位評審是否眞的有比對過），我跟蓋亞出版社的老闆也堅持了很久，我甚至開口質疑：「如果今天我是張大春，我是駱以軍，是不是我第一次打電話去詢問，你們的反應會不一樣？」可見大家都快抓狂了。

但總算有讓任何人都該滿意的結果——印刻出版社近日將請同樣的評審群：朱天心、宇文正、季季、蔡素芬、蘇偉貞，再召開一次評審會議。

初安民先生說，這些評審在爆發抄襲疑雲時，都已經比對過兩篇小說，覺得非常ＯＫ沒

有問題，但因爲我提出異議，他很有誠意再召開一次評審會議，而我也可以參加，當面聽聽評審的專業意見。

我也提醒初先生，希望學生也在應邀之列，不然只有我到，他無法反駁，這樣豈不是又變成：「九把刀欺負中學生」了呢？

總之謝謝初先生。希望你別介意我爲了把事情說清楚寫了一大堆東西在網路上，因爲我不想大家只接受報紙上那一套。如果我有說錯的地方，歡迎你指出來，我們一起把事情調整往更對的方向。

另一方面，我想大家一定很好奇，到底該篇我覺得有問題的小說，到底長什麼樣子，會讓我如此生氣覺得受到侵犯呢？我有那麼無聊，無端端盯著一篇小說，爲了爭取我所謂的創作正義，搞到大家都要上報紙扮醜的地步嗎？

我有檔案，但說過了我不能貼出來，由我貼，也很奇怪。

但印刻初先生說，台北市政府將會把所有參賽者的作品放在網路上，如果大家好奇，將來就去看看吧，我也不必點名哪一篇，因爲花十秒就可以看出來了。到時候就可以知道是不是我沒事找事。

不過現階段沒看過那篇小說（學校、小說名、學生名，我都沒寫出來，等報紙吧）的你們就只看四方處理事情的態度（我、印刻、學生家長、媒體），也不必盲目說對方抄襲，這

樣我想也不妥。

只是在這場談話中印刻出版社也證實（肯定是學生家長打電話去啦），昨天晚上的確是學生的家長打電話去《蘋果日報》爆料的，而且很快就後悔了，還要《蘋果日報》不要繼續採訪，他們要撤爆料。

喂！你們是第一天住台灣嗎？

此刻《蘋果日報》已經見獵心喜了，我可以想見明天的大標題：「九把刀仗勢欺人」這個標題底下儘管可能會有我的說詞，但那又怎樣呢？我幹嘛沒事被報紙寫成大欺小的爛人啊！（蘋果犯罪示意圖，該不會是我拿著九把刀，笑咪咪地插著一個揹書包的中學生的腦袋吧？）

我能說什麼呢？學生的家長完全估計錯了我的善良跟誠意，可以合體解決事情的你們不要。不知道你們是怎麼看我的，我是豪邁，不是雞邁。反正事情鬧到明天要上報了，蘋果還特地跑來蓋亞的春酒／尾牙／慶功宴上拍我照片（要用帥一點的啦），篇幅一定不小。

但我還是接受了電話採訪。畢竟我不能在可以跟報紙說明眞實狀況的時候，關掉手機——那樣的話我被寫成大爛人，我也要負責任。

倒是對本來想陪我去、甚至代表我處理的經紀公司，我是眞的很不好意思。我的經紀公司大概沒看過這麼熱烈自我戰鬥的傢伙吧。

呼。

睏了。

我當然還沒看到幾個小時後的報紙，標題會殺我的機率大些呢？還是讚揚我愛惜學生羽毛的機會大些呢？唉，我眞的無法正面期待。如果報紙多刊些我的說法，我會很感激。

而此刻我唯一能做的，就是在網路上把我所經歷的這一切仔細寫出來，我努力維持了我想保護的東西，也不想我媽媽明天早上看了報紙，會一不小心哭了出來。

媽媽養我，教我，訓我，愛我，讓我面對必須的挫折。

我雖然老是很心軟脆弱又愛哭，但關鍵時刻我絕對是一個強壯的孩子。

我也知道我媽媽永遠都相信我，因爲我眞的被教養得值得被她相信。

偶爾在報紙上看到，不知名人士因爲生活困窘一時偷了店家放在桌上的錢，過了二十年後良心不安，在某日寄還上當初順手摸走的錢。

也偶爾會看到，常常無票搭火車的旅客，在幾十年後生活穩定了，左思右想，終於寄了一個信封的錢回給鐵路局的溫馨小故事。

我不曉得是否我也有這樣的好運氣，在多年後的某日撞見遲來的正義。

不過我會永遠記得，當下我想尋求屬於我的正義，又想保有一顆溫柔的心的同時，我所

遭遇到的這一切。

二〇〇九後記

有些眞相不吐不快。其實初安民讓我很失望，說話不算話。

我們第一次、也是唯一一次見面的時候，約在福華飯店二樓咖啡廳。

那時我心中有個簡單的懷疑：這屆台北文學獎的得獎文早已集結成冊，花了不少錢，如果被我檢舉成功，這些得獎冊肯定要回收銷毀，是不是因爲不想承受這樣的金錢損失，印刻出版社才會做出沒抄襲、照樣給獎的判決？

爲了想知道這本得獎冊印出的時間，好讓我比對印刻出版社對外公布得獎名單的時間、與我這位原作者提出質疑的時間，我認眞、但很和氣地問初安民：「初先生，可以問一下這本得獎文是什麼時候出版的呢？」

結果初安民大發雷霆，大罵：「你憑什麼問我這本書什麼時候出版的？你憑什麼可以這樣問？這本書什麼時候出版的我會知道嗎？你這樣一點也沒有禮貌！」

我很不爽：「問一下你這本書什麼時候出版的，為什麼就叫沒有禮貌？」

初安民立刻拿起放在桌上的、我的小說《恐懼炸彈》，繼續他的大叫：「好啊，那你告訴我啊！你這本書是什麼時候出版的？你可以立刻告訴我嗎！」

我覺得初安民那種歇斯底里的模樣很奇怪、也毫無道理，但我也怒了，我故意用很平靜的語氣說：「這本書叫『語言』的時候，是在二〇〇二年出版的，《恐懼炸彈》是改版，沒記錯的話是在二〇〇五年，詳細是在哪一個月份跟日期，翻開後面版權頁看一下就知道了。換你說了，我覺得印刻這本書絕對是在這兩個月、甚至一個月以內印的，應該不算為難你的記憶。」

結果初安民漲紅著臉，氣急敗壞地說了好幾個時間。一下子他保證得獎文成冊絕對是在對外公布得獎名單後才做的，一下子又倒過來，一下子又說兩者之間的前後關係他忘了，不過他保證時間順序根本一點也不重要。前前後後說得亂七八糟，他馬的眞相明明就只有一個！有什麼不好說的？講到最後還要我注意我的禮貌——禮貌我很多，從頭到尾講話用吼的的人到底是誰啊？

最後為了得到我應該得到的正義，我錯信了初安民保證會給我的第二次評審會議，還壓抑性格不在網路上寫出這件事。

我得承認我很討厭這個人。但我不會因為討厭這個人就瞎掰不存在的事情構陷他。這件

事，加上其他發生的事，讓我徹底清醒，我絕對不想被這種文學精英給整合到他們所謂的文學領域去。很噁心。

我是我自己。

我可以一騎當千，衝殺出自己的路。

二〇〇八第一場戰鬥（5）逆流的眼淚

2008.02.20

「把逼，我愛你。」

「謝謝，我真的很需要。」

結束電話，我很沮喪。

現在這個新店高中的學生陳×寧（全世界都因爲這個學生的外婆向《蘋果日報》爆料，而知道了他的名字陳×寧，我也就直接用了。我之前想保護他的作法已經失去實質意義）[註]的作品〈顛倒〉有沒有涉嫌抄襲、或進行有重大道德瑕疵地改寫我的小說《恐懼炸彈》前篇〈語言〉，都不再重要了。

老實說，現在他的道歉我能否得到，對我的人生有重大的影響嗎？我有餘力去在乎嗎？我已經被深深傷害了。

仔細看了第二次《蘋果日報》。《蘋果日報》終究還是作賤了我，把我寫成一個張牙舞

註：實體書版本拿掉全名，廉價的佛心來著。

爪欺負高中生的瘋子，可以想見然後媒體一個抄一個，「控告」這個字眼不斷循環使用，明天眞的會有人爲我澄清嗎？

媒體很愛「大人物欺負小人物」這樣的主題，連連看法則下，我是大人物，陳×寧是小人物，所以我無論如何都倒楣就是了？

陳×寧說我有錢有勢惹不起。

惹不起的人是誰？

是眼巴巴想隻身赴會的我，還是抓狂打電話爆料的人？

我惹不起這種學生，惹不起這種家長。

我有錢？

我從大三開始，念到研究所四年級，都是念就學貸款，現在還有三十多萬沒有付清，月扣。

是，這兩年比起先前長達五年的「賣得非常爛」我的確大有成長，但我今年才將家裡的陳年舊債還清。陳年舊債，不是房貸，房貸很好，大家都願意揹，我說的是負債。而現在還有三百多萬房貸，也有車貸，但我高興繼續付下去。

我有勢？

我既沒有打電話給報紙爆料的外婆，也沒有賭上尊嚴力挺學生的評審，也沒有幫我召開

記者會的學校。更悲慘的是，我在所謂的文壇裡也不眞正認識誰。

發生了這種事，除了蓋亞老闆外，今天早上我坐在電車裡思考我看過的一張張「文學界裡的臉孔」，竟然都陌生得可怕。最後我只打電話給了一個強者聊天，因爲我認爲那個強者幾乎是我認識的人裡最有見地、同時也擁有正義能量的人。

傍晚離開二林工商，我開著車回家，內心的沮喪越來越沉重，終於還是讓我在路邊停下了車。

我的頭頂著方向盤，手裡握著每隔半小時就會定期響起、劇烈發燙的手機。

這是怎麼回事？

現在被以大欺小的人，眞要說，就是被冠上「以大欺小」的我，被「見獵心喜」的媒體加上一大堆人聯手糟蹋了。只要沒有看過我陳述事實的部落格文章的人，都會因爲看了報紙、看了電視，誤解我是個器量窄小的自大狂。

我當然不是聖人，但我能不委屈嗎？

朱學恒說得好：「也許我們永遠不能說服對方辯友，但或許能感動他。」

就是想器量大地處理這件事，也有自信能辦到，我才會有這次私下溝通的作法。

現在我的器量，竟然變成了事件裡的最小。

以大欺小。

好個以大欺小。

放在政大抄襲事件上雖然我得到了我要的正義，但要這樣說我我也只能站好。當初是我太激動，用的力量瞬間太大，超過了對方所該承受。

但我也想改進啊！我也一直在修正我的作法啊！

葛藍抄襲事件我不也表現誠意了嗎？

請問這個世界上，可存在著「九把刀一個人隻身前往學生學校，在老師見證與保護下與學生私下溝通，原諒學生、並說服學生前往主辦單位自首」還要來得溫柔的作法嗎？

引述《蘋果日報》這段話：

台北市文化局科長楊秀玉說，陳×寧被質疑涉嫌抄襲，採取負責態度，向九把刀求證，當初九把刀也沒認爲很像，評審委員也認定不涉抄襲而給獎。

是這樣嗎？

我有說我沒有認爲很像嗎？

我回應的是：「你自己知道自己做了什麼。」

這句話很難解讀嗎？有可能解讀錯嗎？

陳×寧同學智商自然不低，他在我回信當天還是隔天，就在網路上發表這一段話：

其實這樣讓我感覺的不是害怕，是不悅……

B 斷弦//* ▾ 發表日期：2008-01-18 18:23:46

請各位記住，

只要是別人寫過的東西，

同樣的鋪陳方式就不能再出現喔！

不然不管你的題材有多不同、筆法有多凝練、敘述有多不一樣，

都會被說是抄襲呢(笑)。

分享 引用 檢舉 編輯 刪除

http://www.twBbs.net.tw/233583.html

標題：其實這樣讓我感覺的不是害怕，是不悅……

http://hi.twBbs.net.tw/1106268/"斷弦//*

發表日期：2008-01-18 18:23:46

請各位記住，

只要是別人寫過的東西，

同樣的鋪陳方式就不能再出現喔！

不然不管你的題材有多不同、筆法有多凝練、敘述有多不一樣，

都會被說是抄襲呢（笑）。

陳×寧既吐槽我，也冷笑了，所以應該沒有錯誤解讀了我的不以爲然。

那麼，到底是文化局科長楊秀玉不熟悉狀況，還是陳×寧說了謊，還是《蘋果日報》又在亂寫？這樣的誤寫，又會持續多少次？

今天很多記者打電話給我，我光是一早醒來，洗澡就花了半小時，因爲來電不斷，都想

拍我，我說我在洗澡等一下再說都沒人認眞理我。給我機會說明，我當然很願意，說過了我光明磊落，能說清楚就說清楚，也配合地去說了一段澄清。

而這些媒體，幾乎都沒看過我的部落格，我請他們去看，有些記者都一副嫌麻煩的感覺。此時此刻新聞媒體有給我像樣的公道嗎？明天的報紙會有多少我的說法？多少我的痛苦？多少我的澄清？

今天《蘋果日報》打了兩通電話到我的經紀公司道歉，說很抱歉誤寫了我的經紀公司擬提告這樣對我造成巨大傷害的字眼（我的經紀公司昨天一通電話都沒接到）。是，你們是道了歉，但我呢？

我不知道此時此刻新店高中的我的讀者，是接收到了什麼樣的訊息、學校跟你們說了什麼、怎麼評斷我？據說學校今天召開了記者會，說力挺學生沒有抄襲。眞的很詭異，因爲學校才在前一天晚上寫信跟我說，學校沒有公信力、這件事牽涉專業認定學校不便介入，那麼，爲什麼現在就可以判斷、來個力挺了呢？

學校方面團結一致力挺陳×寧，而評審也口徑一致，對我措辭嚴厲、百般奚落。而就讀新店高中的你們，當你們看到陳×寧在某天上司令台接受學校表揚爲校爭光的時候，你們鄙視多我一點，還是同情我多一點？還是毫無感覺？

誰是受害者？

時間一久，誰會記得我在昨晚燃燒生命寫出的事件紀錄？

時間一久，誰會記得是陳×寧的家長打電話去《蘋果》爆料的，而不是我？

時間一久，所有人都只會記得九把刀曾經上過《蘋果日報》頭條，以大欺小。

我很痛苦，很痛苦，但愛哭的我絕對不想為這份委屈流下一滴眼淚。

這是一場虛假名譽的戰爭。

主辦單位為了文學獎的名譽，評審為了當初把獎頒出去的名譽，學校為了守護校譽，學生家長為了學生的操行成績更無所不用其極。

我呢？

我要的正義早就不見了。

沒有人在意，只謠傳著「以大欺小」四個字。

連我，現在都只想著把自己被剝奪的人格討回來。

正義？

我有點明白，以後遇到同樣的骯髒事，只要我尋求法律途徑，就會被解讀成我鴨霸。只要我聯繫主辦單位請求處理，就是我不給抄襲者機會。如果我自己想跟抄襲者私下溝通，也會被惡意抹黑成我想欺負這個學生。

我有點明白，裝瞎就是最好的安身之道。

沒有感覺，沒有情緒，沒有態度，就是大人物大器量。

我在《聯合晚報》的專訪中曾經說過：「睜大眼睛看看那些你們正在瞧不起的大人們，記住他們的所作所爲，長大了不要跟他們變成同一國的！」

鼻子又酸了。

我不要哭，也不想哭。

如果有眼淚，我會把臉抬起來，讓那些不值得的鹽水統統給我逆流回去！

超好跑的鞋子，很輕

孩子有狀況，大人該負責！

同場加映／By 朱學恒 2008.02.21

有些人，是我平常認識，但不會太常連絡的。

像是九把刀就是這樣的一個人。（當然其中很大一部分是因爲他不是正妹的關係。）

但就有那麼剛好，我二月十九號晚上跑去他的部落格看了幾篇文章，所以，那件事情我竟然從頭看到尾。

所以，今天，我們要來談的就是九把刀的事情。

這是發生在二〇〇七年台北文學季的抄襲爭議事件。

九把刀的說明：「逆流的眼淚」。（http://www.wretch.cc/blog/Giddens/7105272）

新店高中陳生的網頁說明：本人關於抄襲事件的說明及文章《顛倒》。（http://www.twbbs.net.tw/2407276.htm）

這件事情跟我之前在這裡寫過的中國時報文學獎的事情有所不同，文字創作的是否抄襲，是人文創作，並不是自然科學，它不可能有絕對的眞理。

但有熱心網友Smaljohn（平平）（這位學弟說他徵女友，意者請至PTT寄信給他）整理

出來這張圖，各位看了就知道（顏色一樣者爲相似處）（請見本書第三三六頁表格）

看完之後，我可以跟各位分享一件事情：身爲一個自己掏腰包五百萬辦過三次文學獎的人，我可以說：

陳生出狀況，他背後的大人要負絕大部分的責任！

就我的理解，文學創作在青澀時期，本來就會有許多的模仿、致敬的動作，這是無可厚非的。

但一個文學獎，要鼓勵的當然是更高層次的創作，但主辦單位、學校、評審、家長的反應眞的是爲孩子好嗎？

難道我們今天要給孩子的教育是：

一篇創作

陳生的同學覺得抄襲

陳生自己還不放心到寄信去問原作者

原作者也覺得抄襲

主辦單位也知道原作者抗議抄襲

陳生部落格上還寫過跟《獵命師》很像的《算命師》

但是

只要五個評審開會覺得沒抄襲
出版社就覺得沒抄襲了
文化局就覺得沒抄襲了
校方就覺得要力挺到底了
這樣眞的是我們要給下一代的示範嗎？

http://tinyurl.com/28ktlb
http://tinyurl.com/yryf4b
上面是《蘋果》的兩則新聞

一個還可以開導的孩子，評審竟然說，跟學校反應不對，應該直接採取法律途徑？難道讓孩子上法庭更好？讓孩子留下被告紀錄更好？

是怎麼樣的「文壇前輩」才會這樣「幫忙」孩子？

又是怎麼樣的家長在面對溝通的時候，第一時間會想到的是向媒體爆料、哭訴？把自己孫子的學校和全名曝光到《蘋果日報》頭條給大家看？

又是什麼樣的學校在面對學生作品和出版品如此相像的指控時，只能說出學校從頭到尾全力支持的話？

難道教育家的責任只剩下袒護學生？追求眞相，讓學生眞正明辨是非的氣量在哪裡？不苛責孩子，是因爲他是個孩子，還有再進步的空間……

但你們這些大人是在幹什麼吃的?!

陳生呀，你或許不知道今天全名被曝光是件多麼嚴重的事情，你不能體會九把刀一開始想要直接溝通的用意，你也還在網路上笑得很高興……

讓我告訴你這件事有多嚴重。Google永遠不會忘記你和抄襲這件事情的連結。

當你未來要徵試的時候、當你同學好奇上網查詢你的名字的時候，當你研究所口試的時候，當你將來面試HR部門要查詢你資料的時候……

http://tinyurl.com/29mahv

他們會查到的是你，陳×寧，在網路上、媒體上受到眾人公評的結果……

甚至你將來有一天如果要從政（目前看起來你很有潛力），這些東西對手也會開記者會指責你的道德低劣而要求你退選……

大人的袒護和縱容，不代表你將來永遠不需要面對這件事情的後果。

有一天，你就會知道了，而那是你的人生和你的責任，與我們一點關係也沒有……

至於九把刀這傢伙，你眞傻！

誰說男子漢做自己覺得應該做的事情是需要別人感謝、體諒、了解的！

男子漢做的事情是不需要他人的理解和支持的！只要我們覺得值得做，就會去做！

就像是《銀魂》在某一訓中有個黑道寧願被大家認爲是組裡的背叛者也要捍衛老大的夢想這回事！（不好意思一時忘記在哪一話了，囧，我熱血時記憶力很差……好像就在前幾週……）

包括像是發文貼一些大圖導致大家讀不了文章和與帥哥爲敵這些事！就是這樣！

Lucifer

同場加映／By 朱學恒 2008.02.24

新的世界根本就沒有神！

夜神月錯了，新的世界根本沒有神！

如果你在看這篇文章，請記住下面三段話：

請不要因爲我是誰而相信我……

也不要因爲我說了什麼，做了什麼而相信我。

請因爲你思考了什麼，檢證了什麼，挑戰了什麼，確認了什麼，而相信你自己的認定。

我曾經替《維基經濟學》這本書寫過一篇前言。

http://blogs.myoops.org/lucifer.php/2007/08/02/wikinomics

我會替一本書推薦有三個前提：

沒看完不推薦

不喜歡不推薦

不給一萬塊稿費不推薦（我從大學幫書寫推薦序就是這個價錢，我不缺這個錢，但不訂這個標準你會遇到很多匪夷所思的事情，有機會以後再講）

所以，我會推薦這本書，自然是認同它的理念。

我相信群眾智慧，我相信「維基百科」雖然不正確，但會持續往正確邁進。也許《大英百科》的編輯說它是公共廁所，但我相信它是一個使用者會自行打掃的公共廁所。

我不相信權威，除非我檢證過他的話，因而認同他的理念。但他下一次說話的時候，我還會重新檢證一次。

所以，當美國某些大學禁止學生引用「維基百科」當作學術參考資料的時候，我覺得很荒謬。原因很簡單，如果一個大學生竟然沒辦法去檢證、確認、反思「維基百科」上的資料，那麼他連同學說的話是否正確都無法分辨，這根本就不是大學生該用什麼學術資料的問題，而是他並沒有受到正確的訓練、擁有正確的能力。而這能力，是只要會用Google的人就該有的。

我本來就是一個對權威有意見的人。所以，我從來不會因爲李家同當過大學校長而對他客氣，因爲他在投書各報章的時候經常寫錯東西，所以，之前寫過他對《達文西密碼》的經典看法，有空的時候我還會再寫「李杯杯的一堂課」的這種文章。

但這裡和這裡的文章並不是塑造權威的一言堂，而是表達我看法的地方。我也相信網路使用者的群眾智慧，所以我的討論區除了亂碼、當機、廣告文和重複貼的文之外，是從來不刪除任何文章的。因爲我相信網路群眾自然會得到他們自己應該有的結論，我的看法，也不

過只是眾多看法其中的一個而已。

我的說法和任何人的說法若是不能言之成理，你就不該相信！

你不只不該相信，更要挑戰之、反思之，提出自己的意見！（但我時間有限，實在不能保證回應呀！但你還是不應該放棄這種權力！）

所以，如果你今天竟然是因爲我是誰而相信我說的話，請你不要繼續下去。因爲我不相信標準答案，我相信每個人自己找出的答案。

所以，我個人根本不相信「是否保留原有獎項」這種道德議題該由所謂的專家來決定，因爲在這個時代裡面，每個人都應該是專家，每個人都應該有批判思考的能力。

這是我的信念，我絕不會因爲我是誰而羞於表達我的看法和意見，如果因爲你自己相信權威，而認爲其他人也會相信權威，那是你家的事。

你不相信網友的群體智慧？不相信網友有能力判斷是非？不相信這個時代的眞理是可以透過公開辯論、投票而變得越來越清楚？

但是，我相信，這就夠了。

這件事情眞正有趣的地方是在於，當文學獎評審不願負起責任重新檢視文章的時候，當他們一覺起來發現網友已經取代掉自己的功能，比他們還更認眞的時候，我們的世界，就會眞正往下一步邁進！

不信，看看前幾篇文章裡面的網友，不管正反雙方，在這個公開的場域，都是多麼賣力地熬夜、舉證、查資料、幹攪和抹黑（後兩者不是很鼓勵，但至少有苦勞）！但你有看到這些文學獎的評審做出對等的努力和公開嗎？

如果沒有，你爲什麼相信他們而不相信網友？

當你發現新世界沒有神，只有你自己的時候，你才會眞正來到網路原生世代的新世界！

2008.02.22

「陳×寧涉抄襲九把刀事件」週六的第二次評審會議……沒有了

第十屆台北文學獎承辦單位印刻出版社原定於明天，也就是週六的第二次評審會議，由於五位評審中只有一位願意參加（朱天心）、一位因家中有要事（眞的要事，我能體諒）外，其餘三位評審都不願意或無法出席。

目前僅知季季因爲她的部落格充滿大家對她的不禮貌批判，所以心情欠佳不願出席，承辦單位希望等到評審心情恢復，再另外擇日舉辦第二次評審會議。

所以大家不要再去朱天心跟季季的部落格裡面批評她們了，不管評審會議到底會不會眞的舉辦，一直激烈影響他人上網的情緒總是不好。

大家一起舉起手來，幫這些評審集氣，希望給他們好心情。

二〇〇八第一場戰鬥（6）污濁的海嘯，去你的再見

2008.02.23

這場污濁骯髒的海嘯，終於淹到了這一天。

第二場評審會議，稀里嘩啦消失了，媒體打給我問為什麼，我請他們去問評審。結果我不感興趣。我也不期待了。

這幾天最大的損失，是我欠了小內一封親手做的生日卡片，跟上面滿滿的肉麻話。我一直把時間耗費在這場污濁的海嘯裡，打開電腦就是看回應，早上起床是買報紙，電話響起就直覺是不是記者。小內的生日就在莫名其妙的情緒中度過。我對不起她。

實在太累了。

大家都說，遇到這種事正好考驗危機處理的能力。

危機處理，聽起來就是步步為營，利益得失都得精確考量在內的行事判斷，如何才能在傷敵損己的浮動公式裡，達到最佳的結果。

老實說，如果可以昂首闊步地、誠實坦然地處理事情，又何必精打細算。

我太相信人性，放棄了無關緊要的自尊，導致了這場對我絕對不公平的遭遇。

《蘋果日報》平常要惡搞王又曾、消費那些王八蛋赤裸裸的醜陋當作利益來源，我沒意見。但今天完全顛倒黑白，把一件美事扭曲成惡意，爲什麼要這樣作賤好人？是沒有壞人可以消遣了嗎？

見鬼了，我今天回到鄉公所上班，一直聽到一些平常不大認識的阿姨路過、冷冷問我：「九把刀，你幹嘛告一個高中生？」我情何以堪？

我在這裡再說一次，我跟任何人都沒有要提告。

唯二邀我提告的，一，就是主辦單位印刻出版社，他們建議我採取提告，這樣評審會議也不用召開了，直接走法律途徑最快。我問主辦單位，是不是文學獎的符合標準不是「創作道德」，而是「法律上的判定」。主辦單位說，標準是法律沒錯。

謝謝，我們都明白了。往後大家只要不全抄，就不會觸犯法律，就有機會靠有道德瑕疵的改寫，奪走第十一屆台北文學模仿大賽的獎項。

另外建議我提告的，就是評審季季，她說：「若他無法接受，應尋求法律途徑解決，而不是向學校抗議，造成該生心理傷害。」這個論點自有社會公斷。

至於新店高中校方，你們用了可悲的方式維護了你們想像中的校譽，做出最差勁的處理方式。你們的學生原本可以在跌倒後拍拍膝蓋上的砂礫、再努力站起來，從此挫折變成了戰鬥的力量。多好。

你們維護校譽的方式，會讓你們學校的學生感到臉紅，多麼錯誤的教育。新店高中的同學們，你們都不必蹚這渾水，那些大人的所作所爲，不必要攬在身上，也不是你們的負擔。請繼續用力生活下去。

話說我到昨天爲止，都還去信詢問新店高中的教務主任：「老師，我們之間的溝通管道是否還存在？」完全沒有回音。

可見我眞的很蠢。

太累了，拖沓了我太多的生活節奏，什麼事都不對勁了。

如果我繼續堅持召開第二次評審會議、甚至請台北市文化局商請更有公信力的五名作家擔任評審，也許在傷害了很多人的名聲、名譽、前途下，我終究能討回原先屬於我的那份正義。但沒有人會還給我該有的公道。

不會有的。

我的小說《功夫》裡，最重要的兩句話之一是：「有一種東西，叫正義，正義需要高強功夫。」我或許有高強功夫，可是我蠢，終究是屁。

第二句話，黃駿師父說：「要求正義，就要有奪取他人性命的覺悟。」

經過這件事，我了解我畢竟沒有這種覺悟，我不想眞正毀了誰。

我的正義之旅到此爲止。

朱學恒說得很對：「小孩有狀況，大人要負責！」

一語擊中核心。

陳×寧同學，你在評審那邊是尋求不到光明的，你在學校的盲目袒護下也不會長出強壯的翅膀，時間慢慢走過，你終究會明白最大的受害者其實是自己。

你的好朋友私下寫信給我，說我其實是你最喜歡的作家，事情到了今日地步你必定也非常難受與難堪，請我務必好好跟你談談。然而我在二月二十日之後陸續寫了兩封信給你，你依舊一個字也沒回。你在想什麼？你在網路上表示遺憾錯過與我私下溝通和解的機會，那麼，你又怎麼解釋你持續拒絕回應我的私信？

你昨日喜歡的作家，他在小說裡不斷激昂澎湃的勇氣，你終究沒有學到。

你昨日喜歡的作家，他在日誌裡拚命想傳達出的善良，你終究只是看看。

或許也算是我的失敗吧。

別人我不知道，但我在創作時需要一份凜然的驕傲，因爲這份驕傲可以幫助我誠實交代靈感來源、引用註明出處、令我培養出獨特的氣味。

印刻出版社總編輯初安民在與我見面後，說：「說不定你可以收他爲徒。」

我愣了一下，淡淡說：「我想不合適吧。」

這場海嘯，深深傷害了我。

但我眞的很高興，在最黑暗的時候，我看見過一道精彩的光。

我說過了，見識過這道光，終究讓我相信人性無敵〔註〕。

井上雄彥藉著聖僧澤庵大師的口，說道：「厲害的人，都很溫柔呢。」

我想做到。

我深信，我們發生過的每一件事，最後都會連結到往後的人生，觸發某些情感，改變某些決定。沒有一件事會是巧合的，都會成爲我們人格特質的一部分。

海嘯很大，醜陋的大人並肩作戰，小孩被操作著，被引導到黑暗的那一面。

去你的海嘯。

一想起那幾個月，我是如何在彰基病房裡，深夜倚著病床，戴著口罩敲打鍵盤的畫面，我知道這不過就是一場海嘯。

閉著眼睛，忍一下什麼都不爭取，都不討，都不做，被淹一淹也就是了。

第二場突然消失的評審會議，我不給意見也不給想法了，就交給擁有《恐懼炸彈》版權的蓋亞出版社去處理。說眞的我只是想去現場看看那些團結在一起的大人們，將他們在說那些話的姿態，用力烙印在我的眼睛裡。

到此爲止。

被誤解的，被偏見的，被冷眼的，被嘲笑的，我永遠也得不到公道。

沒有看過我的小說的人，也許因爲不實報導永遠對我不屑一顧。
沒有跟我相處過的人更多，不相信我說我答應的每個字都有效，就眞的有效。
失去的，我也許永遠也拿不回來。
但我還是會繼續前進。
睜大眼睛，這就是你曾經最喜歡的作家。
我的人生絕對不是一場自圓其說。
人生就是不停的戰鬥。
不停，不停的戰鬥。

註：二〇〇九新加：我無法以任何形式交代這道光是什麼。

我知道你一定辦得到

2008.02.25

有些人永遠也不知道他們說了某些話，爲我們的人生打氣了多少。

幾個月前，我出版了自己的碩士論文改寫，叫《依然九把刀》。

附帶一提，這本論文的引用文獻之少，極有可能是台灣所有各式論文之最，一張Ａ４解決，全部都沒有英文參考文獻，裡面還有一堆期刊的部分章節，而非完整的書冊。我啊，就是沒看過的東西絕對不會拿來唬爛教授我有看過有引過。至於有看過的、有吸收過的，絕對大方承認。

《依然九把刀》裡面有一張紀錄片ＤＶＤ，是導演廖明毅跟拍我跟拍長達一年半的過程，內容包括了我簽書會的熱鬥實況、我第一次當文學營講師、我上廣播節目、我闡述網路文學的意義、我連續十四個月出版十四本書的極限戰鬥等。紀錄片的版權屬於公共電視，爲了讓那張ＤＶＤ出現在我的實體書裡，可花了出版社龐大的經費。

宣傳《依然九把刀》，出版社辦了三場座談會，其中一場跟我對談的人就是導演廖明毅。他用他跟我相處兩年多的經驗，談談那一年多的拍片感想。

他談了很多，例如一開始怎麼跟我認識、怎麼決定我就是主要的紀錄對象（尤其是我當時一點也不暢銷）、拍攝時怎麼由生變熟等等。

說過了我很少因爲工作關係跟採訪者變熟、變朋友，頂多就是「很認識」。但廖明毅算是個意外。

紀錄片中最經典的，當然就是「連續十四個月出版十四本書」這麼唬爛的紀錄。

「怎麼會想把那個過程拍下來，是湊巧嗎？」觀眾提問。

廖明毅說：「不是，我們一開始就知道了。當時我跟製片聽九把刀說：『喔，我要連續十四個月出版十四本書。』的時候，就知道他一定辦得到，就決定把他連續出版的過程記錄下來。」

一個觀眾舉手，忍不住問：「你怎麼知道他辦得到？」

廖明毅停頓了一下，慢慢說：「如果你跟我一樣拍了他那麼久，你就知道他就是會做到。」

我坐在旁邊，竟然很感動。

那連續十四個月出版十四本書，對現在的我來說眞是不可思議的過去。那時我媽重病，毛毛狗不要我，書賣很爛，狗狗變老，人生一團漆黑。我好像非得做一些說出去連自己也會發瘋的事，去突破人生的困境。

有時候，我們還眞的是辦不到很多從自己嘴巴講出去的話。

但爲了不辜負別人的期待，知道別人很相信我們，於是拚了命也得去幹。想十四個月出版十四本書，不只要我厲害，還得兩間出版社天衣無縫地配合才行。一個人成功了，光都打在他身上，其餘不可或缺的細節、輔助、支持，都會被忽略。

自我的心靈如果不夠強壯，卻想變強，也可以啊。

或許仰賴別人對你的期待，諸如：「我知道你一定辦得到」這樣的話，同樣可以辦到一些很厲害的事。眞的。

漸漸地，在努力的過程中你會成長，會知道要成爲一個「你口中宣稱的自己」有多不簡單。你知道有人在某個方向看著你，看你是一場嘴砲，還是燒著頭在實踐。

跌倒時很豪邁，看到過程的人都絕不會笑你。

廖明毅，你說你想拍電影。

我知道你一定辦得到。

蓋亞文化聲明

2008.2.25

關於陳姓學生的作品〈顛倒〉疑似抄襲本公司作者九把刀的〈語言〉一文（收錄於《恐懼炸彈》），投稿參加由台北市政府主辦、印刻文學生活誌規劃執行的第十屆台北文學獎並獲得佳作一事，蓋亞文化聲明如下：

在第十屆台北文學獎得獎名單揭曉後，九把刀與本公司曾分別於農曆年前致電文學獎執行單位印刻文學生活誌，告知該文有抄襲模仿之嫌，但對方均答以「已知此事，五位評審均已詳細比對，一致認爲沒有抄襲」。農曆年後，由於九把刀與本公司繼續爭取，終於二〇〇八年二月十九日獲得初安民先生承諾，約定二〇〇八年二月二十三日再召開一次評審會議。誰知由於該生家長投書媒體，此後事況一路極速發展，執行單位承諾重開的評審會議也因而延期，目前看來重開之日似乎遙遙無期。

一直以來，各類文學獎皆以獎掖文藝創作爲目標，鼓勵創作者耕耘發表原創作品，也因此必須以更高的標準來期許與要求。此次台北文學獎佳作的〈顛倒〉一文，明顯帶著其他作品的創意與結構（詳見附表一），這樣的作品可以得獎，讓大眾不由得要好奇此次台北文學獎

主辦單位及評審的審查標準。如今由於執行單位承諾重開的評審會議延期，我們在此誠摯呼籲主辦單位與評審公開解釋此屆文學獎的審查標準、該文入選原因，與評審意見。如果評審會仍將召開，我們樂意前往參與，聽取諸位評審的高見，即使不克召開，我們也要求儘速將評審意見公布於主辦單位台北市文化局或印刻文學生活誌的網站上，以利社會大眾與有志創作者了解。

根據二月二十日《蘋果日報》所載，評審們似乎認爲「思想模仿並非抄襲」。但陳姓同學曾告訴學校的師長說，他之前從來沒有看過〈語言〉，如果此言屬實，那麼這兩篇文章就連評審所說的「思想模仿」都稱不上了。因爲既然從未看過，又何來模仿的可能？

因此我們要求一個明確的答案。煩請諸位評審仔細比較過九把刀的〈語言〉與陳同學的〈顛倒〉後（請參考附表一及附件一），能告訴我們這樣思想接近、情節結構雷同的兩篇文章，究竟算是「抄襲」、「改寫」、「有意識的模仿」、「無意間受到影響」，還是依然相信陳同學所說「看過九把刀很多本小說，卻沒看過《恐懼炸彈》」，所有的相像僅只是「巧合」？

也許不同的文學獎對是否構成抄襲的標準寬鬆不一，對諸位評審最後將做出的結論，我們不便置喙；但我們誠摯且由衷地盼望，不論這次事件的過程如何「顛倒」，初次審查的結果，都不宜成爲往後其他文學獎給獎的通例。

中華民國九十七年二月廿三日

附表一. 感謝讀者smaljohn整理

陳生〈顛倒〉	九把刀〈語言〉
第一部分章節：主角以現實世界觀點倒敘，自己目前身處失常異境	
0. 咳，對於眼前的一切我已經無力可回天了。 所以留下這封信，告訴別人我所遇到的東西。希望有人撿到後可將它傳給其他人，嗯……誰都好，只要他能來救我，還有這世界。 嗯……想想，那是某個早上開始的。	……在你看到這一張紙條後，請務必跟我聯繫，我是說，如果你也看得懂的話…… 半年前，事情發生的前一晚，我過得跟平常一樣，我很確定，因爲我已經回憶過數十次了。
第二部分章節：初入異境，從買吃的開始，然後一連串混亂	
經過樓下的早餐店時，本來想買奶茶來配三明治，但老闆說了一串話讓我愣住了。 「嗎餐早買要你？」 老闆見我愣住，又說了一遍。 「說我，嗎餐早買要你？」 震驚的我趕忙搖手，快步走開。	走進學校餐廳，我馬上就感到一陣窒息感。 …… 已經到了快餐區的櫃檯前。 「雞腿飯一個。」我遞過去一張百元鈔。 只見收銀小姐古怪地盯著我，似乎不打算給我便當的意思。 「嗯？沒雞腿嗎？那魚排吧。」我說。 收銀小姐揮了揮手，滿臉怒色地發出了一串聲音。 又是那一種毫無意義可言的聲音。 我幾乎呆住了，不過看來她要我走開的意思倒不難了解。 ……
今天就連我的錶也發瘋了，它開始逆轉，零秒會變五十九秒，十點六分會變十點五分…… 我幾乎沒辦法辨識路上的標誌或是其他的文字符號。樹葉違反地心引力從地上飄回樹枝上黏牢，然後變小，接著消失。人們都做著反過來的動作，例如把漢堡從口中吐出來，接著漢堡又變成排泄物散在路上，接著又會變成漢堡。在學校裡，學生	我看了看錶。 錶？沒錯，它還是「兩根針，分長短，長針走得快，短針走得慢，不管快或慢，走過去，不……不回轉……」，不回轉嗎？我的天啊！它們簡直是在跳舞，忽前忽後的，有時還完全不動！ 鐘聲、喇叭聲、垃圾車的音樂，稀奇古怪就算了，還每次都不一樣，而且不約而同的是，都是超級的紛亂。

<table>
<tr><td>變的無法無天，把訓斥老師視為理所當然，或曰，職責。還有狗咬著項圈繩，而繩子繫著一個男人。上衣跟褲子也倒過來了，內褲套在頭上的人街上比比皆是。</td><td>時間，這裡沒有時間概念……這樣說不對，只有我沒有這裡的時間觀念，大家的手錶都是瘋子，指針逆轉、飛轉或停滯，卻只有我不知道怎麼看懂它，只好傻不嚨咚地跟著大家的屁股後面上下課。
當然，這裡的娛樂跟我完全無緣。
漫畫的恐怖說過了，電視節目有一半以上都是雜亂的訊號跟影像，電台所播放的音樂更是妨礙身心健康的爛東西。
紅綠燈、街道上的任何標誌、交通規則，全都是狗屎！我也只好隨著大家的節奏乖乖跟著，但是大街上的恐怖喧鬧聲卻令我心煩意亂，幾次都差點出了車禍。
反正只要牽涉到象徵的符號，只要跟規則有關，這裡全部都亂掉了！亂掉了！亂掉了！玩牌不知道在玩個屁，打籃球不知道何時投進自己的籃框是扣分或加分，或什麼時候可以用腳踢球，買東西的時候，不知道什麼東西是錢但是什麼時候這個東西又不是錢！</td></tr>
<tr><td colspan="2">第三章節：主角試圖理解此世界（此處十分誇張）</td></tr>
<tr><td>我懷疑我是掉入了某個空間，但是，我又是怎麼掉進來的？是做了什麼不該做的嗎？
我想想，應該不太可能……
那是全世界的人都瘋了？
——不，這可能性太低，就算是，我也沒自信可以跟卡通裡的人物一樣拯救地球當救世主。</td><td>會不會不是我走進了魔界，而是其他人著魔了呢!?
這個可能必須保留。
不過如果說是其他的人全著了魔，那我可就沒有救了。
沒有正常的地方可以回去，而且我也相當沒有自信可以拯救全人類。
好，這個可能先丟到一邊。</td></tr>
<tr><td>那，我是怎麼過來的？

也許是因為碰到了某個關鍵性的東西，然後突然就碰的一聲到了這個地方來……那麼，只要找出那樣東西，然後再碰一次，說不定我就會碰的回到原本早晨有太</td><td>第二個問題，我是怎麼進來這個魔界的。
這個問題解決的話，要回到正常的世界才有希望。
於是，我開始回憶。
關鍵是昨天晚上。
如我說過的，我找不出有什麼特別的地</td></tr>
</table>

<table>
<tr><td>陽的世界。更說不定只要說句「媽哩媽哩碰碰嘎嘎鳥」之類的就可以了呢？</td><td>方；我昨晚也許做了一些正常人不會做的事，但是我平常偶爾就會做，沒道理選在今天掉進魔界啊！況且，也不是什麼特別奇怪的事，只是偶爾在交誼廳站著看一個小時的報紙，喝遠離4℃超過兩個小時的牛奶，在游泳池中小便等等，都不算是什麼惡行吧！要是奇怪一點的人就要掉進魔界，我的好哥兒大頭龍早就該來的。
還是說，這是一種排列組合的關係!?
如果我有一百個怪癖，平常做是無害的，但是若是在同一天剛剛好做了第十八項跟第六十三項跟第九十一項的怪癖的話，我就會進入這個時空!?或者有五組怪癖都會使我進入魔界，都不能在同一天做，但A組要在晴天做才會發生效應，B組要在颱風天才會產生效應，C組在上午下大雨而晚上月圓時才會產生時空的裂痕等等……
也就是說，我在晴天做了B組的怪癖，是不會進入魔界的。
我這樣想是很有道理的；進入時空破洞的條件，應該要非常嚴格才對，要不然失蹤人口一定會大增，會造成嚴重的社會問題，況且，要是進入魔界像買票進動物園那麼簡單的話，也不用拍那麼多科幻電影了。
所以，現在是分秒必爭！
我必須在我還記得昨天做過了什麼事的時候，把它們都記下來，再好好研究一下，也許我今天再重複做一次，或者做完全相反的事，我明天就可以回到正常的世界了。</td></tr>
<tr><td colspan="2">第四部分：挽救狀況</td></tr>
<tr><td>我幾乎碰盡了所有我可能碰到的東西，鏡子啦、食物啦、掉到地上的青菜啦……甚至是搭配時間（分秒不差），企圖製造一個人事時地物都剛剛好，剛剛好倒會創造</td><td>接下來的幾天，我失去靈魂般做盡所有可能的嘗試。
我老老實實地重複了事發前一天所做的事，第二天醒來，一聽到阿康放的音樂就</td></tr>
</table>

出一個黑洞把我帶回原本的空間。 但那都只是徒勞，這麼久了，啥鬼都沒有。	又昏倒了。 於是我重複了一個星期的份量，一方面想增強磁場的效應，一方面在不斷重複的過程中將誤差縮小，但也徹底失敗。 再來，我將各種自然條件跟時段的交換加入考慮的範圍，雨天做、月圓做、下太陽雨的怪天氣也做，有時把早上做的事拿到晚上做，中午做晚上的事等等；如你所見，我並沒有成功。
第五部分：邏輯崩解	
我已經漸漸開始倒著走路，牙齒也異常硬化，硬到可以把鐵板咬穿的地步，原本清晰的思路也開始漸漸的混淆，語言上的邏輯也越來越怪，常常會不注意的把句子倒過來寫，於是我硬逼自己每天要寫出一百句合乎原本世界邏輯的句子。 但可悲的是我發現那越來越困難，現在光是五十句（每句不超過十個字）就要花費近一小時的時間。而且句子的等級看起來越來越低，本來理論上高中生造的出來的句子我已經幾乎寫不出來了，目前我句子的程度大約是二、三年級的程度，數學邏輯推演也是，從原本會解二元一次方程式，到現在連最基本的加減乘除的運算也很有問題。 雖然我很不想承認。 但似乎，我正在退化。 不，不會吧？我……我正在退化？不……不可能的。 我翻出庫存的小說企圖證明我語言邏輯還沒退化，但它卻無情的證明我已經越來越笨了，我幾乎看不懂上頭的東西，文字的組成亂成一團，標點也是亂點，簡單來說，我看不懂。 我翻出庫存的小說企圖證明我語言邏輯還沒退化，但它卻無情的證明我已經越來越	在幾乎失去一切符號意義的世界裡，我的語言邏輯逐漸崩解，我開始結巴，而且越來越嚴重，雖然沒有人會在意我是否結巴；他們只在乎我會不會發出瘋子般的怪叫。 本來我以爲結巴已經是最慘的狀況了，直到我發現我的數字觀念也模糊了起來。 有一天我開始計算我在這世界待了幾天時，突然發覺我的數學陷入了一片死海，數字的十進位式邏輯突然從我的腦中抽離，我感到被剝奪了些什麼，平靜取代了恐懼，以眼淚的方式。 那個晚上我在南寮漁港的海堤上哭了一整夜。 既然回不去原來的世界，那麼留下這些可有可無的邏輯跟語言能力，又能怎麼樣呢?!我是不是貪戀著所謂的身外之物!?如果失去了這些邏輯觀念，說不定我就能與世沉淪，說不定我就能融入這詭異的無規律世界？我會比較快樂？ 想一想，原本就是這些爛東西害慘了我，我帶著根深柢固的邏輯來到這裡，放不下它，竟是我獲得新秩序的阻礙？ 如果是一個嬰兒的話，他一定能在這個我認爲崩潰扭曲的國度裡生活得很好吧！ 他，能單純地跟一切同時成長，而我卻背

笨了，我幾乎看不懂上頭的東西，文字的組成亂成一團，標點也是亂點，簡單來說，我看不懂。 不不不不不……這…… 這代表我也正在變化嗎？是嗎？ 不……我才不要……	了沉重的包袱，哈哈!? 但我一點也不想再失去任何東西了！ 海堤上，我想起了鄭南榕，一位可敬的言論自由鼓吹者。 鄭南榕跟國民黨政權搏鬥時，說過：「國民黨抓不到我的人，只能抓到我的屍體。」，所以他後來自焚了，把自己燒得一塌糊塗。 爲了理想，人可以犧牲一切，連身體都可以毀滅。 我沒那麼偉大，但是我也有絕不能割捨的尊嚴，那就是自我。 如果我不能思考了，就跟蚯蚓一樣，只能靠本能生存，以後的人生，也只是在一連串的隨機與意義不明中掙扎，我將被無知地整合，我永遠不明白我會吃到什麼東西，不知道對方的感受，不知道我的親密愛人許下了什麼甜美的諾言，最重要的是，我將失去反抗的意識。 社會學家傅柯（原諒我忘掉他的原名，因爲我的英文除了fuck以外都忘光了）說過，於權力扭曲無所不在的世界裡，我們必須保有批判的能力，即使知道現狀不可能改變，即使反抗無用，我們也必須保有反抗的意識，至少我們必須知道壓迫跟扭曲的事實。 隨著我認知結構的瓦解，我的自我必將永恆地消失，我成了動物。 動物不懂反抗。 也許我的人生將會完全地不可預測，完全跳脫意識的掌握，但是我有權利痛苦——因爲那是自我存在的證明，我至少還能爲自己悲傷。 所以我下定決心，絕不讓我的語言能力跟邏輯規則離我而去。如你所見，我每天晚上都從一數到一千，並記錄所使用的時

	間；我的錶瘋掉了，我便找來了一個沙漏，不停地翻轉計時，再以「正」字做記號，每翻轉一次約五分鐘，便劃上一筆；我每晚都盼望著能有所改進，事實卻正好相反。 　　但在我開始寫下這奇遇記後，我就停止數數了，因爲那樣會把我晚上的時間都佔滿，也太累人了；不過沒關係，數數字太困難跟無趣，我反而蠻享受寫作的過程，雖然我下筆前思考的時間已經越拖越長了。
我想我已經幾乎寫不出東西來了。 光是想回「我」這個字就已經花費了我將近四小時的時間。	打個岔，你知道我寫到這裡，花了多久的時間嗎？ 四個月。 也就是說，前面短短幾頁的故事，耗盡了我絕大的精力，但也因爲每天持續不輟地寫作，再三地修改，使我的理智暫時得以能苟延殘喘。
第六部分：求救	
到目前爲止，我已經得到了另一個結論，顛倒的不只是秩序，整個時間軸也被顛倒了。 文字符號因爲漸漸的在退化，所以我也漸漸的看不懂。 今天早上很明顯的，我變矮了，眞的，我變矮了。從原本的一七七變成現在的一六二（大概），我的思考也漸漸變的倒反過來，今天的穿著就已經跟路上的人沒什麼差別了，窗外的樹在一天之內不段重複著「枯萎、盛綠、變矮、枯萎、盛綠、變矮……」，不用一段時間，它已經變成原本的三分之二高。 還有一隻狗倒著奔跑，越跑越小隻，跑一跑它就消失了。 我想我也不用想辦法跳回原本的世界了，	雖然很不願意承認，但是我快要死了。 當我的心靈完全遺忘我所認知的一切後，我就會把洞口用唾液封起來，把我的心靈糊在窄小的蝸牛殼裡，讓我的屍體隨著沒有意義、沒有規律的符號世界跳舞。它會跳得非常好，我知道。 希望，我不敢想，只是想爲我的存在留下蛛絲馬跡，但如果，要是這是眞的的話，我是說，若你看得懂我寫的一切，請你務必要與我聯絡，越快越好，我賺的錢可不夠我每天都將求救訊息登在報上，務必！務必！ 寫到這裡，心裡突然亢奮起來，也許眞的會有奇蹟發生吧，本來嘛，我會到這裡就已經非常莫名其妙了，所以會有奇蹟出現我也不會意外的。

現在的一切就像是壞掉的倒錄影帶機在瘋狂的倒帶，而我也很明顯的感覺到我正在改變……變的更年輕，更幼小。
更接近消失。
我不知道會不會有人撿到這封信，撿到的人不管你有什麼瘋狂的想法，求求你一定要想辦法救我，在這世界消失以前。
現在是西元一九九九年三月二十日，而且以極快的時間不斷的在倒轉，相信再過不久，時間到一九九一年十一月十四日之時，我也會跟那隻狗一樣消失。
所……所以，拜……拜……拜託……拜託你了！
我救要定一！
要定一！
……定一！

希望吧！雖然我知道你會看到這封信，也一定對逃出這個世界的方法一籌莫展，但，要是有人可以證明我沒有瘋掉的話，或是有人可以陪伴的話，總比一個人孤獨地面對這一切要痛快得多。
要是，你是在正常的世界裡看到我這封信的話，雖然我不知道它怎麼又會穿梭時空的，但請你通知政府，請他們組派一支搜救特攻隊來救我吧！這裡一定有很大的科學研究價值跟祕密，也可以解決核廢料處理的問題（都倒來這裡吧，在這裡它搞不好可以當錢用），也許用核能或雷射可以切割出時空的破洞，也許一千個人一起集中念力也可以辦到，破洞的最佳位置也許是在交大八舍一一六室左邊第一個床鋪（我就是從那裡來的），總之一定要試試所有的方法，我的命運都靠你了。
無論如何，我現在清華大學對面的夜市裡工作，正確的位置是在正常世界裡，休閒小站的隔壁一間小吃店，我的頭髮捲捲的，平常一副死魚臉，不管同是受難者或是特攻隊，都請儘快找到我。

附件一、九把刀〈陳×寧閱讀過「恐懼炸彈」的關鍵證據〉一文

http://www.wretch.cc/blog/Giddens&article_id=7105792

「這篇小說我真的可以以我的人格發誓是自己想的，從理念、要表達的異象等全部。」

by陳×寧

這是他寫給我的第一封信裡，節錄出的一句話。

我想陳×寧的這一句話也說明了多事。

我想把事情結束在今晚，會有兩篇文。

第一篇文，我想用這個關鍵證據結束很多人的疑慮。

首先是大家都看過的，陳×寧的《算命師》跟我的《獵命師》的比對，這算是輔助性的「誠實」證據。

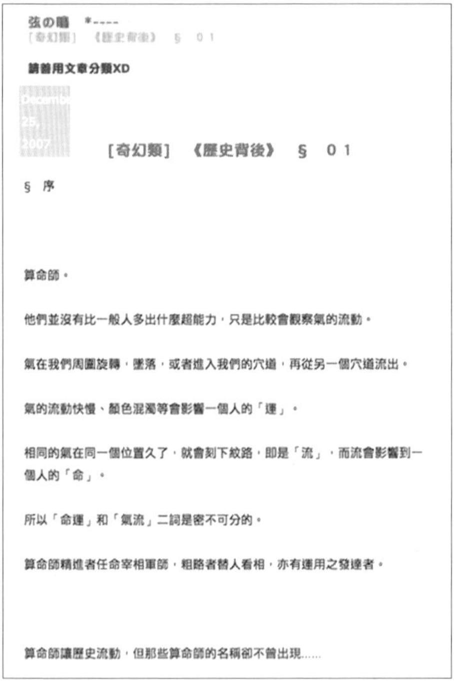

弦の鳴　*----

[奇幻類]　《歷史背後》　§　01

請善用文章分類XD

December 25, 2007

[奇幻類]　《歷史背後》　§　01

§　序

算命師。

他們並沒有比一般人多出什麼超能力，只是比較會觀察氣的流動。

氣在我們周圍旋轉，墜落，或者進入我們的穴道，再從另一個穴道流出。

氣的流動快慢、顏色混濁等會影響一個人的「運」。

相同的氣在同一個位置久了，就會刻下紋路，即是「流」，而流會影響到一個人的「命」。

所以「命運」和「氣流」二詞是密不可分的。

算命師精進者任命宰相軍師，粗略者替人看相，亦有運用之發達者。

算命師讓歷史流動，但那些算命師的名稱卻不曾出現……

以上《算命師》。

獵命師傳奇
Gidddens九把刀

每段歷史的動亂年代，都有獵命師在暗處幽幽梟動著。

或為帝王護天命，或為草莽、豪富擒獵奇命，或浴血止戈。

或為所欲為。

他們沒有共同的目標，因為他們都非常強大。

強大到彼此追逐、相互殺戮、各為其主。

但獵命師就是獵命師，他們的命運從一開始就無從選擇，他們的命運不過是歷史洪流中的幽影，不斷被遺忘的過客。

他們製造歷史，卻不被記憶。

以上《獵命師》。

而令我很失望的，是陳×寧在解釋時，完全不提曾經參考或模仿或看過《獵命師》。

陳×寧，於97 / 02 / 21 PM.05:15說：「關於算命師，你說那是抄《獵命師》……靈感是來自於泡麵一度暫的某個廣告，對於光用泡麵就能改運這點感到很新奇，所以我就開始寫了。像獵命師的原因可能是因爲也是寫『歷史』吧，可是我的目標是把整本史記改寫一次吶。」

我想陳×寧的誠實，在此顯示是有問題的。

現在把證據拉到這次爭議的焦點，《恐懼炸彈》。

陳×寧一直拒絕回答有沒有看過《恐懼炸彈》的問題，但是在我詢問新店高中教務主任這個關鍵問題時，新店高中教務主任斬釘截鐵說，她也問過，陳×寧說他看過我很多本小說，卻沒看過《恐懼炸彈》。

就著作權法上判定抄襲成立與否有兩個關鍵，其中一個，就是是否能證明有跟原創作物「接觸」的事實。

好，我們來看這裡。

這是我在《恐懼炸彈》裡，網路版本的第二十五跟第二十六回，所附錄在下方的小語，當時是恐懼炸彈的重要特色。這兩個型錄，同時也出現在恐懼炸彈的實體書裡，第一四九頁跟第一五三頁，那是〈語言〉的後續篇。

--
****
<星際百貨郵購型錄204>
編號：D666　名稱：地球
用途：不限，唯不可移民、殖民，或侵略（無意義）
得獎：年度最佳武器試爆場所認證
太陽系報評鑑最適合病菌（ex：人類）居住星球
****

--
****
<星際百貨郵購型錄203>
編號：K8297 名稱：人類
用途：誠徵中（Reply即可）
****

▲《恐懼炸彈》中附錄的小語。

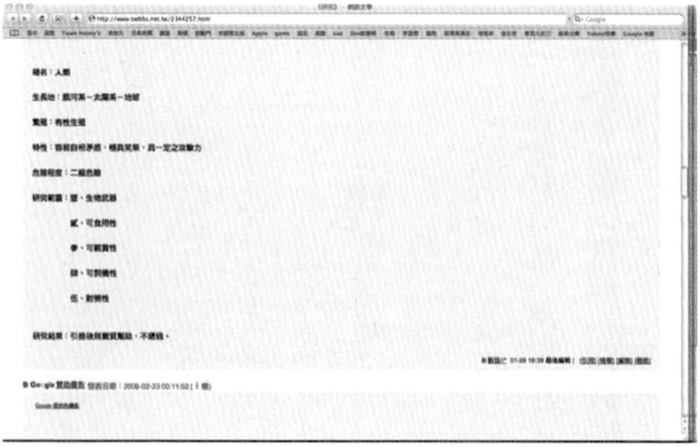

▲上圖為www.twbbs.net.tw/2344257.html〈研究〉截圖，網址已經無效，而截圖品質不佳，此處列出內容，俾便參考：

種名：人類
生長地：銀河系—太陽系—地球
繁殖：有性生殖
特性：容易自相矛盾，極具笑果，具一定之攻擊力
危險程度：二級危險
研究範圍：壹、生物武器
貳、可食用性
參、可觀賞性
賜、可飼養性
伍、耐勞性

研究結果：引進後無實質幫助，不通過。

而陳×寧，在他的網誌上有一篇叫〈研究〉的短篇小說中，最後也使用這個附錄形式，與其創意。

簡單扼要地說明了這個關鍵證據，只是要說，陳×寧，我想你的確閱讀過了《恐懼炸彈》。

這個證據是我自己找到的，因爲沒有人比我更清楚我自己寫過了什麼，兩天前我就找到了，就等你自己說，給你台階下。

在幾個小時以前，我只要你向我說「對不起我錯了」這六個字，獎盃你儘管留在書櫃裡，我不會再去跟任何人提出異議。

你成長與否我也擔當不起。

但放心，我現在什麼都不要了。畢竟那六個字對你來說，還是太困難啓齒。

晚一點，寫好另一篇文，我想從今天晚上開始，可以睡得久一點。

大家，也別替我擔心了。

以下第十屆台北文學獎涉嫌抄襲事件懶人包，歡迎轉寄：

http://blog.pixnet.net/akizukichise/post/14629793

2008.02.27

知識份子的典型

我很少去聽演講。

記憶中，或許從大學以後就沒有聽過任何人的演講，主動想去聽的演講更幾乎沒有，大部分的原因是沒有特殊動機，更多的原因可能是高中以前聽過了太多制式化的演講，重創了我的心靈。

前幾個月，小內在靜宜大學上的表演藝術課程，請到了一位大師級導演吳念真去演講，我從來沒有偷偷陪過小內上課，抱著新鮮好玩的心態去了。

豈料這場演講，內容深深打動了我。

我的記憶力並不出色，但靠著常常回憶重要畫面，以下敘述應該大致正確。

吳念眞生在九份金瓜石，那裡的人無不跟挖礦有關係，聚集了說著各式各樣腔調、混雜了許多地方方言的人，大家一起靠著礦討飯吃。當時所有人都很貧苦，某種程度也因爲大家都半斤八兩地窮，而感情很好。

村子裡，除了正在上小學的小孩子，大人幾乎都不識字，要與外地的遊子書信往返，

得靠一位先生（忘了正確的稱呼，容我叫他……師傅）幫大家讀信、寫信。村子沒有富人，這位師傅雖然也得挖礦，但因爲看得懂字、幫大家做文字溝通，因而在村子裡擁有崇高的地位。

師傅不挖礦的時候，很喜歡看雜誌。他訂閱了一大堆《文藝春秋》之類的東西，也看一些日本的武士道小說、偵探小說。除了文學，師傅的吸收新知能力超強，也很有實驗精神。

當時盤尼西林（一種很經典的消炎藥）是很稀有的藥物，如果村子裡的人受了傷，傷口發炎，得靠「自然好」，時間往往拖了很久，有時傷口還會惡化。看醫生？不都說了大家都很窮嗎，當然是看個屁。

事情總要解決，那師傅單單看了雜誌上對這種藥物的介紹，想了想，就命令村子裡的人湊錢，從外地亂買了一堆盤尼西林回來。

買回來了，亂打藥可是會出人命的，於是師傅叫自己的兒子把屁股挺起來，讓他先打一點點看看。過了許久，兒子的傷口比較不痛了，也沒什麼過敏反應，於是——

「這個藥不錯！」師傅結論。

他立刻發出消息，請每個受傷的人都輪流過去讓他打一針。

聽起來很恐怖喔！

但在當時，師傅可是什麼都可以搞定的萬事通，大家都仰仗他。

村子裡的大老粗請師傅寫信時，常嚷著：「師仔！你就跟他說，幹你娘咧你這個夭壽孩子出去工作都這麼久了，半毛錢都沒有寄回家，啊再不寄錢回來，兩個弟弟就沒辦法去上學啦！實在有夠不孝！是要把我活活氣死！」

師傅點點頭，一邊寫著一邊複述：「吾兒，外出工作，辛苦了，但家裡經濟拮据你也很清楚，如果你領了薪水，別忘了家中還有兩個弟弟要唸書，寄點錢回家吧。你離鄉背井，還請多多照顧自己。父字。」抬起頭，問：「是不是這樣？」

「是是是！就是這個意思啦！」大老粗眉開眼笑，也許臉還紅了。

大抵如此。

有一天，素有威嚴的師傅叫村子裡所有的小孩在廟口集合，要大家乖乖坐好，寫一篇「請外婆到九份吃拜拜」的邀請信，他要檢查。小孩子哪敢反抗，全都開始寫。

寫完了，師傅一個一個看了。第二天，師傅把正在玩的吳念眞叫了過去。

師傅說，他不是眞的要大家寫信邀請外婆，而是想看看這些小孩子裡誰的文筆最好。那人就是吳念眞。

「有一天師傅會老，會死掉，那一天到的時候，就由你幫村子裡的人讀信、寫信，知不知道？」師傅嚴肅地看著吳念眞。

我想當時吳念眞一定很迷惘、卻也很驕傲吧。

後來師傅開始教導吳念眞寫信的基本禮儀、常用語法等等，也讓吳念眞試著替村人讀信（將文謅謅的字眼，用大家都能理解的用語說清楚）、替村人寫信（也發生了不少趣事）。村子裡的人甚至湊了一筆錢，買了一支鋼筆送給吳念眞，意義自然是要吳念眞好好地繼承這份神聖的責任。

有一天，吳念眞的鄰居家收到了一封信。

事情是這樣的。

那位鄰居大嬸的女兒，爲了貼補家用，跟很多村子裡的女孩一樣，國小畢業後就去都市裡當工廠女工，過了幾年，再去茶室或酒家上班賺取更多的錢。在當時雖然很多人都是這樣，卻仍是逼不得已。

那個孝順的女兒，某天帶了一個在茶室認識的男人回家，說要結婚。

女兒認識了不嫌棄她工作與出身的男人，應該替她高興，但大嬸還是難過地說，媽媽知道妳辛苦，但家裡眞的需要妳這份薪水，妳能不能再多辛苦兩年？兩年過後，再結婚好不好？

女兒大哭一場後，回到都市後與男人分手，繼續在茶室裡陪客。

過了兩年，女兒又帶了一個彬彬有禮的男人回家，喜孜孜地說要結婚。

不料，那位大嬸還是難過地說了同樣的話，諸如弟弟妹妹們都還在唸書，還是需要她那份薪水，希望她女兒可以再辛苦兩年……

這兩年都活在希望裡的女兒痛苦異常，在大哭中答應了她的母親。與那位深愛她的男人回到都市後，提出了分手。

過了很多天，鄰居大嬸收到了一封來自那男人的信。

師傅去挖礦了，於是換吳念眞出馬。

吳念眞說，他忘了那封信精確說了什麼，有些艱澀的用字他也看不是很懂，但他清晰地記得六個字，叫「虎毒尚不食子」。當他將這六個字原原本本唸了出來時，那位大嬸發瘋地跑去撞牆，淒厲地哭喊她也不願意這樣啊、實在是生活所逼之類的話。

吳念眞的媽媽跟一些圍觀的三姑六婆都傻眼了，奮力阻止大嬸撞牆自殺後，趕緊說，吳念眞應該是唸錯了意思，要大嬸等到正港的師傅出馬讀信再說。

眾人眼巴巴盼著師傅從礦坑回來，立刻把信奉上，師傅有條不紊地唸了起來：「我很喜歡妳的女兒，雖然現在因爲種種現實原因無法在一起，眞的非常遺憾，貧窮不是妳願意的，我也能體諒妳的處境，如果將來還有緣份，希望還是能跟妳的女兒在一起。」

念完了，完全傻眼的吳念眞被他爸毒打了一頓，罪名是亂讀信。

有好幾天，屁股爛掉的吳念眞正眼都不看師傅一眼，遠遠看見就避開。

直到被師傅叫住，拉到一旁。

師傅說，你讀的內容沒有錯，但那樣讀只會白白傷了大嬸的心。既然兩人都已經分手了，是既定事實了，不如把內容圓一下——最後只要把「意思傳達出來就好了」。

（其實，我必須吐槽，那意思一點都不對）。

當時年紀還小的吳念眞雖然不是很懂，但還是勉強領受了。

幾天後，礦坑塌陷。

師傅走了。

吳念眞哭得不能自己。

他說，他這輩子就看過這麼一個眞正的「知識份子」。

師傅讓吳念眞知道，所謂眞正的知識份子，是把自己的知識貢獻給知識比他低的人，而不是反過來利用知識，去掠奪知識比他不足的人。

他的一生中，就只有當年亂打盤尼西林的師傅符合這樣的標準。

我想，這就是一顆柔軟的心吧。

當然這是吳念眞心中的知識份子典型。

現在的社會裡，卻充滿了無數利用自己的知識，去掠奪知識比他們低的「知識份子」。他們可能是用盡種種說詞說服你總統沒貪污（或只要愛台灣就是好總統）的名嘴，同樣也是語氣沉重地告訴你擁有全世界最鉅額的黨產單純是歷史產物而非貪婪。連小孩子都開始使用政治的語言，模稜兩可一句話就可以說清楚的事實。

有一次我在車上聽廣播，主持人仔細向聽眾介紹了一本關於種族大屠殺的書，好像叫「爲什麼不殺光」之類的，探討歷史上種種著名的種族大屠殺背後的政治、歷史的原因。主持人是個非常有名的知識份子，跟特別來賓聊起大屠殺來語氣悲天憫人，說法鞭辟入裡。我聽得很入迷。

節目最後十分鐘，主持人開始用很憂鬱的聲音說，這本書提出的最重要論點就是，儘管有許多背景因素，但種族大屠殺之所以會「確實地發生」，都是由獨裁者所發動的命令，所以主持人開始擔心，如果陳水扁總統眞的宣布戒嚴、做出屠殺外省人的命令，怎麼辦？台灣應該怎麼預防這樣的種族大屠殺？

我超傻眼的。

陳水扁是個令所有人失望的總統，但下令種族大屠殺？我有沒有聽錯？現在台灣的空

氣，有可能有任何一絲一毫的機會，讓陳水扁搞出一個種族大屠殺嗎？

仔細回想，整個廣播節目裡沒有一分鐘提到二二八事件。

當然，不見得非提二二八不可，因爲寫書的是外國人。但如果知識淵博的主持人想把書中的東西拉到我們周遭熟悉的時空做個連結，怎麼不提一個確實發生過的大屠殺事件？（在這裡不討論最高指示者是誰，免得瞎吵起來）而要去提一個壓根就不可能讓他惡搞出一個大屠殺的陳水扁？（陳水扁：我躺著也中槍！）

除了偏頗的惡意，我想不出別的理由。

現在的知識份子，非常熟稔滔滔不絕一套非常精緻的論述，這套論述不只乍聽之下是對的，更可怕的是，有些連深思之後也會覺得是對的。但這套論述的使用性，往往是跟這些知識份子「想要達到的目的」密切相關。

而這個目的，往往都是有利於知識份子的。

不懂？你打開電視，只要看那些刻意忽略關鍵事實的名嘴，如何營造出公正客觀的大無畏說詞，去進行實際上異常偏頗的指責，就知道我在說什麼了。

這一陣子看了很多關於第十屆台北文學獎涉嫌抄襲的討論，仔細觀察的話，你會知道這同時是一場文化菁英的論述戰爭。

這中間有一個說起來有趣、實則非常可怕的「特色」，就是「誰的立場越客觀、越超

然，就越接近公正」。這樣的「客觀論述」其實正是知識份子最常玩耍的說服把戲。

我引述蓋亞編輯（是的，她就是跟事件有利害關係的我的直屬編輯，但我不會因爲她跟我有利害相關，就故意不引述她的話保持表面上的客觀）在她部落格裡說的話：

> 多少回應事件的文章看下來，有多少人不敢坦白自己的立場，講得大公無私，其實是偷渡了個人喜惡、價值觀，甚至利益關係、仇怨情結（所以我說，苦主的仇家也眞不少啊），就說些「以大欺小」之類的狗屁話語。錯的就是錯的，偷的就是偷的，並不因爲你偷的是富人就不叫偷，並不因爲偷你的是未成年人就非要原諒他不可。

（全文見 http://blog.pixnet.net/yujushen/post/14728218）

這些知識份子會搬出法律條文告訴你逐句相同才叫抄襲，於是這個不叫。他對你提出的道德質疑不會給予理會，只會叫你尋法律途徑解決對大家都公平。

這些知識份子會搬出卡夫卡的《蛻變》，告訴你《恐懼炸彈》跟它很像、所以大家都是向卡夫卡致敬而沒有誰是原創的問題——就是賭你不會眞得跑去看一下卡夫卡的《蛻變》。

評審跟主辦單位會一直強調創意的模仿不是抄襲（這完全不是我的重點），但他永遠不會告訴你兩者之間是否存在著劇情架構的起承轉合、敘述手法、呈現創意的形式是不是同樣存在著高度的模仿。

不是裝作立場超然，講出來的話就比較擲地有聲。

所謂的公正，更不是兩邊都講一句好話，然後各損一句批評，接著各給雙方一句行爲指導跟語氣和善的建議，才叫公正。

那算什麼狗屎公正？

如果你心知肚明什麼是對的、什麼是錯的，就不是這種假惺惺的公正法。

很多人會連珠砲說出一串他們之所以不喜歡陳水扁的原因，但說穿了，他們就只是不喜歡陳水扁罷了，陳水扁做什麼都惹你厭。個人情感上的喜好導致很多後天才生出來的「說法」。同理，對很多嚷著要馬英九跑去ＡＩＴ申請綠卡失效證明的人來說，如果馬英九眞的沒有綠卡，他們也不會服輸地蓋馬英九一票。

很多事，個人喜好就是事實。

這裡有很多人挺我，也許是出自大家喜歡我。

新店高中挺新店高中，好像也不需要眞正的理由。

都這麼單純直接的話，雖然也有點可悲（大家挺來挺去就好了），但至少有點直截了當的可愛。

比起來，我最厭惡的還是假惺惺地捅人一刀的假超然、假客觀。

今天，就算發生的事件不屬於法律上定義的抄襲（非常嚴苛），最低程度也是不道德的改寫、不具原創性的改寫、過度模仿原創故事架構的衍生再創作。是的，罪名可以隨你高

興、斤斤計較的定義而改變，但事件的本質呢？

論述能力強的人，藉著說法的超然客觀隱藏住他們的惡意，去掠奪你對許多事物的自我判斷能力。他越是表現得客觀，面面俱到，你點的頭就越多。

請問，正義有可能是面面俱到的嗎？

正義，註定是要有人承受痛苦的。

——所以我們也強調寬容。這份寬容，就是吳念真心中的知識份子典型了。

有時候，你要說公正是一種心證，也對。

假設我們明明知道一個人殺了人，證據卻呈現不足，只好把他當庭釋放。

是，你會說這就是法律的可貴。

但心知肚明發生了什麼事的你即使不說出口，看待這個人的眼神也會改變。

法律畢竟不是良心，遠遠不是。而是一種「處理方式」。

知識份子永遠不缺高超的處理方式，缺的都是良心。

當你知道什麼是對的時候，不顧社會觀感的壓力，勇敢地捍衛它，這是另一種我很憧憬的知識份子典型。老實說現在的我根本辦不到。

我只是有限度地去追尋屬於我的正義。我心知肚明不是每個人都相信我說的話。我也會

氣餒。我也在意別人對我的誤解。我也會用「我被傷害了」這麼娘砲的字眼。

強獸人朱學恒跟我不一樣。

只見過兩次面的他，在這件事上的出手完全震懾住了我。

他就是這一類型的知識份子。朱學恒很有力量，也相信自己做的事是對的。

有個網友說：「朱大一向樂於被捲進各種事件中，以發表自己的眞知宅見。」很大程度說明了朱學恒在正義上的霸氣。還是該說他臉皮厚。

朱學恒在網路上舉辦的「道德投票」

http://blogs.myoops.org/lucifer.php/2008/02/24/vote 空前地極具爭議性，讓他飽受冷言冷語的挑戰，但他一副鐵錚錚的無動於衷，卻也帶給我很大的啓發。

是啊，爲什麼不相信每個人都有眞知灼見的判斷力呢？爲什麼這麼簡單的道德議題，這個世界上就只有五個人可以決定呢（而且還不願意決定兩次）？

朱學恒說：「我相信群眾智慧，我相信『維基百科』雖然不正確，但會持續往正確邁進。也許《大英百科》的編輯說它是公共廁所，但我相信它是一個使用者會自行打掃的公共廁所。我不相信權威，除非我檢證過他的話，因而認同他的理念。但他下一次說話的時候，我還會重新檢證一次。」

——有人可以把這段話再說一次，然後說得更好的嗎？（欸……那個陳同學要不要試試

看）

除了靠夭，我從未花時間說服過朱學恒相信我，因爲我知道他只要看了兩篇文章就知道這之間發生了什麼事。也許朱學恒不完全認同我對這件事的處理方法、甚至反對我表露出的情感，但只要他了解事情的本質，他身爲另一種「我憧憬卻辦不到」的知識份子典型的特質就會引爆他的摩門特。

我當然很樂意朱學恒在這個議題上的發聲，他媽的樂意之至，完全就是一種快樂——就當我害他也可以。

最後，我當然也是個知識份子，我的寫作也當然有著很堅定的目的性。

是的，我的文章除了陳述我的想法外，當然也希望可以說服看文章的每個人。

但我就是賭你們感受得到：「靠！這個傢伙是認眞的！」

就跟我的人生一樣。

不管我的寫作還是人生，這些積極的目的性經常被檢驗，我在部落格裡大怒拍桌，立刻就會有人贓我一頂鼓吹集體暴力的帽子，我說一句我害怕「長江七號」太注重特效，立刻就有人發飆請我注意我的影響力（靠，擔心一下是會死喔！我承認最後看了狂哭，這樣有沒有統統抵回來了！）。很多人誤以爲我是慈眉善目的李家同，但醒醒！我是個會在海邊脫褲子玩海參的九把刀！

我說的話，我的論述，你們也得想一想。

要培養自己的觀點，要培養自己的正義感，要擁有自己的價值，不要輕易屈服在任何一個知識份子的論述底下，不要學會油腔滑調沒睪丸的假客觀。有時不屬於理性的情緒很重要，因爲它直接告訴了你很多事實，有時它叫良心，有時它叫心虛。

爸照的。被雞巴後，大家陪我去安太歲

年輕的各位，你們也都是知識份子，在某個不遠的未來，你們在各方面充實了自己，豐富了提出論述、提出觀點的能力，也即將擁有影響力。

你們說的話、做的事會他媽的影響另一個人的人生。

但這些都比不上知識份子的良心。

當你有天在面對錯誤時，能立即擁有道歉的勇氣，恭喜你——

你已成爲我心中典型的知識份子！

2003.03.03

算……不，獵命師傳奇「海底雙棺特別篇」

人類步步逼近，血族的命運維繫在被封印的七個人身上。

風雲變色，最厲害的神祕兩棺即將在海底打開。

「我絕對，不想看見這一天。」船長閉上眼睛。

小棺爆碎，粉塵瀰漫了整個海底密穴。

大鳳爪，號稱血族裡指力最強的男人，即使如此，遇見了他還是遠遠不及。

「終於出來了。」船長握緊拳頭。

一個皮膚焦黑、染著鬈曲金髮的男人從粉塵中昂然走出。

赤裸裸，絕對不假辭色、毫無妥協餘地地……

「他勃起了。」船員瞪大眼睛。

「果然不愧是……」另一個船員呆呆地張大嘴巴。

那一瞬間，不知道怎麼被接近地，那赤裸的男人伸出一根手指彈了一下船長胸前的鈕扣，若有似無的指力立刻穿透了卡其軍服纖維，奔放進了乳頭。

聳立！

恍惚間，船長的褲子立刻濕成了一片。

眞正擁有史上最強手指的男人——

「加藤鷹。」

那男人露出一口潔白的高級牙齒，說：「連上帝都逃不過我手指上的高潮。」

太厲害了。

海底的雙棺之一，加藤鷹老師一出手，立刻就帶給了故事超級大高潮！

只是正當大家忙著高潮的時候，足球場大小的超級巨棺也暴動了！

「不行！留在這裡一定會死！」

船長用力捶著自己的睪丸，痛苦大叫：「快撤退！緊急撤退！」

語畢，所有人都慌亂地捶著睪丸阻止進一步的高潮，拚命地衝向潛水艇。

但來不及了。

巨大的石棺被一陣海嘯般的音波給震開。

「太疏忽了！」船長虎目含淚：「現在我們都得死在這裡了。」

「船長，那究竟是什麼啊！」一個船員看著站在巨棺裡的龐然黑影。

「是酷斯拉嗎！」另一個船員駭然。

不，不是。

黑影帶著巨大的、耀眼的橘。

酷斯拉可遠遠不是橘色。

「是無敵鐵金剛嗎！」又一個船員跌坐在地上！

不，不是。

那黑影的腳底，是一團深藍的，看似怪獸級鞋子的事物。

無敵鐵金剛，不穿鞋子。

「咚咚。」

那龐大的黑影拿著一根巨大的……麥克風？

他用手指不斷敲著麥克風，咚咚，咚咚。

船長大吃一驚，立刻摀住耳朵，但已毫無助益。

那橘色的龐然大物慢慢走出石棺，拿著麥克風大叫……

「我是胖虎……我是孩子王！」那巨人扯開喉嚨。

原來，是巨大化的劣質胖虎！

「不，是技安！雖然巨大化了，但技安就是技安！」

船長在亂七八糟的噪音堆中跪下來了，七孔流血。

「不管是技安還是胖虎……人類……人類這次註定要毀滅了！」

一個船員倒地，口吐白沫。

很快地。

加藤鷹老師就會出現在東京街頭，用他神乎其技的妙指摧毀聶老的尊嚴。

很快地。

巨大的技安將會橫行在太平洋上，一路演唱到、北京、紐約、倫敦，用世界巡迴演唱的攻勢摧毀人類數千年來辛苦建立的文明。

《獵命師14》，敬請期待！

精彩預告——

「什麼！這世上竟然有這種武功！」

聶老滿身大汗，拚命地想逃離加藤鷹的摳摳。

夾緊！夾緊！

「你一直對我放電，只會讓我更興奮而已！」

加藤鷹在沸騰的電氣中紳士般獰笑，舔著手指上的白色污垢。

p.s.：二〇〇九新加，全都是亂寫！

2008.03.06

朱學恒的網站開票了。關於群眾vs「專家」

詳情請見 http://blogs.myoops.org/lucifer.php/2008/03/04/vote2#feedbacks

強獸人朱學恒的關鍵句就不多說了，靠，我直接把他剪下來——

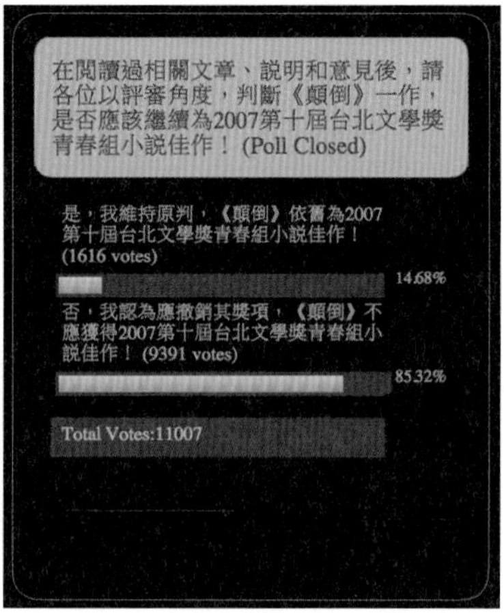
在閱讀過相關文章、說明和意見後，請各位以評審角度，判斷《顛倒》一作，是否應該繼續為2007第十屆台北文學獎青春組小說佳作！ (Poll Closed)
是，我維持原判，《顛倒》依舊為2007第十屆台北文學獎青春組小說佳作！ (1616 votes)
14.68%
否，我認為應撤銷其獎項，《顛倒》不應獲得2007第十屆台北文學獎青春組小說佳作！ (9391 votes)
85.32%
Total Votes:11007

這是一○八九四個意見，1181篇討論，對抗五個沉默的評審，對抗一個只願「到此爲止」的主辦單位。

或許這次五個人的意見、第十屆台北文學獎的結果無法被撼動，沉默的五個人可以抵抗踴躍努力的一萬個看法。

但我們並沒有失敗，不會永遠是這樣的。

我們立下了一個範例，讓未來的作者、評審、文學獎的主辦單位都知道，這樣的爭議，可以有一萬人願意表達意見，可以有九二八二個意見不同意這樣的作品可

以得獎，就算你把獎頒了，作者獎領了，網路也不會忘記這個獎項有9282個意見是不認同，是反對的。

未來的作者，在寫出類似狀況的作品參加文學獎前，他們看到這次第十屆台北文學獎的結果，會停下來多想一想。

未來的評審，在給予狀況類似的作品評審和獎項前，他們看到這次第十屆台北文學獎的結果，會停下來多想一想。

未來的主辦單位，在決定頒獎，在決定「到此爲止」之前，他們看到這次第十屆台北文學獎的結果，會停下來多想一想。

一一八一篇討論和眾多的其他部落格作者的文章中，我看到結構主義，看到文本分析，我看到網路調查的抽絲剝繭，看到對正義的思考、對民主和民粹的挑戰。如果看到這樣百花齊放的討論，你還能認爲群眾是無知的，這是群眾暴力，那你的看法，也不過就反映了你對自己能力的想法而已。

但即使你認爲身爲群眾一份子的你是無知的，是沒有智慧的，但我還是相信你跟這些專家有同樣的資格對這件事情做出評論，表達意見，決定對錯。

如果這樣，你還是決定要讓專家宰制你的看法，讓沈默的5個專家勝過一〇八九四個意見，一一八一篇討論和眾多的部落格文章……那是你家的事。

但那不是我要的世界，也不是我想要生活的未來。

我要往前走，你可以選擇留下來。

Lucifer

即使事件落幕了，但這次的網路投票可能遠比第十屆台北文學模仿大賽事件，更有意義。

現在沒有人在跟陳×寧要任何東西，諸如正義或獎盃或道歉或說明（包括我，我的幼稚也有個極限），有建設性的重點在於評審專業、社會道德、集體智慧與集體暴力的討論上。

「小孩有狀況，大人要負責」這幾個字依舊是最佳關鍵句，我認爲這個集結上萬人的網路投票的選項之所以在道德上成立，在於：

1.選項裡沒有抄襲的尖銳字眼，而是「應不應該」得獎。

2.專家無法、不願給予大眾詳細的解釋與說明（沒有第二次評審會議，理由是專家心情欠佳不想赴會）

3.集體討論已經確實發生。

現代許多社會學家不斷探討合法性的危機，也就是專家系統的不被信賴的危機，必須適

時替之以理性的公開討論與辯論，以達到監督政策的目的。

過度信任專家，等於完全放棄自己有理性判斷的可能性，各國法院的陪審團制度也可以統統廢了。

何況文學不是科學，不是一個複雜的科學公式請社會大眾投票看看是否運算成立，也不是一個關於宇宙起源的物理理論要大家投票看看合不合理，而是文學。

區區一篇四千字的文章，跟一篇區區一萬六千字的文章。

甚至所有人都可以說這不是法律上所嚴格定義的抄襲，而是同人誌、而是模仿、而是改寫、而是臨摹，但事件的本質就是大剌剌擺在那邊，可以讓所有人在一個小時內閱讀完兩篇小說，了解這之間發生了什麼事。

是的，你可以拒絕看〈比對文〉，所以你可以直接看兩篇小說進行判斷——這樣的得獎小說是否有「適合得獎」。

是的，你可以拒絕看一大堆的討論串避開偏見的產生，所以你可以直接看兩篇小說進行判斷——這樣的得獎小說是否「適合得獎」。

是的，你可以拒絕發表哪一篇小說寫得比較好這樣的優勝評估，所以你可以直接看兩篇

小說進行判斷——這樣的得獎小說是否「適合得獎」。

數百篇的網友討論構成的龐大、天花亂墜、惡意攻訐、理性伸張、聲嘶力竭的言論空間，你要把這些討論看成是多數暴力，我只能表示遺憾。

即使要信任專家，專家也不該侷限在這五個評審。

制度是制度，專家是專家。

獎是獎，獎格是獎格。

我的信箱裡有十幾個不願意公開表態的作家，寫信表達他們的想法，歸納起來都是告訴我幾件事：

1.從一開始，你就應該把事件交給經紀公司或出版社處理，而不是自己來。

2.我們也有被抄襲的經驗，但我們都選擇吃悶虧。

3.我們覺得那篇文章很有道德問題，不應該得獎。

4.很遺憾我們只能私下寫這樣的信給你。

老實說你們不公開寫這些，我覺得頗點點，但你們願意私下給我這些想法，我也很感動了。

有些事只有同樣在創作（注意，是創作）的人才能深入理解的，長期我無償授權自己的作品被所有人改寫、改作、衍生（都已經白紙黑字印出來給你看），要的也不多，不過就是

創用CC授權標章的相關說明，請見http://creativecommons.org/licenses/by-nc-sa/2.5/tw/

標示來源、非商業性，並允許後繼者繼續改作而已，有很超過嗎？

另外，我覺得這些網友在朱學恒那邊寫的關鍵句寫得很有意思：

Mr. Monkey：

這不表示讓大多數人表達意見就是群眾暴力。群眾當然有，但問題在於有沒有暴力。

ADAM：

請這些人舉證到底朱大能怎樣讓人對他產生崇拜的心理、而甘願放棄自己理性思考跟判斷能力，爲什麼總有人覺得自己可以明辨事理，卻否定別人也有自行判斷的能力？一口咬定群眾就是一定是盲從的，就是有人帶領的？

有人說，我經常談論正義，非常地幼稚。

是的，我就是如此地幼稚。

——眞抱歉因此刺傷了你們的眼睛喔！

用人氣，幫助地球運轉得更好

2008.03.09

前兩個禮拜，我去清大爲梅竹賽演講（對不起，交大贏了科科科……）。

演講結束後，我照例在台上跟大家簽名合照，然後回答一些奇奇怪怪的問題。

這些問題通常包括《蟬堡》什麼時候會集結出書（還早！還早！）、《飛行》什麼時候繼續寫（……）、《獵命師十四》什麼時候出（還沒寫要怎麼出！）、都市恐怖病系列什麼時候繼續寫（很可能要等《獵命師傳奇》寫完才會繼續寫，因爲我沒有那個屁股可以一口氣下兩個蛋）、請問刀大你爲什麼會這麼帥啊（小內規定的）、請問你可以給我你的ＭＳＮ嗎（以前有用，現在追到小內了所以沒在用了）、請問刀大你怎麼有辦法那麼帥啊（靠，同樣的問題不要一直問我，反正我就是帥得很超級！）。

其中有個在朋友陪伴下的女孩，在台下問了我一個問題。

「刀大，可以問你一個可能不禮貌的問題嗎？」她鼓起勇氣。

「嗯啊！」我拿著礦泉水蹲在台上，看著台下的她。

「你曾經在報紙上寫過一篇〈同情的邊界〉，你還記得嗎？」

「就是看完血鑽石之後寫的，嗯啊。」

「你寫完那篇文章之後，有爲非洲……做了什麼事嗎？」

那一瞬間，我肯定是愣住了。

這個女孩不是質問我，因爲她的語氣跟眼神，透露的是期待。

「我每個月固定會捐九千塊錢給富邦文教基金會，就是幫助貧窮的小孩子可以去上學的那個東西，大概持續了一年多吧。」我看著她，笑笑地說。

「喔……」那女孩顯得有點失望。

我彷彿被擊沉。

「我覺得從身邊可以看見的狀況開始幫忙，比較有意義。」我努力地笑。

「嗯，謝謝。」女孩好像有笑，又好像沒有。

我答得太快了。

應該說，我亂七八糟回答，雖然是眞的做了好事，但那女孩鼓起勇氣問的問題我用這件善事當作答案，掩飾的層面大得多。

掩飾什麼？

掩飾我說到沒做到的低等實踐力。

說穿了，我想用「我有在做好事」去掩飾「我沒有回應到當初寫下這篇文章的我自

己」。但我的確在寫完〈同情的邊界〉時袖手旁觀了。

回顧我在看完電影「血鑽石」後，寫下了那篇文章〈同情的邊界〉（後來收錄在《慢慢來，比較快》那本書裡）。由於是我自己寫的沒有版權問題，所以我就管你的引述整篇文章在下：

三少四壯40，同情的邊界（完整版）

前一陣子看了網路上的簡短影評，加上IMDB的高分確認，帶小內去看李奧納多的「血鑽石」，暗中希望小內從此對鑽石產生心理排斥。

電影很好看。內容大概是，非洲國家爲了鑽石的開採權不斷發生血腥內戰、動輒屠殺千人萬人，而背後的元凶之一，就是爲了獲得低價鑽石供應的西方知名廠商，而希望花三個月薪水買一顆鑽石求婚的諸位，同樣是慘劇幕後的共犯。

有幾句台詞精準地傳達了電影的意念：「發現鑽石的地方，就會發生災難。」、「告訴那個白人，我們已經夠慘了，拜託不要在這裡發現石油。」、「人們不會去買鑽石——如果他們知道付出的代價。」

電影中，曾經在Discovery頻道裡聽到的熟悉的非洲鼓聲，消失了，取而代之的，是答答答響的機關槍與呼嘯炮擊。偌大的螢幕裡堆了成山的屍體，蒼蠅停在蒙著白膜的眼球上，倉皇，是非洲最醒目的語言。

鑽石不再是閃閃發光的奢侈品，而是購買子彈屠殺同胞用的原始本錢。

在影片結束後，字幕呼籲觀眾在購買鑽石時務必注意產地，不要讓自己成爲衝突鑽石（conflict diamonds）的消費者，無心贊助了另一場遠在世界角落的戰爭。呼籲結束，工作人員的字幕例行公事般爬上大螢幕。

藉著以悲情爲素材的好萊塢電影，我突然有種，想要爲非洲做一點什麼的情懷。也許參加飢餓三十，也許捐錢到世界展望會，也許在blog上整理出一些關於衝突鑽石的連結給讀者網友看，什麼都好，就是該做些什麼，才不會辜負我看完這部電影的鬱悶。

走出電影院，牽著小內的手，晚風格外清爽。

「這樣，妳還會想買鑽石嗎？」

「我從來就沒說過我想啊。」

「那就是不想囉？」

「不想了。」

我吻了小內，開玩笑地說我的計謀成功，但心中不免悶悶。

也許不過是一部兩個小時的電影，有多少人會感傷超過走出電影院的兩個小時？電影裡，可憐的黑人難民問女記者：「這個新聞會讓全世界的人看見我們國家的問題，而來支援我們吧？」女記者回答：「你知道嗎？這個新聞可能只會出現十五秒，在體育新聞和氣象播

報的中間。」

眞希望這僅僅是嘲諷用的台詞，偏偏眞實到讓人沒有感覺。

我想起了另一部關於非洲黑暗面的電影，「盧安達飯店」。

膾炙人口的影評建立在無數同情的淚水上。內容同樣直指非洲某國循環不絕的內戰，大意是，爲了防止對手將來的反撲，發動戰爭意味著清絕對方種族的大屠殺；男主角身爲非洲某大飯店的黑人經理，他的血統是屠殺者的種族，他的妻子卻是必須被屠殺者的弱勢種族，無須糾葛，本著天性的良善與同理心，他開始在飯店收容大禍臨頭的弱勢族群。情勢緊迫，飯店外到處都是瘋狂的軍隊，隨時都會衝進、見人就殺，唯一能救他們的，是國際社會以人道和平爲名的介入。

但聯合國，幾乎對正在發生的種族大屠殺漠然不視。

裡面有一段對白堪稱經典。

飯店經理要所有黑人員工打電話給他們曾經服務過的白人雇主，他激動說明：「你們用懇切、從此再也不會再見面的語氣向他們道別，謝謝他們以前的照顧，然後沉默掛上電話——這就是我們活下去唯一的方法。」

果然，那些早已遠在西方國度喝下午茶的白人雇主們，因爲抵抗不了這種生死離別的告白，紛紛致電向聯合國等權力機構施壓，要他們無論如何都得派足夠的維和部隊到飯店，保

護他們的僕人抵達難民營。

與其說是正義感，不如說，是權力者的同情心讓營救行動付之實踐。

我想起了我到底在哭完「盧安達飯店」後，爲那片黑色的土地做了些什麼？

沒有。

了解這個世界的陰暗面，了解某些人的痛苦困頓，如果僅僅只是了解，那麼了解究竟有什麼樣的意義？

我們對這個世界上眞實存在的人性災難有所接觸，必定不同於牛頓三大運動定律、亞弗加厥假說、或安培右手定則那樣的知識性了解。

當我們發生了慘事，總是希望別人知道了能夠感同身受，一手捧淚，另一手毫無猶豫拉住我們。但事情的眞相往往是，能夠對我們伸出援手的「其他人」永遠都保持一份「身爲其他人」的距離。

常常我們得承認，自己就是一個內心火熱，但行動冷漠的人。

這份冷漠將我們劃界在麻煩之外，只是偶爾用模糊的淚水凝視麻煩裡的人。

引述德國基督教信義會牧師Martin Niemoeller的詩：

當納粹對付共產黨，我不發一言；因爲我不是共產黨員。

當他們對付社會民主黨，我不發一語；因爲我不是社會民主黨員。

當他們對付工會，我沒有抗議；因爲我不是工會會員。
當他們對付猶太人，我沒有反對；因爲我不是猶太人。
當他們對付我，已無人能爲我仗義執言。

回想起來，我那種回答眞的有點低級。

老實說我從來不覺得自己是誰的榜樣，或必須做誰的榜樣，會這樣想也未免太假了。但我最低限度都想爲自己說的話，擔當點什麼，特別是像這樣的文章，如果我自己都辦不到——乾脆不要寫。

那麼，我們再來看看，這是二〇〇七年十一月七號，我在blog上寫的文章。

http://www.wretch.cc/blog/Giddens&article_id=7084137

經過半年，這個「參見，九把刀」的部落格的人氣，已經從每個月可以偷取廣告商約莫三千五百塊，到了每個月偷取五千多塊錢的程度。

累積到現在，二〇〇八年的三月，這個部落格基金已經有三萬多元。

這都多虧了大家捐獻的人氣，所以我就稱這筆錢爲「部落格人氣基金」吧。

現在已經離開地球表面的企業家溫世仁，有一句話說得很好：「捐錢是最不負責的行善。」

2008/02/29	$100.54	$0	$0	$100.54
2008/02/28	$263.19	$1.63	$0	$264.82
2008/02/27	$239.88	$0.99	$0	$240.87
2008/02/26	$155.71	$5.38	$0	$161.09
2008/02/25	$279.67	$0.00	$0	$279.67
2008/02/24	$281.14	$0	$0	$281.14
2008/02/23	$286.55	$0.00	$0	$286.55
2008/02/22	$254.5	$0	$0	$254.5
2008/02/21	$163.48	$0.00	$0	$163.48
2008/02/20	$244.1	$0.58	$0	$244.68
2008/02/19	$71.85	$1.28	$0	$73.13
2008/02/18	$88.68	$0	$0	$88.68
2008/02/17	$184.06	$0.22	$0	$184.28
2008/02/16	$183.93	$0	$0	$183.93
2008/02/15	$121.39	$0	$0	$121.39
2008/02/14	$144.97	$3.41	$0	$148.38
2008/02/13	$116.81	$0	$0	$116.81
2008/02/12	$100.67	$0.7	$0	$101.37
2008/02/11	$99.24	$2.72	$0	$101.96
2008/02/10	$210.62	$0	$0	$210.62
2008/02/09	$220.92	$1.84	$0	$222.76
2008/02/08	$185.32	$0.00	$0	$185.32
2008/02/07	$140.3	$0.54	$0	$140.84
2008/02/06	$153.94	$0	$0	$153.94
2008/02/05	$144.91	$2.94	$0	$147.85
2008/02/04	$188.79	$2.33	$0	$191.12
2008/02/03	$152.85	$16.45	$0	$169.3
2008/02/02	$158.78	$0.87	$0	$159.65
2008/02/01	$93.34	$0.00	$0	$93.34
	NT$5,030.13	NT$41.88	NT$0	NT$5,072.01

也就是說，光只是捐錢，卻沒有監督這些錢是如何被妥善使用、讓每一筆捐獻都可以達到最好的助人效益，是不負責任的作法。

引述這段話絕對不是否定捐錢的行爲，而是啓動另一種關於捐獻助人的思考。行善有很多種方式，請流浪狗吃一個便利商店大肉包、跟幫正妹修電腦都算是。

然而坦白說我並沒有時間與心力去監督什麼，所以我的作法還是很一般，就是將「人氣錢」交給有良好用錢傳統的「專家」去使用。也希望在這個部落格發起「用人氣，幫助地球運轉得更好」的作法，可以影響到其他人氣很猛的部落客——爲善讓人知，如果可以擴大一百倍的行善，只有更酷吧。

一向，Bloggerads這個廣告商系統也有詢問公益方面的捐獻，如果你認同這次的受捐獻主，就可以設定把錢捐給某慈善團體。但我其實都有捐款上的偏好，例如幫助流浪狗、幫助小孩上學之類的團體，所以之前雖有想法，卻都只是將部落格人氣基金備著。

部落格人氣基金要怎麼運作，想必大家也看出來了。

下個禮拜，我將把這筆「人氣」捐給世界展望會，資助兒童網站。協助那些需要「其他人」幫助的「其他人」。一切都會有意義的。

我知道大家都不怎麼有錢，平常有點錢也會拿去約會、拿去買魔獸世界的點數卡、拿去買最新一代的摳比球鞋什麼的，不過要幫助別人有很多種方式，不見得拿錢出來的就是老大。在這裡提供一個不是很困難的舉手之勞——如果大家認同部落格人氣基金的運作，就常常上我的部落格，讓大家所貢獻的人氣，都不會白白浪費，都不會只是「無名日報——恭喜您上首頁了！」這種空洞的排行榜指標（反正每天都上）。

每隔半年大約有三萬塊的時候（原則就是湊到一筆錢才捐，免得零零碎碎好麻煩啊），我們就把人氣換成鈔票貢獻出去。

每一道人氣，都會變成我們一起幫助其他人的力量。

這個世界上如果真的有所謂的「集氣」，肯定這就是了。

——比佛朗基還要超級！

進入二檔！

國家圖書館出版品預行編目資料

人生就是不停的戰鬥／ 九把刀(Giddens) 作.
——初版.——台北市：蓋亞文化，2009. 02-
面； 公分. ——(九把刀・非小說；2)

ISBN 978-986-6473-02-9 (平裝)

855 98000528

九把刀・非小說 GA001

「參見，九把刀」 Blog亂寫文學

人生就是不停的戰鬥

作者／九把刀（Giddens）
封面設計／聶永真@永真急制
企劃編輯／魔豆工作室
電子信箱◎thebeans@ms45.hinet.net
出版／蓋亞文化有限公司
地址◎台北市103赤峰街41巷7號1樓
電話◎（02）25585438 傳真◎（02）25585439
網址◎www.gaeabooks.com.tw
電子信箱◎gaea@gaeabooks.com.tw
投稿信箱◎editor@gaeabooks.com.tw
郵撥帳號◎19769541 戶名：蓋亞文化有限公司
總經銷／聯合發行股份有限公司
地址◎台北縣新店市寶橋路二三五巷六弄六號二樓
電話◎（02）29178022
傳真◎（02）29156275
港澳地區／一代匯集
電話◎（852）2783-8102 傳真◎（852）2396-0050
初版二刷／2009年04月
定價／新台幣 280 元
Printed in Taiwan

GAEA
ISBN／978-986-6473-02-9